厦门大学哲学社会科学繁荣计划资助出版

国族、乡土与性别

王宇 著

中国社会科学出版社

图书在版编目（CIP）数据

国族、乡土与性别 / 王宇著. —北京：中国社会科学出版社，2014.12
ISBN 978-7-5161-5451-9

Ⅰ．①国… Ⅱ．①王… Ⅲ．①性别－关系－文化－研究Ⅳ．①C913.14

中国版本图书馆CIP数据核字(2014)第308042号

出 版 人	赵剑英
责任编辑	艾　可
责任校对	张　伟
责任印制	李寡寡

出　　版	中国社会科学出版社
社　　址	北京鼓楼西大街甲158号（邮编 100720）
网　　址	http://www.csspw.cn
	中文域名：中国社科网　010-64070619
发 行 部	010-84083685
门 市 部	010-84029450
经　　销	新华书店及其他书店
印刷装订	三河市君旺印装厂
版　　次	2014年12月第1版
印　　次	2014年12月第1次印刷
开　　本	710×1000　1/16
印　　张	17.25
字　　数	247千字
定　　价	56.00元

凡购买中国社会科学出版社图书，如有质量问题请与本社联系调换
电话：010-84083683
版权所有　侵权必究

目 录

引 论 / 1

第一编　乡土与性别

第一章　在知识男性与乡村女性之间：启蒙叙事的一个支点 / 19
第二章　遭遇乡村 / 34
第三章　三仙姑形象的多重文化隐喻 / 49
第四章　"空白之页"与"变异转型" / 67
第五章　乡村现代性叙事与乡村女性的形塑 / 83
第六章　现代性与被叙述的"乡村女性" / 98

第二编　国族与性别

第一章　百年文学民族身份建构中的性别象征隐喻 / 113
第二章　现代性民族国家想象与性别的文化象征 / 127
第三章　另类现代性：时间、空间与性别的深度关联 / 139
第四章　20世纪中国电影中的"外来者故事" / 155
第五章　新时期之初的男子汉话语 / 165
第六章　20世纪文学日常生活话语中的性别政治 /179

第三编　女性写作的知识谱系梳理

第一章　新时期之初的女性话语及其知识背景反思 / 195
第二章　主体性建构 / 208
第三章　1990年代性别差异性文化想象的尴尬及其原因 / 220
第四章　男性文本：女性主义批评不该忘却的话语场地 / 231
第五章　新世纪女性乡土叙事潮流的崛起及其意义 / 242
第六章　21世纪初年台湾女性小说的文化描述 / 256

后　记 / 271

引 论

本书进行的是性别与中国现当代文学的关联性研究，这也是笔者十多年来一直在尝试着的一种研究路径、方法，或者说学术类型。这一研究路径旨在试图从性别的视角重新梳理、阐释中国现代／当代文学主潮[①]中所隐含的复杂多变的文化逻辑。它所要处理的命题涵盖性别与近百年中国文学中的民族国家想象、个人主体想象、知识分子身份想象、空间、时间、日常生活、身体表述等议题之间的关联性。也许必须提到的是，本人所进行的研究与国内文学研究界自1980年代以来流行的女性文学研究之间的似是而非。事实上，这是两种学术类型，两者之间最重要的区别可能在于从不同的语境来理解"性别"。女性文学研究只限于两性关系上来理解性别，将性别问题理解成只是女性问题，以及女性与男性关系的问题，其文化诉求是解构男性中心性别政治，建构一种注重女性文化、平等和谐的性别政治。无论面对女性文本抑或男性文本，女性文学研究的起点和终点都是两性关系。本人的研究当然也承认性别问题首先一定是指涉两性关系，但这只是我研究的起点，不是终点。本人的研究更注重从性别视角介入中国文学的一些基本命题，探究"性别"如何作为一种符码、一种象征资源被带入一定历史时期文学主潮所承担的文化象征，甚至知识谱系的生产中，参与到中国文学一系列重要命题的表述中。

[①] 在本书的语境中，所谓的文学主潮指由不同历史时期被公认为最具代表性的文学"名著"／"经典"以及对它们的解读、接受所共同营建出的文学象征谱系。构成文学象征谱系核心的应该是作品中的形象，文学正是以形象这一特殊的表述方式参与到一个时代的文化精神建构、知识谱系的生产中。这也是文学区别于其他任何人文社会科学门类的地方。在20世纪大部分时期文学始终是时代文化精神建构、知识谱系生产的中心，这是历史学、社会学等学科不可比肩的。但1990年代以后这一中心位置衰弱了。

近年来我将这样的研究路径引向乡土文学领域，着重探究"五四"以来中国作家是如何通过"性别"这个非常特殊、非常微观的文化符码来想象转型期中国乡村与农民，以及与此相关的一系列命题。之所以将自己的研究引入乡土文学领域，首先当然是因为乡土文学是百年中国新文学最重要的叙事形态。随着研究与思考的深入，我越来越觉得"乡村"其实是"五四"以来中国作家想象自我与世界的原点，无论是民族国家想象、个人主体想象、知识分子身份想象、空间、时间、日常生活、身体诸种命题的表述，都离不开这个原点。因为，从文化诉求的角度而言，百年中国文学所要表达的无非是现代性转型期的中国经验，而近代以来，"乡村即中国的缩影"这一观念根深蒂固，本土经验在很大程度上即乡土经验。如果说，中国新文学是现代转型期中国经验的表达，那么，首先是乡土经验。正是在这个意义上，我以为乡土想象是"五四"以来中国文学的原点。

那么，选择性别视角来介入中国现当代文学这个"原点"是否可能与必要呢？回答是肯定的，因为从来就不存在一个同质化、凝固化的乡土／本土经验，乡土与本土经验会因为经验主体、表述主体身份的不同而呈现不同的色彩。经验主体与表述主体的身份包括阶级、性别、族裔、空间等多种变量，正是这些变量及其同其他变量之间错综关系的制约，使得经验呈现出多元复数、变化流动的复杂状态。如果我们把性别、种族和阶级、空间看作文学四大关键词，那么，在"五四"以来的乡土文学中，种族（民族）、阶级、空间（地域）都获得了充分表达，并被作为乡土文学研究的重要关键词。唯独"性别"这一变量语焉不详。那么，近百年乡土文学中，经验主体与表述主体的性别身份是否也对乡村经验及其表达产生深刻影响？这个问题自乡土文学研究出现以来始终是盲点。尽管乡土文学研究一直是中国现当代文学研究的显赫分支，成果汗牛充栋，但"性别"这个变量始终无法像阶级、民族、地域那样获得关注。于是，百年中国乡土文学所传达的看似中性化的乡土经验，其实只是男性的乡土经验；同样的，百年中国乡土文学中看似中性化的"农民形象",也只是男性农民的形象。而乡村女性形象即便被论及,也只是作为男性农民形象的补充、延伸,从而忽略了"乡村女性"这个特殊群体其文化身份、经验的独特性。

当然,另一方面,也不存在一个同质性的女性经验,女性经验也会因为民族、空间、阶层等多重身份的介入而呈现出不同的色彩。中国女性主义文学研究长期忽略乡村叙事(其实1980年代以来的女性写作并不缺乏乡村视角,只是女性写作的乡村视角总处于女性主义批评话语的盲点之中)。而乡土写作中的性别问题更是乡土文学研究者(以男性为主)的盲点。女性主义本土化提倡由来已久,却始终找不到与本土经验的结合点。[①]一方面,乡土文学研究很难在方法论层面上接纳女性主义,另一方面,女性主义话语也很少与包括乡土文学研究在内的其他学术话语对话、互动,这也导致这一学术类型面临资源日益枯竭的危机。而本书的创新、僭越之处恰在于此:一方面将性别视角带入乡土文学研究领域,另一方面又将乡土的视角带入女性主义、性别研究领域,从而在这两种学术类型之间找到一个互动点,谋求为两者都注入新的话语资源。迄今,这样的研究路径无论在乡土文学研究还是在女性主义研究和性别研究领域都尚未见到。

本书由三编构成。第一编,乡土与性别,也是本书的核心篇章,探究"五四"以来中国作家是如何通过性别这个非常特殊的文化符码来想象、表述转型期中国乡村与农民,以及与此相关的一系列命题。

众所周知,知识分子与农民是"五四"以后新文学最重要的两类形象,而知识分子与农民/乡村的关系也一直是新文学生生不息的重要命题。根据笔者的研究,尽管不同历史阶段对这一命题有不同的表述,却常见一个共同的表述模式,那就是这一命题常常被纳入两性关系中来展开。因此,在中国现当代文学不同历史阶段几乎都会出现一些涉及知识

---

① 当然,乡土并非是西方女性主义与本土经验相结合的唯一有效契合点,但至少是非常重要的契合点。

分子与农民之间两性关系的著名文本。本书第一章和第二章正是分别选择不同历史时期两组著名文本作为研究个案，来切入这个问题。第一章"在知识男性与乡村女性之间：启蒙叙事的一个支点"，通过对1920—1930年代鲁迅的《在酒楼上》、柔石的《二月》、郁达夫的《春风沉醉的晚上》及《迟桂花》四篇短篇小说名篇的重新解读，揭示新文学启蒙叙事对知识男性与乡村女性这种独特的两性关系的表述是如何成为知识分子身份想象的支点。如果说，《在酒楼上》通过对吕韦甫与阿顺之间日常化、肉身化的两性关系书写来彰显启蒙知识分子身份的沦丧，那么，这一命题在其他三篇小说中则获得了正面的表述。《春风沉醉的晚上》通过叙述"我"与陈二妹之间的"认别"来使"我"原本被忘却、模糊的知识分子身份渐渐明朗、清晰，《二月》则通过萧涧秋对文嫂、采莲的启蒙、救助完成了萧涧秋的自我角色期待。而《迟桂花》中翁莲的形象俨然是知识男性"我"的多重自我的投射物。乡村女性作为一个"他者"，不是被视为与自我完全疏离和断裂的，就是被作为"自我"的外在投射物。而这样的叙事策略实际上内蕴于中国现代文学自身的逻辑中。

第二章"遭遇乡村——《黑骏马》、《白狗秋千架》、《小黄米的故事》的互文性"，以1980—1990年代张承志的《黑骏马》、莫言的《白狗秋千架》和铁凝的《小黄米的故事》三个著名文本为例，通过对各个文本自身细节及彼此之间互文性的细读，并联系三个文本所赖以产生的知识背景，以及其中所牵涉多层面的文化内涵再一次探讨知识分子与农民/乡村关系这一"五四"命题。如果说，《黑骏马》以诗意感伤笔调延展了20世纪中国文学中那种将知识分子与乡村/农民关系纳入两性关系的叙事传统，那么，无论是《白狗秋千架》还是《小黄米的故事》，则都是对这个传统的戏仿。这样的戏仿不是要诉说知识分子对乡村的背叛（像许多文学作品所表现的那样），而是呈现两者之间的毫无干系。背叛，从来都是相对于忠诚而言的，而毫无干系的两者之间就无所谓背叛。当然，在这两篇小说中，知识分子与乡村到底还是发生了一些干系，那就是彼此都想将对方当作可资利用的资源，村妇暖企图将从城里来的知识分子

"我"当作生育健康聪明后代的工具,而画家老白则企图将乡村少女小黄米当作完成"炕头系列"油画的材料。结果谁也没有得逞。这可能是这两篇小说区别于同类题材小说的意义所在。它宣告了知识分子与乡村/农民关系这一"五四"以来新文学生生不息的重要命题,也许压根儿就是一个伪命题。

如果说第一、第二章,是从性别的视角切入知识分子与农民/乡村的关系这一"五四"以来中国文学的重要命题,那么,从第三、第四、第五章,则主要进行乡村女性叙事研究。所谓的"乡村女性叙事"即文学对乡村女性的形象表述,这样的表述不仅指涉乡土文学如何形塑"乡村女性"这个特殊的农民群体,在乡土经验表达中女性的经验是如何被表达抑或被改造、覆盖的,还涉及乡土文学常见的其他一些命题,如乡土社会的现代化变迁、传统乡村文化身份的危机、乡村权力格局的复杂转型等。我们选择赵树理和孙犁这两个自1940年代延安文学之后近半个世纪中国文学中最重要的乡土叙事者的文本作为我们讨论的个案。

第三章"三仙姑形象的多重文化隐喻:重读赵树理《小二黑结婚》",从性别研究、人类学乡村研究、现代性研究等多重视角来重新解读三仙姑形象所隐含的多重文化隐喻。在现实层面上三仙姑是乡村新旧秩序的双重游离者,转变前的三仙姑固然不属于新秩序,却也游离于旧秩序;而转变后的三仙姑,表面看起来是加入新秩序,但实际上是被迫回归了旧秩序——被改造成"像个当长辈人的样子",即回到了"长幼有序"的传统乡村秩序中。在文化层面上,三仙姑形象则昭示着现代性叙事所无法命名的传统乡村边缘、暧昧的女性文化形态——三姑六婆文化的命运。这一文化形态在父权传统中固然受到贬抑,但尚能在自在、混沌的乡村世界中获得容身之所。随着乡村现代性运动的加剧,其存在根基日益丧失。三仙姑形象的塑造还与15—18世纪欧洲猎巫运动对女巫的表述逻辑,以及现代性对女性身体的监控与改造逻辑密切相关。总之,三仙姑形象可以看作自在混沌、难以被现代性整合的传统乡村文化身份的转喻,表征着一种迥异于现代主体的另类/他者主体性。这种另类主体性因与现代性逻辑所定义的主体性(小二黑、小芹所表征的乡村新型主体性)

截然不同，而招致改造、清除。

第四章为"'空白之页'与'变异转型'——孙犁乡村女性叙事的复杂性"。在中国现当代文学的乡村叙事者中，没有一个人像孙犁那样，持久地将乡村女性作为自己乡村叙事最重要的支点。在某种程度上我们完全可以说，孙犁的乡村叙事就是乡村女性叙事。他一直被认为以塑造单纯美丽而又深明大义的乡村女性形象而著称。但实际上孙犁的乡村女性叙事还有鲜为人知的层面。首先是孙犁乡村女性叙事至少有两个"空白之页"。其一，他很少涉及同一时期解放区作家笔下常见的乡村女性争取婚恋自主的题材；其二，在表现民族解放战争中乡村女性所迸发出来的极致人性美的同时，他极力规避这一特殊女性群体在这场战争中触目惊心的性别罹难。其次，孙犁乡村女性叙事在1950年代实际上已经发生了颠覆性的变异转型，出现一系列迥异于水生嫂类型的相当另类的乡村女性人物。这一切都表明孙犁乡村女性叙事的复杂性。尽管20世纪90年代以后学界已充分意识到孙犁创作的复杂性，但少有人将这种复杂性与他笔下的乡村女性叙事相关联。因为孙犁笔下以水生嫂为代表的乡村女性形象承载着的是我们关于乡村、母亲、家园的最本质化、最不容颠覆的文化记忆和想象，承载着最本质化的中国经验。

第五章为"乡村现代性叙事与乡村女性的形塑——以1940—1950年代赵树理、李准文本为例"。李准的《李双双小传》以及赵树理的《小二黑结婚》、《锻炼锻炼》、《传家宝》显然是1940—1950年代描写乡村现代性变迁的名篇。而历来研究者所忽略的是，这几个文本对这一历史时期乡村现代化变迁与乡村女性叙事之间深刻的关联性的呈现。如果说《李双双小传》表现了在乡村现代化变迁过程中，乡村女性如何挪用民族国家渗入乡村的权威资源来建构自己主体性的过程，那么，赵树理小说中大量出现的乡村中老年女性"中间人物"的形象则隐喻了现代性变迁中乡村的另一副面孔：自在的乡村世界中那些很难被现代性秩序整合、命名的混沌、暧昧的"无名地带"，隐喻了乡土社会真实的文化身份。

第六章"现代性与被叙述的'乡村女性'"较宏观地讨论了20世纪

之初到1990年代有关乡村女性叙事的几种类型，分别是七八十年代之交伤痕反思文学中广泛流传的受难知识分子与美丽善良的乡村女性之间的传奇爱情故事、1980年代前期改革文学中大量涌现的乡村娜拉出走的故事，以及1990年代乡土叙事和底层叙事中进城务工的"外来妹"与留守乡村的"留守女"的故事。在这三类主要由男作家讲述的故事中，"乡村女性"形象逐一承担了知识分子身份的自我建构、激进乡村现代性想象以及乡村文化传统（民族文化传统的缩影）的守望等不断变化的文化诉求。如果说，前五章分别选择一个切入点，通过对个体文本的细致分析来讨论性别作为一个非常特殊的文化符码是如何进入文学作品想象与表述转型期中国的乡村与农民，以及与此相关的一系列命题中，而且基本上每一章只集中讨论一个问题，那么，本章显然涵盖了多个切入点，更注重宏观的文化逻辑梳理，涉及知识分子身份建构、乡村现代化变迁、乡村文化传统的守望、女性的乡土经验等有关乡土与性别的多种议题。本章可以看作本编的总结。

正如前文提到的，"乡村"其实是"五四"以来中国作家想象自我与世界的原点，无论是民族国家想象、个人主体想象、知识分子身份想象、空间、时间、日常生活、身体诸种命题的表述，都离不开这个原点。如果说第一编的讨论以这个原点为核心来开展，那么，第二编"国族与性别"，则是以此原点为出发点，从性别视角切入与乡土想象密切相关的诸种议题，如百年文学中的国族想象、时间空间想象、日常生活想象以及新时期之初以男子汉面目出现的个人主体想象等。本编第一章"百年文学民族身份建构中的性别象征隐喻"，讨论对象涵盖了从19世纪中叶的王韬、19世纪末20世纪初的梁启超、蔡锷、新文化运动中的胡适对未来国族蓝图的想象，到20世纪50—70年代文学中的民族国家想象，再到1990年代台湾作家施叔青《香港三部曲》对香港身份的想象。通过这一系列在时空跨度上非常辽阔的文本论析，本章旨在表明，在中国的现代性语境中，现代意义上的民族身份建构一开始就被置于一个东西方比较中，因为没有他者也无所谓自我。而两性关系恰恰是自我与他者关系的最基本单元。百年文学/文化想象对现代意义上的民族/国族身份建构/认同,实际上充满性别象征隐喻,换一句话说,性别政治其实一直在参与对民族/国族身份的建构/想象,这样的参与不仅仅影响了女性这个性别在民族身份、民族精神建构中的地位、意义,而且也影响了民族身份、民族精神建构本身。性别本质主义已然与我们对民族身份认同/建构上的本质化、凝固化、单一化密切相关,从而忽略了民族身份、民族精神在时间与空间上的丰繁多元、流动变化。

第二章"现代性民族国家想象与性别的文化象征",沿着第一章的思路,但把讨论对象集中于20世纪50—70年代文学文本上,进一步揭示性别与国族想象之间的关联性。当然,为了追溯这一关联性赖以产生的知识谱系与文化渊源,本章还将研究视角伸入晚清民族国家想象的起源语境中。近代以来,民族国家诉求实际上规制了中国文学最基本的现代性想象空间。现代性民族国家作为一种叙事,同时也意味着一个知识系统的建造。它无疑要吸纳最广泛的象征资源,要诉诸一系列崭新的文化象征。这其中当然包括对"性别"的文化象征模塑。从晚清知识分子对中西文明"中男西女"的联姻想象,到1950—1970年代文化空间的"厌女情结",以及最经典的民族国家叙事对"新时代的女性"的意义设定,现代性民族国家想象实际上一直是被性别化的。总之,第一、第二两章的讨论,对性别与国族之间的关联性作了一个点面结合、源流互动的考察,当然由于文本选择上难免以偏概全,这样时空跨度巨大的考察可能相当粗疏,但至少避免了非历史化的倾向。

我们知道,对于中国这样的后发现代性国家而言,民族比较是其现代思想的基本处境,现代意义上的民族身份(即中华民族身份)的建构(nation-building)一开始就被置于一个东西方比较的语境中。因此,东方与西方这一对空间范畴一开始就被赋予强烈的进化论时间意味,而被视作和东方与西方这一对范畴同构性的其他空间范畴,如乡村与都市、内地与沿海、内与外等,当然也被赋予了强烈的进化论时间意味。一句话,20世纪中国文学对时间与空间的想象实际上是其现代民族国家想象的另一种形式。因此，本书第三、第四章转向讨论与现代民族国家命题密切相关的时间与空间的议题，探究性别作为一个符码是如何进入20世纪中国文学对时间和空间的表述中的。

第三章"另类现代性：时间、空间与性别的深度关联"，通过考察"外来者故事"这一"五四"以来中国文学中反复出现的叙事模式近百年的绵延、变异，旨在表明在现代中国象征意义系统中，新与旧、现代与传统、进步与落后、文明与愚昧这样一些二元对立的进化论时间范畴不仅被深刻嵌入中国与西方、内与外、乡村与都市等空间范畴的建构中，还被嵌入另一对空间性范畴——男性与女性（性别身份也是一种空间性的存在）的建构中。换一句话说，性别符码一直在以自身的文化释义及其和其他范畴之间的复杂纠葛参与到有关时间、空间的表述中。

第四章"20世纪中国电影中的'外来者故事'——以《小城之春》、《早春二月》、《爬满青藤的木屋》、《大红灯笼高高挂》为例"，延续了第三章的主题，但将对"外来者故事"模式的考察放置在电影领域。以《小城之春》、《早春二月》、《爬满青藤的木屋》、《大红灯笼高高挂》四部1940、1960、1980、1990年代著名的电影文本为主要讨论对象，指出这四部电影在改编来自小说的"外来者故事"时，格外注重以女性空间位置的变与不变，来暗示传统与现代关系这样的时间命题。在1960年代的《早春二月》和1980年代的《爬满青藤的木屋》中，女主人公最后都跟随现代文明的使者——"外来者"（男性）出走了，表明现代战胜了传统、文明战胜了愚昧，进化论时间逻辑毋庸置疑；但一旦"外来者"的身份转变为女性——1990年代的影片《大红灯笼高高挂》中古老陈家大院的"外来者"就是一个新女性颂莲，这个叙事原型就会出现危机，现代性的时间逻辑遭遇颠覆性的瓦解。这三部影片中女主人公的空间位置与这三个时代对现代性或乐观激进或悲观怀疑的态度密切相关。而1940年代末费穆的著名影片《小城之春》，则提供了传统与现代关系的另一种模式：女主人公周玉纹最后没有出走，没有逃离那个禁锢她的传统空间——家，而是留了下来，协助精神和身体状态都有好转的丈夫守护（也预示着改造）这个传统空间——古老的民族文化传统象征。现代拯救了传统，而传统也容纳了现代。两者固然有冲突，但很快达成融合。影片的结尾，外来者章志忱独自离去，女主人公搀着丈夫走出戴家花园，走上城墙，朝着远方眺望。象征着封闭的传统空间向现代敞开了可能性，凝固的传统空间欣然接纳了现代性的时间逻辑。这无疑表明战争废墟中人们开始超越激进的二元对立，重新理解现代与传统、西方与中国之间的关系，并以此重新想象未来的国族蓝图。影片俨然不是一个关于个人情感的故事，而是一个战后的寓言。这再次应验了我们非常熟悉的詹明信那段著名的话：

> 第三世界的文本甚至那些看起来好像是关于个人和利比多趋力的文本，总是以民族寓言的形式来投射一种政治：关于个人命运的故事包含着第三世界的大众文化和社会受到冲击的寓言。①

将国族与个人密切结合正是"五四"之后中国文学的一个重要的文化逻辑。在这样的逻辑中，一旦发现个人的张扬与民族利益相冲突时，个人便被毫不犹疑地放弃。在20世纪相当长的一段时期内，个人一直被看成民族国家集体主体的危害性力量而招致贬抑。这是导致1950—1970年代文学放逐个人的原因。而如果说，1950—1970年代文学通过对个人主体的放逐来维护民族国家作为绝对、神圣主体的地位，那么，新时期的到来无疑意味着再次将个人还原为民族国家崛起的积极因素。1980年代前期文学主潮对个体性的人的主体身份的建构，对"大写的人"的张扬，都是在这个层面上来理解。换一句话说，新时期文学有关"个人主体"的表述实际上与其国族表述深度纠缠。而如果说任何一个"个人主体"都是有性别身份的，那么，从性别视角来介入这一时期文学中的

---

① ［美］詹明信：《处于跨国资本主义时代的第三世界文学》，张京媛译，詹明信：《晚期资本主义的文化逻辑》，生活·读书·新知三联书店1997年版，第523页。

"个人主体"话语已然是可能的。这正是本编第五章"新时期之初的男子汉话语——一个性别政治视角的考察"的立意所在。本章以1980年代前期"寻找男子汉"这样一个独特的文化现象为突破口,从性别的视角介入新时期叙事文本对个人主体、自我的表述,即关于个人主体的话语。[①]这一话语其实隐含了深重的性别政治,在这一话语中建立起来的普遍化、中性化的"个人主体"、"大写的人"实际上有着明确的性别——男性。对男子汉气概的模塑与个人主体的建构是合二为一的。同时,个人主体身份在相当程度上还被表述为知识男性的主体身份。

第六章"20世纪文学日常生活话语中的性别政治",选择日常生活这样一种"琐碎政治"作为论题,表面看起来似乎偏离了本编主题"国族与性别",其实不然。本章实则从一个独特角度来切入本编的主题,因为20世纪文学对日常生活与非日常生活关系的表述,恰恰是民族国家与个人关系表述的具体化、细节化。本章拟从性别的视角来审视20世纪文学关于日常生活的话语,这一话语中实际上包含了深重的性别政治。它预设了日常生活与非日常生活之间的二元对立以及二者之间的权力等级。而将这种等级关系与男性中心性别阶序挂钩,似乎成了一个普泛性的话语策略——即在对日常生活的超越与滞守的二元对立中,超越的向度始终被指派给了男人,而女人天生就是日常生活的滞守者,甚至本身就是日常生活的一部分,即便1950—1970年代文学对女英雄的修辞也只是从一个相反的方向来贯彻这一话语策略。这一话语策略不仅参与了现代性意义的构建,甚至还参与了对现代性的反思。

如果说前两编的研究对象是中国现代／当代文学主流象征系统(即由不同历史时期被认为最具代表性的文学"名著"、"经典"所构建出的象征谱系),而不论这一"名著"、"经典"是出自男作家抑或女作家之手。当然,由于种种原因,构成时代文学主潮的常常是男性文本大大多

---

① 新时期文学的主体性话语在三个层面上展开,创造主体(作家)、对象主体(即文学人物的主体性)和接受主体(读者)。本章的论域将局限在第二层面,即只讨论有关文学人物的主体性话语。

于女性文本，这样一来，本书的前两编研究对象自然更多的是男性文本，而第三编"两岸女性话语的知识谱系耙梳"则专门针对女性文本，但在研究方法上依然不同于时下流行的女性文学研究，而是延续本书前两编的路径，即不局限于从两性关系层面来理解性别，更注重探究"性别"如何作为一种符码、一种象征资源被带入一定历史时期的文化象征，甚至知识谱系生产中，参与到中国文学一系列重要命题的表述中。其实，女性文本也并非只关注女性的或两性关系的议题（如婚姻、家庭、生育），伍尔夫曾说过，女性写作与男性写作的本质区别"不在于男人描写战争而女人描写生孩子这一事实，而在于两个性别皆表现自身……"①最优秀的女性写作往往都是超越性别来书写性别，即站在女性的立场上重新书写两性共同关注的命题。那么，阐释者就不能只局限于看到女性文本中的两性关系、女性议题。这也是本编在梳理由女性文学创作与批评共同构筑的1980年代以来的女性话语时所秉持的基本学术立场。

第一章"新时期之初的女性话语及其知识背景反思"，在结构上已然有总揽本编第一至第四章的意义。新时期之初文学沿着人性关怀的路线必然延展至对性别差异的关注，进而导致女性独特的性别经验／境遇在当代文学文本中的历史性出场，但这样的出场路线又宿命般地决定了中国当代女性主义话语与生俱来的本质主义的潜在倾向②。尽管这一波女性主义话语主体也敏感到本质化、刻板化的性别模式、制度对女性个体精神自由的宰制、压迫（如1980年代前期女性小说中常见的"做人与做女人"的两难困境），但没有相应的知识背景、文化语境来支持她们进一步质疑、挑战这种刻板的性别理念。到了1980年代中期以后，虽然西方女性主义取代新时期人道主义成为中国女性主义话语的主要思想资源，但是，特殊的本土性别语境还是决定了中国女性主义话语对西方女性主

---

① [英]玛丽·伊格尔顿：《女权主义文学理论》，胡敏、林树明、陈彩霞译，湖南人民出版社1989年版，第395页。

② 出于对"文革"极端压抑人的自然本性的极"左"话语的反拨，新时期文学人道主义话语对人性的理解偏向于非历史的、本质化的自然属性。

义的接受很大程度上还是在本质主义的思想流脉内。这一切既营造了1980年代以来中国女性主义话语的大面积繁荣，也造成了这一话语的种种尴尬、困境。

第二章"主体性建构：近20年女性主义叙事的一种理解——对二十世纪八九十年代的女性主义叙事的一种理解"，指出1980年代、1990年代的女性主义写作具有解构与建构双重向度，即在解构男性霸权的同时建构女性崭新的性别身份，建构迥异于男性主体性的女性主体性／自我。本章重点梳理女性主义写作建构性的价值诉求。这一价值指向大致呈现出三级阶段性演进的态势。第一阶段以1980年代初张洁的《方舟》、《祖母绿》、张辛欣的《在同一地平线上》、《我在哪儿错过了你》等文本为代表，第二阶段以1985年前后王安忆的"三恋"、铁凝的《玫瑰门》和《麦秸垛》等文本为代表。如果说，第一阶段女性主义小说虽然率先敞亮了长期被遮蔽的女性生存本相，但只是从经验出发在现实层面上展开性别冲突，完成女人作为与男人一样的人的身份确认，由于缺乏性别文化反思的知性立场尚无法进入女性主体性建构的深度层面，那么，第二阶段的王安忆、铁凝恰是在文化与生命双重知性视角下进行女性历史传统、现实经验的书写，并通过这种书写探寻女性作为性别群体历史存在的特殊性，女性作为类存在的生命本相，从而开始了对女性性别文化身份的辨识。第三阶段则指1990年代前期林白、陈染所代表的一大批自觉以女性主义为写作立场的女作家们的文本实验。当然，这三个阶段并非呈现单一线性推进，常显示出反复与交叉的状态。本章通过讨论三个阶段女性主义小说代表性文本及其互文关系，清理了女性主体性成长的大致脉络。

如果说第二章更多地从积极、肯定意义上来梳理1980年代、1990年代女性写作的文化诉求，那么，第三章"1990年代性别差异性文化想象的尴尬及其原因"恰是对1990年代女性写作种种局限性的批判及其原因的论析。本章认为，性别差异性，构成女性的性别意识，因此，相比于1980年代女性写作而言，有着更加明确的性别立场的1990年代的女性写作可以命名为"性别差异性文化想象"。本章第一部分罗列 1990 年代性别差异性文化想象在无比繁盛背后的种种尴尬、困境，第二部分指出产生这样的尴尬、困境的两大原因。首先是"身体写作"和"性别差异性"这两个女性主义基石性概念自身的逻辑二歧性，再加上跨语境传播所带来的知性认知上的含混；其次是这一时期女性写作普遍存在的非历史化倾向等。本章还前瞻性地论析了 1990 年代中后期以王安忆《长恨歌》、《富萍》为代表的一种具有女性主义本土化苗头的崭新写作倾向的出现及其意义。

如果说第三章是对女性主义写作的批判性反思，那么，第四章"男性文本：女性主义批评不该忘却的话语场地"，无疑将批判性反思的视角投向女性主义批评领域。指出女性主义批评话语两大局限：其一，以女作家批评取代女性主义批评，无形中将男作家文本排除在外，这一偏颇使得女性主义话语根本无力与时代文学主潮对话，虽轰轰烈烈却无从影响时代精神走向，只能陷入自说自话中。由于种种原因，恰恰是男作家文本在构筑时代文学的主潮。其二，女性主义批评话语一直没能深入到对本土遗产的清理层面，例如，如何面对儒家性别话语、"五四"及 1949 年以后的妇女解放话语等。最后本章还论析了以社会性别研究范式取代女性文学研究／女作家批评范式的优越点，指出社会性别研究可能意味着中国女性主义批评的一个更加广阔的话语前景。

如果说前面四章都是 20 世纪最后 20 年中国女性主义话语的梳理、反思，那么，第五章"新世纪女性乡土叙事潮流的崛起及其意义"则是对前四章研究在时间上的延展，将目光转向 21 世纪，论析中国女性写作在 21 世纪的新动向。这个新动向便是女性乡土叙事潮流的崛起。这不仅是女性写作的新动向，也是 21 世纪头十年一个重要的文学现象，一股崭新的创作潮流。其表现形态、文化意蕴，与以往的女性文学，或以男作家为创作主体的"乡土文学"，都有很大差异。一方面，它将性别意识带入一向由男性垄断的乡土叙事领域，敞亮被遮蔽、被修改的女性乡土经验，提示乡土经验的复数形态；另一方面，它又将乡土／底层经验带入女性文学中，提示女性经验的复数形态。女性乡土叙事潮流的崛起标志着女性写作的转型，但转型不等于放弃性别立场，而是超越性别书写性别，将性别视阈引向广阔的乡村生活领域，在性别与乡土的互动中构筑乡土叙事的别样空间。这意味着中国女性主义写作终于找到了将西方女性主义与本土经验相对接的有效结点——乡土，开辟出新的话语空间，也意味着中国女性主义话语走出自说自话的处境，参与时代文学/文化精神的建构中——中国文化的现代化转型之关键正在于乡土文化的自觉与重建。

如果说前面五章是对 1980 年代以来大陆女性写作、女性主义话语的历史轨迹、发展前景的勾勒和反思，那么，第六章"21 世纪初年台湾女性小说的文化描述"则将目光投向海峡对岸。正如我们在本编第一章中所论析的，新时期之初，文学沿着人性关怀的路线必然延展至对性别差异的关注，女性独特的境遇、经验、历史才获得了历史性出场的契机，再加上夹杂在裂岸涌来的种种西方文学思潮中女性主义思潮的催生，这才营造出 1980 年代中国大陆第一波女性主义话语浪潮，此前大陆文学中很难说有女性主义的成分。而台湾的情形则不同，台湾文坛女性主义话语最早至少可以追溯至 1960 年代现代主义文学潮流中崛起的学院派女作家的创作中（如于梨华、聂华苓、欧阳子、陈若曦等），却同样在 1980 年代获得迅猛的发展。进入 1980 年代，尤其是 1987 年台湾解严以来，社会文化日益开放、价值观念的变迁，职业妇女阶层的日益壮大，加上一茬又一茬战后出生、在西方接受完硕士、博士教育的女作家纷纷回到台湾，在岛内各高校任教职，她们不仅受过系统的女性主义、酷儿理论、后现代、后殖民、新历史等理论熏陶，而且耳濡目染西方女性主义运动、同志运动的风潮。于是，女性文学开始在台湾文坛鼓荡起前所未有的风潮，并和大陆女性主义文学一样在 1990 年代达到一个巅峰。[①]但由于种种原因，本章只将研究视野局限于 21 世纪初年台湾女性小说的

---

① 笔者曾对 1990 年代到新世纪的台湾女性主义文学潮流做过系统研究，相关书稿纳入林丹娅主编《台湾女性文学史》，即将出版。

新变上，以简短的篇幅论析 21 世纪初年台湾女性小说相比于 1990 年代所产生的新的变化及其文化诉求，以期能与前一章 21 世纪大陆女性写作新变形成一个互动性研究格局。本章认为，21 世纪初年的台湾女性小说呈现出与 1990 年代不同的面貌，总体而言，女性主义的议题少了 1990 年代激昂尖锐泛政治化的倾向，转向更本色、更纯粹地探究女性复杂深幽的自我及其与这个世界错综复杂的关系。这方面最具代表性的是苏伟贞的《日历日历挂在墙上》和朱天文的《巫言》。即便像施叔青《台湾三部曲》这样涉及台湾历史沧桑、政治风云的鸿篇巨制，也更多地以女性主义历史观呈现庶民百姓日常性中琐碎、常态的历史。官方与民间、宏大历史与琐碎日常生活之间的界限如此模糊。在这点上与前一章我们讨论的 21 世纪大陆女性写作对历史的重新想象不谋而合。如铁凝以"笨花"来命名她的小说正是基于这种日常生活化了的女性主义历史观。"笨花村"的秩序也就是日常生活的秩序。这样的秩序兼容了"笨"（沉重）与"花"（轻盈），宏大叙事与鸡零狗碎，风云与风月，前者不能覆盖后者，后者也不能拆解前者，即并不以鸡零狗碎来颠覆宏大历史，像以往的新历史小说那样，而是让两者纷然并置，甚至消弭两者之间的界限，回归日常生活最原初的兼容并包的状态，呈现历史混沌、包容的母体特征。这样的历史没有断裂只有绵延，没有突变只有渐变，并非清晰、二元对立，而是暧昧和多元。新世纪两岸女性写作不期然间共同抵达了历史的纵深处，也许这才是历史的真正面目。

最后需要补充说明的是，本编第二、第三、第四这三章是我十多年前读书思考的产物，其中一些观点在当时尚属创新之见，但用现在眼光来看，这种创新可能就要大打折扣，甚至要被误判为是"拾人牙慧"了。

第一编

乡土与性别

现代中国知识分子实际上也并没有自己的独立价值理想，必须假借民族主义、阶级斗争作为自己的价值诉求。与民族国家关系成了中国现代知识分子身份的重要支点。"五四"之后，底层民众被认为是构成民族国家的主体，于是，与底层民众的关系就成了知识分子获取合法身份的重要渠道。

第一章　在知识男性与乡村女性之间：
　　　　启蒙叙事的一个支点

——《在酒楼上》、《春风沉醉的晚上》、《二月》、《迟桂花》的
　　互文性阅读

　　朱利安·班达在他专门研究知识分子问题的名著《知识分子的背叛》中指出，19世纪下半叶开始人类社会进入"政治的时代"，种族的激情、阶级的激情、民族的激情达到登峰造极的地步。知识分子的工作就是为这些激情推波助澜，而不是像苏格拉底和耶稣为代表的古典知识分子那样，用抽象的公正、真理、理性来批判现实。①这样的论述同样适用于现代中国的语境。现代中国知识分子实际上也并没有自己的独立价值理想，必须假借民族主义、阶级斗争作为自己的价值诉求。与民族国家的关系成了中国现代知识分子身份的重要支点。"五四"之后，底层民众被认为是构成民族国家的主体，于是，与底层民众的关系就成了知识分子获取合法身份的重要渠道。知识分子与底层民众的关系问题成了"五四"以后中国文学的一个挥之不去的主题。②这类主题在文学作品中一般有两种表现方式：第一种是通过第三人称直接书写底层民众；第二种是以第一人称叙事人的视角书写知识者"我"与底层民众之间的关系，从鲁迅的

---

　　① 班达称此为"知识分子的背叛"。参见［法］朱利安·班达《知识分子的背叛》，佘碧平译，上海世纪出版集团2004年版。
　　② 有学者认为由于深受俄罗斯民粹主义影响，使得知识分子与人民这一纯然的俄罗斯命题在中国现代文学中获得巨大的共鸣与回响，参见代迅《民粹主义与中国现代文艺思潮》，《学习与探索》2003年第6期。

《一件小事》、胡适的《人力车夫》、郁达夫的《春风沉醉的晚上》及《薄奠》和《迟桂花》、柔石的《二月》开始，直到1950年代萧也牧的《我们夫妇之间》，再到新时期文学中的描写蒙冤受屈的知识分子（无论是右派还是知青）在底层经历的作品，如王蒙、张贤亮、张承志等人的小说，最后到1990年代以后乃至21世纪张炜、贾平凹、莫言、铁凝、毕飞宇等人的小说，都不断地触及这个问题。考察近百年来涉及这一命题的小说，会发现一个意味深长的现象，那就是公共领域中知识分子与底层民众的关系常常被纳入两性关系域中。这其中更常见的是知识男性与底层劳动妇女，特别是乡村女性之间的情爱关系书写，而不是倒过来，底层劳工、乡村农夫与知识女性的情爱关系书写。[①]本章通过对鲁迅的《在酒楼上》、柔石的《二月》、郁达夫的《春风沉醉的晚上》和《迟桂花》四个同时涉及知识男性与乡村女性关系的现代文学名篇的重新解读，考察文本间的互文性，并联系其他更多相近题材的文本，论析新文学启蒙叙事对知识男性与乡村女性关系的表述如何成为知识分子身份想象乃至启蒙叙事的支点。

将这四个文本放在一起解读，并非任意的拼贴，而是基于结构主义"互文性"理论所提供的学理逻辑，"任何文本都处在若干文本的交汇处、都是对这些文本的重读、更新、浓缩、移位和深化。从某种意义上讲，一个文本的价值在于它对其他文本的整合和摧毁作用"。[②]那也就是说，某种意义上，文学研究就是对文本互文性的研究，正是从互文性中我们才得以窥见隐秘的文化逻辑。

[①] 当然，20世纪50—70年代文学中就大量出现知识女性与工农干部之间的爱情叙事，并被赋予特殊的政治意义，参见王宇《"改造+恋爱"叙事模式的文化权力意涵》，《厦门大学学报》2005年第6期。

[②] 这是索莱尔斯对克里斯蒂娃"互文性"概念的重述，转引自秦海鹰《互文性理论的缘起和流变》，《外国文学评论》2004年第3期。

一 《在酒楼上》：日常化、肉身化的两性关系式

鲁迅写于1924年的《在酒楼上》一向被认为旨在反映"五四"启蒙知识分子精神的衰退、停滞。吕纬甫由一个"到城隍庙拔掉神像的胡子"、"连日议论改革中国的方法以至于打起来"的启蒙知识分子，屡遭挫折后变得一蹶不振了、模模糊糊、敷敷衍衍、浑浑噩噩。标志着吕纬甫精神衰退的是他自述的两件事：一件是回故乡为小兄弟迁坟；另一件是与邻居船家女儿阿顺的交往。在吕纬甫的叙述中，他对这两件事的态度显然不同。与阿顺交往这件事，几乎占去小说一半的篇幅，从吕纬甫多年前硬着头皮吃下阿顺亲手调制的一大碗荞麦粉，以博得阿顺欢心，到现在千方百计买到阿顺喜欢的剪绒花，千里迢迢带给她，而阿顺却早已悄然死去。再回叙早年对邻居船家女孩阿顺的印象，她的善良能干和不幸境遇，甚至诗意描绘阿顺的外表：

　　她也长得并不好看，不过是平常的瘦瘦的瓜子脸，黄脸皮；独有眼睛非常大，睫毛也很长，眼白又青得如夜的晴天，而且是北方的无风的晴天，这里的就没有那么明净了。

　　吕纬甫对阿顺的记忆琐细而深刻、感伤而美好。从中似乎不仅仅只是显露了吕纬甫的无聊空虚、精神衰退，文本潜在层面实际上触及了启蒙知识分子与乡村女性关系的命题。现代知识分子遭遇乡村女性的情形在鲁迅小说中并不鲜见，在《故乡》中，"我"面对喋喋不休、胡搅蛮缠的杨二嫂，[①] 陷入无语的尴尬中；在《祝福》中，"我"面对祥林嫂关于地

[①] 杨二嫂生活在小镇而不是乡村，但中国的小镇保留着更多传统农业文化的基因，这样的小镇在思维方式、生活节奏、人际关系、文化趣味等方面都与都市有很大的差别，也就是说，小镇在文化形态更接近乡村。因此也可以将杨二嫂视为乡村女性。

狱之有无的无情追问，无法解答、敷敷衍衍。在这两篇小说中，生活在专制、愚昧、落后中的乡村女性的不幸纵然能激起启蒙知识分子人道主义的悲悯、同情，然而，她们同时也表征着不可理喻的另类性、他者性，一个足以让现代男性精英陷入失语尴尬中的"黑暗大陆"。而吕韦甫与阿顺的交往却呈现出完全不同的情形。我们再来细读吃荞麦粉这一细节。多年前，阿顺的父亲请吕韦甫吃荞麦粉，阿顺亲手调制了一大碗，荞麦粉也并不可口，吕韦甫食量也有限，吃了几口后便不想再吃：

> 然而无意中，忽然间看见阿顺远远地站在屋角里，就使我立刻消失了放下碗筷的勇气。我看她的神情，是害怕而且希望，大约怕自己调得不好，愿我们吃得有味，我知道如果剩下大半碗来，一定要使她很失望，而且很抱歉。我于是同时决心，放开喉咙灌下去了，几乎吃得和长富一样快。我由此才知道硬吃的苦痛，我只记得还做孩子时候的吃尽一碗拌着驱除蛔虫药粉的砂糖才有这样难。然而我毫不抱怨，因为她过来收拾空碗时候的忍着的得意的笑容，已尽够赔偿我的苦痛而有余了。所以我这一夜虽然饱胀得睡不稳，又做了一大串噩梦，也还是祝赞她一生幸福，愿世界为她变好。

这件事长久地留在吕韦甫心中。离开故乡多年后，他又欣然接受母亲委托，给阿顺送剪绒花。为了买到阿顺喜欢的剪绒花，他"先在太原城里搜求了一遍，都没有；一直到济南……""我才买到剪绒花。我也不知道使她挨打的是不是这一种，总之是绒做的罢了。我也不知道她喜欢深色还是浅色，就买了一朵大红的，一朵粉红的，都带到这里来。"如果说吕韦甫为小兄弟迁坟一事，只是为了应付母亲，那么，为阿顺送剪绒花一事则更主要是为了自己，"我对于这差使倒并不以为烦厌，反而很喜欢；为阿顺，我实在还有些愿意出力的意思的"。尽管吕韦甫将自己对阿顺所做的这一切解释为"旧日的梦的痕迹"——启蒙知识分子美好人道理想的余韵，但事实上，他对阿顺的体贴、呵护、怜惜早已溢出了观念形态的人道理想，表现了作为感性个体的吕韦甫对乡村少女阿顺的朦胧爱意，一种日常化、肉身化的平等的两性关系。这样的两性关系模式在启蒙叙事的爱情描写中极少见到。启蒙叙事经典的恋爱场景应该是《伤逝》中所描写的，"谈家庭专制，谈打破旧习惯，谈男女平等，谈易卜生，谈泰戈尔，谈雪莱……"这种两性关系模式显然是排斥吃荞麦粉、送剪绒花之类的世俗细节的，子君后来就是因为沉湎于世俗日常生活而精神沦陷。《伤逝》这一叙事逻辑与《在酒楼上》如出一辙。由此也足见启蒙主体是非日常化、非肉身化的。

在启蒙叙事的两性关系模式中，男性是引导者，女性是被引导者，尤其当面对的是不幸、蒙昧的乡村（底层）女性时，现代知识分子（男性）唯一应该做的便是启蒙、引领与施救，而不是站在同一地平线上送剪绒花、吃她调制的并不好吃的荞麦粉以讨她的欢心，否则将无法落实启蒙主体身份。因此，尽管吕韦甫将自己对阿顺所做的一切解释为"旧日的梦的痕迹"，但叙事者显然不认同这种解释。在叙事者看来，启蒙不仅与送剪绒花、吃荞麦粉这些世俗细节无涉，而且恰恰正是后者葬送了吕韦甫先前的启蒙旧梦。于是，吕韦甫的所作所为便被宣判为"模模糊糊、敷敷衍衍"、精神衰退，从而丧失早年的启蒙知识分子的身份。

吕韦甫与阿顺之间其实完全可以有另一种叙事的可能性，启蒙、救助、引领、出走，但这些情节到底没有出现在《在酒楼上》中。如果说，在"五四"语境中所有关于启蒙的激情讲述几乎都离不开两性关系域，启蒙者最成功的事业便是引领娜拉从父亲的家中出走，爱情成为启蒙可行的必要前提，性爱关系域事实上成了启蒙唯一有效的叙事场域。而吕韦甫与阿顺之间恰恰与这一叙事模式擦肩而过，[1] 我们似可以做这样的假设，假如吕韦甫与阿顺之间出现启蒙、救助、引领、出走这一系列情节，

---

[1] 鲁迅似乎不信任这一叙事模式，唯一一次将启蒙事件置于两性关系域那是在《伤逝》中，《伤逝》也是他唯一的爱情小说。但涓生、子君终以悲剧结束。且不说涓生所操持的那套话语自身的抽象与空疏，子君的勇敢与回应也不过是涓生一厢情愿的幻念。参见王宇《性别表述与现代认同》，上海三联书店2006年版，第155页。

那么，吕韦甫就不会是一个"模模糊糊、敷敷衍衍"的精神衰退者，其启蒙知识分子身份将获得有力延续。

二 《春风沉醉的晚上》与《二月》：
    对他者的认别与拯救

郁达夫创作于 1923 年的《春风沉醉的晚上》也写到了落魄的知识分子"我"与女工陈二妹的相遇、相识。陈二妹"苏州东乡人，从小系在上海乡下长大"。"我"第一次见到陈二妹，"不晓是什么原因，我只觉得她是一个可怜的女子，她的高高的鼻梁，灰白长圆的面貌，清瘦不高的身体，好像都是表明她是可怜的特征"。这与吕韦甫对阿顺面容的诗意感觉大相径庭，尽管，从客观文字描述来看，两位乡村少女的外貌其实很接近。"我"与陈二妹初次交谈，陈二妹对"我"经历的追问，犹如当头一棒，唤醒了浑浑噩噩、差不多忘却自己身份的"我"的自我意识：

> 她问到了这里，我忽而感觉到我自己的现状了。因为自去年以来，我只是一日一日地萎靡下去，差不多把"我是什么人？""我现在所处的是怎么一种境遇？""我的心里还是悲还是喜？"这些观念都忘掉了。经她这一问，我重新把半年来困苦的情形一层一层地想了出来。所以听她的问话以后，我只是呆呆地看她，半晌说不出话来。她看了我这个样子，以为我也是一个无家可归的流浪人，脸上就立时起了一种孤寂的表情，微微地叹着说：
> "唉！你也是同我一样的吗？"

显然，陈二妹的追问致使"我"陷入身份/自我认同的焦虑中，"半晌说不出话来"。这场对话终结于陈二妹的"你也是同我一样的"，但这只是陈二妹对"我"身份的辨识，或者说是陈二妹自作主张的误认。因为"我"自始至终没有将自己看作与陈二妹是一样的。这从接下来对两人进一步交往中不难看到。相识不久,陈二妹就将自己的身世和盘托出,包括自己现在的经济状况、工作境况、哪里人、在哪里长大、后来又怎样和父亲来到上海做工、父亲的死、死后凄凉的葬殓、自己孤苦无依在工厂如何受人欺辱等,而"我"却始终没有向陈二妹透露自己身份的详细信息,只是简单告诉她自己曾在外国的学堂里上过学,其余的便讳莫如深。正因为两人之间信息交流的不对等,导致了陈二妹对"我"身份一而再、再而三的误认。小说多次用"做了一种不解的形容"、"疑惧"等字眼儿来表现陈二妹对"我"的态度,还在第三、第四部分专门详尽叙述了陈二妹对"我"的挂号信、夜游、冥想等知识分子特有生活内容的种种令人啼笑皆非的误解。如,邮差叫"我"取挂号信,陈二妹如临大敌,惊恐万状,以为"我"一向干的见不得人的勾当被发觉了。显然,叙事非常重视表现陈二妹对我身份的误认以及"我"与陈二妹之间的"不一样"、隔阂。这些细节实际上构成两人交往的核心。正是在对"误读"与"不一样"的强调中,"我"原本被自己忘却、模糊的知识分子身份渐渐明朗、清晰了起来。身份(identity)一词既意味着自我认同,也意味着与他者的"认别",只有在与他者的差异中才能强化对自身的感觉。这正是陈二妹形象功能性的意义。当然,一个人不能因为自身而成为"自我",自我意识只能出现在与他人的关系中。但这里我们必须区分"他人"与"他者"两个概念,"他者"(Other)即另类性、不可同化性,而"他人"(other)不过是另一个自我。[①]陈二妹对"我"种种怪异的误解、与"我"的隔阂,无不显示着她的不可同化性、另类性,两人的隔阂不是一般的"自我"与"他人"(other)间的隔阂,而是"自我"与"他者"(Other)的隔阂。主体间性只可能出现在"自我"与"他人"之间,而不可能出现在"自我"与"他者"之间。

---

① 早在1955年拉康就对"他者"(Other)和"他人"(other)这两个概念做出区分,这个区分在他后来的思想中一直存在。参见汪民安主编《文化研究关键词》,江苏人民出版社2007年版,第331页。

为什么"我"一方面对陈二妹产生"同是天涯沦落人"的同病相怜之感，另一方面又非常在意"我"与她之间的"不一样"？在作者写于次年的小说《薄奠》中我们似能找到答案。在《薄奠》中知识者"我"同样面对与一个来自底层的无知无识的车夫，却产生了强烈的类比情感，由想象车夫与妻儿共享天伦，对照自己与妻儿天各一方，发出"你这向我道谢，被我怜悯的车夫，我不如你呀，我不如你"的慨叹，由车夫的女人想到自己的女人，由车夫的孩子想到自己的孩子。"我忽而想起了我的可怜的女人，又想起了我的和那在地上哭的小孩一样大的儿女，也觉得眼睛里热起来痒起来了。"以此为参照，我们会发现《春风沉醉的晚上》中"我"与陈二妹之间之所以不会产生"和你一样"的感觉，显然不是因为阶层，也不是因为作家思想的变化，①而是因为性别。同样的情形也出现在《一件小事》和《故乡》等作品中。②可见民粹主义话语本身也是性别化了的。

　　与《在酒楼上》相似，《春风沉醉的晚上》同样也与启蒙、救助、引领、出走这样的启蒙叙事经典的两性关系式擦肩而过。而鲁迅与郁达夫都没有做到的，柔石却做到了。

　　柔石写于1920年代末的《二月》讲述了这样的故事。漂泊北京、上海、杭州等大都市的知识分子萧涧秋厌倦了都市的喧哗骚动，来到世外桃源般的芙蓉镇，原想在这个美丽的南方小镇二三年或更长久地待下去，但他很快卷入是非的旋涡，陷入对芙蓉镇附近乡村穷苦的青年寡妇文嫂的人道主义同情和与热情、漂亮的新女性陶岚的爱情纠葛中。小镇流言骤起，为了救助走投无路又被流言困扰的文嫂，萧涧秋索性决定娶

---

① 《薄奠》写于1924年，比《春风沉醉的晚上》晚一年，这一年间郁达夫的思想并没有什么变化。

② 在《一件小事》中，男性车夫与老女人，都来自底层，但前者伟岸高大，后者猥琐甚至卑劣，讹诈成性。《故乡》同时写到故乡人物的今昔对比，即眼前的闰土与记忆中的闰土、眼前的杨二嫂与记忆中的杨二嫂，而记忆中脸上搽着厚厚白粉的豆腐西施与月夜海边沙地上矫健生动的少年是不能同日而语的。闰土的今昔变化表征的是故乡的破落与颓败，而杨二嫂的今昔变化表征的却是故乡人情人心的恶化、畸变。

她为妻。但文嫂终于在小儿子死后绝望自杀，萧涧秋愤然离去。尽管萧涧秋在芙蓉镇逗留时间总共不到两个月，但这个来而复去的外来者却在芙蓉镇激起轩然大波。他的到来首先唤醒了陶岚被小镇保守封闭的氛围所压抑着的热情，而这样的热情一旦苏醒便喷薄而出，反过来对萧涧秋颓唐、软弱构成一种覆盖、拯救。陶岚原本就是一个受过现代思想洗礼的新女性（她是个暂时辍学在家的女大学生）。萧涧秋一开始就对陶岚心存疑惧："虽则他明了，她是一个感情奔放的人，或者她是用玩洋囡囡的态度来玩他，可是谁能否定这不是'爱'呢？"这就注定萧涧秋无法通过陶岚来实现自我身份定位。萧涧秋厌倦都市，但他并没有放弃都市所赐予他的现代思想文化的背景，也正是这样的背景标示了他与芙蓉镇庸众之间的对立，构建了他的自我认同。

他与陶岚的关系使他陷入相当矛盾中。一方面，在芙蓉镇，有着现代都市文明背景的知识女性陶岚是他唯一的知音，他需要通过与陶岚的对话和共谋来避免陷入鲁迅笔下的返乡知识者那样的失语状态，来确认自己超拔于芙蓉镇的启蒙知识分子身份；另一方面，与陶岚交往又使他对自己的文化身份的期待一直处于虚设、悬置中，因而他一再拒绝陶岚的爱情，要求陶岚永远只做他的"岚弟"，而不是恋人。于是，蒙昧不幸的乡村寡妇文嫂和她七岁的女儿采莲的出现，就成为叙事逻辑迁延的必要环节。这两个形象可以看成对陶岚形象必要的补充，她们弥补了陶岚形象所欠缺的，而又是启蒙叙事所期待于女性的角色功能。在文嫂儿子病重、夭折前后，萧涧秋不仅从经济上救助文嫂，还对她进行现代医学常识灌输、心理开导，对于幼小的采莲，萧涧秋更是将她带在身边谆谆诱导、悉心教诲，这一切具有了鲜明的启蒙色彩。正是通过救助、引领文嫂、采莲，萧涧秋完成了对自己的自我角色期待，超越了内心深处因自我认同障碍而导致的失落、空虚。一直被虚设、悬置的启蒙者的身份也落到了实处。同时也正是通过文嫂和采莲，陶岚由萧涧秋的对话者、共谋者渐渐演变为他忠实的追随者。叙事结尾显然暗示陶岚将追随萧涧秋而去。萧涧秋虽然难逃失败的命运，但他作为一个启蒙知识分子的身份却是毋庸置疑的。尽管正如鲁迅所说:"他仅是外来的一粒石子,所轧了几下,发几声响,便被挤到女佛山——上海了。"①但他毕竟"发几声响"而非失语(而这其中的关键点正是文嫂和采莲的存在),这是鲁迅笔下返乡的现代知识分子所无法做到的。

三 《迟桂花》:知识男性多重自我的外化

在《春风沉醉的晚上》发表近十年后的另一名篇《迟桂花》(1932年)中,郁达夫再次涉及现代知识分子与乡村女性关系这一话题。如果说,《春风沉醉的晚上》叙述知识者"我"与女工陈二妹关系的核心是两人之间的隔阂与"不一样",那么,《迟桂花》叙述知识者"我"与乡村女子翁莲关系的核心则是翁莲的容颜、身体。小说反复写到翁莲生长在乡村野地,天生一副罕见的漂亮容颜和摄人魂魄的丰腴身体:

"红红的双颊,挺突的胸脯,和肥圆的肩臂","一双天生成像饱使过耐吻胭脂棒般的红唇"。她的身体,也真发育得太完全,穿的虽是一件乡下裁缝做的不大合式的大绸夹袍,但在我的前面一步一步地走去,非但她的肥突的后部,紧密的腰部,和斜圆的胫部的曲线,看得要簇生异想,就是她的两只圆而且软的肩膊,多看一歇,也要使我贪馋起来。立在她的前面和她讲话哩,则那一双水汪汪的大眼,那一个隆正的尖鼻,那一张红白相间的椭圆嫩脸,和因走路走得气急,一呼一吸涨落得特别快的那个高突的胸脯,又要使我恼杀。还有她那一头不曾剪去的黑发哩,梳的虽然是一个自在的懒髻,但一映到了她那个圆而且白的额上,和短而且腴的颈际,看起来,又格外的动人。

---

① 鲁迅:《柔石作〈二月〉小引》,《鲁迅全集》第4卷,人民文学出版社1981年版,第149页。

因此，在单独与翁莲外出游山的过程中，"我"不禁心君摇荡、想入非非，多次用非常暧昧的眼神动作挑逗她，但翁莲却浑然无知，明净朴拙，如"永久的小孩子的天性"，使"我"欲念顿消，产生一种深深的自责，"对于一个洁白得同白纸似的天真小孩，而加以玷污，是不可赦免的罪恶"。经过心灵净化升华的"我"决定与她"永久地结作最亲爱、最纯洁的兄妹"。令人不解的是，从这样的主旨而言，作者完全可以把翁莲想象成一个乡村少女，岂不更能象征人性浑朴纯真的理想境界，像废名《竹林的故事》中的三姑娘、沈从文《边城》中的翠翠那样，但为什么作者却要把翁莲想象成一个二十八岁的、寡居的乡村少妇，有着一副与内心世界反差极大的丰腴、撩人的外表？这大致有以下两方面原因：从文化群体性因袭而言，翁莲的形象实际上是父权文化传统中两类基本的女性镜像，即贞女与荡妇的结合体，承载了父权文化对女性的道德与欲望的双重期待。而从作家个体性而言，首先，郁达夫小说一贯青睐于富有性诱惑力、风韵成熟的女性形象，如《迷羊》中的女伶月英、《她是一个弱女子》中的郑秀岳、《过去》中后来的老三，翁莲的形象与这类形象一脉相承；其次，郁达夫于1932年10月6日至11月10日在杭州疗养肺病，《迟桂花》正是这期间的作品。对于一个羸弱的肺病患者而言，丰腴的乡村少妇显然比单薄的乡村少女更有意义；再次，早年自叙传小说对性心理无节制的暴露多为人诟病（这样的诟病不仅来自封建卫道士，也来自新文学阵营），因此1930年代后，郁达夫的创作相对节制，非常注意对文本中潜在的欲望加以道德的规训、包装[1]。上述种种原因造就了翁莲充满性诱惑力的外表和一颗童贞的心灵的奇异结合。

不仅如此，翁莲还博闻强记，通晓家乡的山水古迹、庙宇楼台，甚至连草木虫鱼也无所不知、无所不晓：

---

[1] 这也与这一时期郁达夫个人生活相对安定、婚姻幸福有关。

无论是如何小的一只鸟，一个虫，一株草，一棵树，她非但各能把它们的名字叫出来，并且连几时孵化，几时他迁，几时鸣叫，几时脱壳，或几时开花，几时结实，花的颜色如何，果的味道如何等，都说得非常有趣而详尽，使我觉得仿佛是在读一部活的桦候脱的《赛儿鹏自然史》（G.White's *Natural History and Antiquities of Selborne*）。而桦候脱的书，却决没有叙述得她那么朴质自然而富于刺激，因为听听她那种舒徐清澈的语气，看看她那一双天生成像饱使过耐吻胭脂棒般的红唇，更加上以她所特有的那一脸微笑，在知识分子之外还不得不添一种情的成分上去，于书的趣味之上更要兼一层人的风韵在里头。我们慢慢地谈着天，走着路，不上一个钟头的光景，我竟恍恍惚惚，像又回复了青春时代似的完全为她迷倒了。

显然，翁莲不仅是贞女与荡妇的结合体，欲望与道德的结合体，还是纯朴的乡村女性与博学多才、蕙质兰心的城市知识女性的结合体，是情色、活力、美德、智慧、质朴的集大全者。典型地折射了男性叙事人对女性的多重期待。不难看出，翁莲的形象正是一个历来深受女性主义批评诟病的"所指"缺席的"空洞能指"，与真实的乡村女性并无多大关系。这点当年批评家苏汶就曾指出："所可惜者，篇中的'我'和莲姑游山那一段，行动举止都太露骨，据个人想象，一位山里的少妇是不像会有这种情形的，因而对全篇都缺乏亲切之感。"[①] 苏汶所谓的"露骨"指的是"我"和翁莲游山期间，"我"对她做出的种种被命名为兄妹情谊的亲昵行为以及她的坦然接受，如"我"可以"伸上手去，向她的下巴底下拨了一拨"，"将我的嘴唇轻轻地搁到了她的头上、两人偎抱着沉默了好久"等细节。苏汶（杜衡）历来主张艺术的真必须建立在生活的真的基

---

① 苏汶：《〈忏余集〉书评》，载《现代》第三卷第 4 期，转引自王自立、陈子善编：《郁达夫研究资料（下）》，天津人民出版社 1982 年版，第 380 页。

础上，在他看来，成年兄妹间这样的亲昵对一个山里少妇而言是不太可能的。当然如果是恋人间那又当别论，但偏偏叙事者刻意将这一切界定为"最亲爱、最纯洁的兄妹"关系。因为只有这样的巧妙命名，才能一方面使得男性个体的深层欲望获得换型的表现、变相满足；另一方面又逃避了道德归罪，成就了道德上的自我认同感，规避人们对早年小说性心理描写的诟病。

在更深的一个层面上，翁莲的形象还是作为传统文人的郁达夫对女性、乡村的赏玩心态与作为现代知识分子的郁达夫关于乡村纯朴人性、蓬勃生命力、地母情怀等想象的混合体。小说在非常细致地写了"我"的种种微妙隐蔽心理活动的同时，却始终没有任何关于翁莲内心活动的描写。一个有过不幸婚史的寡居年轻女子，面对一个自己实际上相当敬仰的男人一再示爱，似不可能真的一派浑然无觉，其内心不可能波澜不惊。当然这可以解释为小说第一人称叙事视角限制了对其他人物内心世界的表现，但更重要的原因却是乡村女子翁莲无须内心世界，她只是令"我"陶醉的翁家山自然风光的一部分，一道活动的风景，尤其是翁家山特有的迟桂花的化身。

小说一开头作者就写在以桂花著名的满觉陇里，却闻不着桂花的香气，倒是名不见经传的偏僻的翁家山，触鼻都是桂花的香气。初到翁家山"所闻吸的尽是这种浓艳的气味"。而这浓艳的迟桂花香味，起初的确使初来乍到的"我""似乎要起性欲冲动的样子"。但渐渐地便体察到它芳香的淳厚、持久。迟桂花虽然开放时间不如早桂，但香味的浓艳却超过早桂。"我"对翁莲的感觉也莫不如此。远道进山寻友，不想在这远离上海的偏僻山乡竟然藏有翁莲这等宝物。初识翁莲，她那撩人的外表着实让"我"想入非非，冲动不已，及至了解她的性情，却又像"高山深雪"般的圣洁，终于让"我"的心灵获得彻底的净化。翁莲虽然年近三十，但美艳鲜嫩（小说在形容翁莲外表时多次使用鲜、嫩、软、肥这样的字眼儿）不输少女，且因为有了些年纪，又比那些生涩的少女更加有韵味，正如迟桂胜过早桂。这正是小说的全部叙事逻辑。当然小说最后"我"告别翁家兄妹之际,祈愿"但愿我们都是迟桂花",虽然喻体相同,但在不同性别的本体身上,"迟桂花"的象征内涵是不同的。

李欧凡在《孤独的旅行者——中国现代文学中的自我形象》一文中谈到,以个人旅行的方式来表现自我,是"五四"文学中重要的现象,并将郁达夫的创作作为典型的例子,论及他的《南迁》、《中途》、《一个人在途上》、《茑萝行》、《南行杂记》、《感伤的行旅》中的自我形象。[①]而事实上《迟桂花》也是一篇典型的旅行小说,叙述了主人公由大都市上海前往偏僻乡村翁家山访友观光的经过。借此,我们更有理由认为乡村女子翁莲的形象正是作为知识男性的作家、叙述人、主人公(在郁达夫作品中作者、叙述人、主人公三者常常混为一体)自我形象的特殊外化形式。

结　语

通过上面的讨论,我们可以看到,《在酒楼上》、《春风沉醉的晚上》、《二月》、《迟桂花》这四个著名的文本实际上提供了知识男性与乡村女性之间的四种关系模式。如果说,《在酒楼上》通过对吕韦甫与阿顺之间日常化、肉身化的平等两性关系书写来彰显吕韦甫"模模糊糊、敷敷衍衍"的精神衰退、启蒙知识分子身份的沦丧,那么,这一命题在其他三篇小说中获得了正面的表述。《春风沉醉的晚上》通过叙述"我"与陈二妹之间的"认别"来使"我"原本被忘却、模糊的知识分子身份渐渐明朗、清晰,《二月》则通过萧涧秋对文嫂、采莲的启蒙、教诲、救助来完成了萧涧秋的自我角色期待,使一直被虚设、悬置的启蒙知识分子身份落到了实处。而《迟桂花》中翁莲的形象俨然是"我"交织着欲望与道德的双重自我的投射物,是作为传统文人的郁达夫对女性、乡村的赏玩心态

---

① 参见李欧梵《现代性追求》,生活·读书·新知三联书店2000年版,第74页。

与作为现代知识分子的郁达夫关于乡村纯朴人性、蓬勃生命力、地母情怀等想象的混合体。澳大利亚著名的生态女性主义理论家薇尔·普鲁姆德在谈到自我与他者的关系中指出："既不把他者视为与自我完全疏离和断裂的，也不把它同化并成为扩大了的'自我'的一部分。"[①]而上述文本对乡村女性的叙述恰恰要么与知识者"我"完全疏离、割裂，成为另类性、不可同化性、不可理喻的他者；要么只是知识者自我意识的外在延伸物、投射物。"乡村女性"正是以这样的两种姿态来为启蒙叙事中知识男性的自我身份想象提供坚实的支点。不仅如此，本章所讨论的这个命题实际上还涉及现代文学启蒙叙事更复杂的一些面向。

熟悉中国现代文学的人都知道，作为启蒙叙事主体的现代男作家们大都出身乡村或小镇，他们最初或明晰或朦胧的爱恋对象几乎都是乡村女性，但当男性成为知识精英后，由于身位的变化，他们对乡村女性的情感也复杂化了，正如同他们对乡村的情感。乡村一方面是黑暗蒙昧落后的聚集地，另一方面又是生我养我的乡土母体、诗意的田园牧歌世界。这样的两面性与现代启蒙话语价值体系对女性的定位正好相似。于是，知识男性与乡村女性之间的关系便自然成为启蒙主体与乡村之间复杂纠葛的支点。

（原载《南开学报》，2011 年第 4 期）

---

① [澳]薇尔·普鲁姆德：《女性主义与对自然的主宰》，马天杰、李丽丽译，重庆出版社 2007 年版，第 7 页。

第二章　遭遇乡村

——《黑骏马》、《白狗秋千架》、《小黄米的故事》的互文性

众所周知，知识分子与农民是"五四"以后新文学最重要的两类形象，而知识分子与农民／乡村的关系也一直是新文学生生不息的重要命题。根据笔者的研究，尽管不同历史阶段对这一命题有不同的表述，却常见一个共同的表述模式，那就是这一命题常常被纳入两性关系中展开。[①]因此，在中国现当代文学不同历史阶段几乎都会出现一些涉及知识分子与乡村／农民之间两性关系的著名文本，如1920年代、1930年代柔石的《二月》、郁达夫的《迟桂花》，1950—1970年代萧也牧的《我们夫妇之间》、赵树理的《三里湾》、柳青的《创业史》、浩然的《艳阳天》[②]，1980年代张贤亮的《灵与肉》、《绿化树》、古华的《芙蓉镇》、《爬

---

① 这其中隐含这样的文化逻辑：近代以来的中国，知识分子一直缺乏一个足以影响并制约政统的学术道统，作为安身立命之本。社会缺乏一个鼓励独立运用知识的评价体系来确认知识分子的身份，知识分子只能作为一个社会的人，依附于政治文化体系中获得身份认同。这个政治文化体系就是民族、阶级的政治，其核心能指就是民族国家，以此为中介，知识分子才可以获得明确的身份。"五四"以后处身社会底层的工农大众，尤其是农民，被认为是构成民族国家的主体、现代性社会运动主要承担主体。于是，知识分子与工农大众（尤其是农民）之间的关系，作为知识分子与民族国家关系的另一种表达方式，实际上就成了现代中国知识分子身份建构／想象中无法回避的问题。相关论述可参见王宇《性别表述与现代认同》，上海三联书店2006年版，第135—136页。

② 《三里湾》、《创业史》、《艳阳天》的主题并非探讨知识分子与乡村／农民的关系，但其中人物关系都涉及将知识分子与乡村／农民关系纳入两性关系描写中这个叙事传统，如《三里湾》中，中学毕业生范灵芝选择文化程度不高，但热爱集体、政治进步的王玉生；《创业史》中徐改霞虽然只有高小文化，但身上颇有知识女性的色彩，可她就是喜欢"泥腿子"梁生宝；《艳阳天》中想当诗人，对革命充满幻想的回乡知青焦淑红最后选择文化程度不高，但"闪烁着共产主义思想光辉"的党支部书记萧长春做自己的恋人。类似这样的两性关系模式在一时期的小说中十分常见。

满青藤的木屋》、路遥的《人生》、张承志的《黑骏马》、莫言的《白狗秋千架》、贾平凹的《浮躁》，1990年代王安忆的《叔叔的故事》、贾平凹的《高老庄》、铁凝的《小黄米的故事》，21世纪初年贾平凹的《秦腔》、毕飞宇的《平原》、阎连科的《风雅颂》、葛水平的《地气》、董立勃的《米香》等。笔者曾多次著文探讨过这一表述模式与知识分子自我身份想象之间的深层关联性。[1]本章选择二十世纪八九十年代张承志的《黑骏马》[2]莫言的《白狗秋千架》[3]和铁凝的《小黄米的故事》[4]三个文本，通过对文本细节及其互文性的细读，并联系三个文本所赖以产生的知识背景，以及其中所牵涉多层面的文化内涵再一次来探讨知识分子与农民/乡村关系这一古老的"五四"命题。"任何文本都处在若干文本的交汇处，都是对这些文本的重读、更新、浓缩、移位和深化。从某种意义上讲，一个文本的价值在于它对其他文本的整合和摧毁作用。"[5]那也就是说，某种意义上，文学研究就是对文本互文性的研究，正是从互文性中我们才得以窥见隐秘的文化逻辑。这正是本章的学理基础。

一 似是而非还是戏仿

张承志发表于1982年的《黑骏马》和莫言发表于1985年的《白狗

---

[1] 笔者曾从不同侧面论述过这一命题，参见王宇《性别表述与现代认同》，上海三联书店2006年版，第54—55、135—137页；《"改造+恋爱"叙事模式的文化权力意涵》，《厦门大学学报》2005年第6期；《在知识男性与乡村女性之间：启蒙叙事的一个支点》，《南开学报》2011年第4期。

[2] 张承志：《黑骏马》，《十月》1982年第6期。本章修改成文之际，偶在中国学术期刊网上发现竟也有人将《黑骏马》和《白狗秋千架》进行过对照，即胡斌的《〈黑骏马〉与〈白狗秋千架〉比较——兼及两部小说的电影改编》一文（《电影评价》2008年第22期），浏览全文内容后发现，拙文与胡文并无内容上的雷同，研究对象的雷同实属巧合。鉴于时下混乱的学术秩序，为避免误解，特此说明。

[3] 莫言的《白狗秋千架》创作于1984年冬天，发表于《中国作家》1985年第4期。

[4] 铁凝：《小黄米的故事》，《青年文学》1994年第4期。

[5] 这是索莱尔斯对克里斯蒂娃"互文性"概念的重述，转引自秦海鹰《互文性理论的缘起和流变》，《外国文学评论》2004年第3期。

秋千架》，两篇小说在情节、结构、叙述人称等诸多方面都存在着惊人的相似性，如都包含了游子返乡赎罪的原型，都叙述一个阔别乡村多年的游子返乡寻找青梅竹马恋人的故事，都是第一人称叙事人"我"讲述的故事。"我"自幼生长在草原／小村庄，与清纯美丽的草原／乡村少女索米娅／暖青梅竹马，后来"我"离别草原／乡村，去城市上大学，毕业后留在城市工作。而在"我"离去后，索米娅／暖历尽磨难，嫁了一个粗暴彪悍没文化的丈夫，生下一大群孩子。索米娅的丈夫是个粗野的赶车人，而暖的丈夫则是一个粗野的哑巴农人。多年后"我"重返故乡，重逢在贫穷与劳作中苦苦挣扎的索米娅／暖，激起心灵的震撼。两篇小说都有一个与主人公相依为命、通人性的同时又贯穿故事始终的动物形象，在张承志笔下是一匹名叫钢嘎哈拉的神勇的黑骏马，而在莫言笔下则是一只白狗。两篇小说的题目都来自这个动物形象，一黑一白，互相对称。①

尽管有这么多的相似之处，但不难看出，《黑骏马》俨然承袭了20世纪非常典型的原乡想象脉络，在《黑骏马》中，原乡是作为一个人性、道德、审美的高地而呈现；而《白狗秋千架》则是对这种想象的彻底颠覆，甚至让人怀疑是对《黑骏马》的刻意戏仿。这样的颠覆或戏仿主要来自两个乡村女性主人公形象之间的似是而非。在《黑骏马》中，索米娅虽然历经磨难、贫穷、厄运，但依然保持高贵的内心，对命运的承受与包容，对苦难的淡定与坚忍，对草原、孩子、亲人、世间一切的博爱，俨然是地母的化身。记忆中那红霞般的草原少女沙娜（索米娅的小名）虽然已经逝去，但眼前的草原母亲索米娅依然美好，"我"偶尔还能从她的脸上看到"复活的美丽神采"。面对眼前的索米娅，"我"依然一往情深，最后"我"在心里深情地喊道："再见吧，我的沙娜……让我带着对

---

① 这两部小说还有另一个共同之处就是：都在发表多年之后被著名导演改编成电影，并多次获得国际国内大奖。即谢飞的《黑骏马》（1995）与霍建起的《暖》（2002）。《黑骏马》获1995年第18届加拿大蒙特利尔世界电影节最佳导演奖，1996年俄罗斯第五届圣彼得堡电影节组委会特别奖等5项奖；而《暖》获得第16届东京国际电影节最佳影片"金麒麟奖"。电影《黑骏马》基本忠实于原著，而电影《暖》与原著天差地别，它所呈现的原乡想象形态恰恰是小说《白狗秋千架》极力要解构的。

你的思念，带着我们永远不会玷污的爱情，带着你给我的力量和思索，也去开辟我的前途……"

《白狗秋千架》中，"我"记忆中的暖一如《黑骏马》中"我"记忆中的索米娅一样美好，但眼前的暖却截然不同了。小说一开始就写到离开故乡多年后返乡的"我"与劳作中的暖在故乡桥头狭路重逢的情景。当认出"我"之后，暖"用左眼盯着我看，眼白上布满血丝，看起来很恶"。而接下来的情景更加残酷：

"这些年……过得还不错吧？"我嗫嚅着。

我看到她耸起的双肩塌了下来，脸上紧张的肌肉也一下子松弛了。也许是因为生理补偿或是因为努力劳作而变得极大的左眼里，突然射出了冷冰冰的光线，刺得我浑身不自在。

"怎么会错呢？有饭吃，有衣穿，有男人，有孩子，除了缺一只眼，什么都不缺，这不就是'不错'吗？"她很泼地说着。

我一时语塞了，想了半天，竟说："我留在母校任教了，据说，就要提我为讲师了……我很想家，不但想家乡的人，还想家乡的小河、石桥、田野，田野里的红高粱，清新的空气，婉转的鸟啼……趁着放暑假，我就回来啦。"

"有什么好想的，这破地方。想这破桥？高粱地里像他妈×的蒸笼一样，快把人蒸熟了。"她说着，沿着漫坡走下桥，站着把那件泛着白碱花的男式蓝制服褂子脱下来，扔在身边石头上，弯下腰去洗脸洗脖子。她上身只穿一件肥大的圆领汗衫，衫上已烂出密麻麻的小洞。它曾经是白色的，现在是灰色的。汗衫扎进裤腰里，一根打着卷的白绷带束着她的裤子。她再也不看我，撩着水洗脸洗脖子洗胳膊。最后，她旁若无人地把汗衫下摆从裤腰里拽出来，撩起来，掬水洗胸膛。

汗衫很快就湿了，紧贴在肥大下垂的乳房上。看着那两个物件，我很淡地想，这个那个的，也不过是这么回事。正像乡下孩子们唱的：没结婚是金奶子，结了婚是银奶子，生了孩子是狗奶子。我于是问："几个孩子了？"

"三个。"她拢拢头发，扯着汗衫抖了抖，又重新塞进裤腰里去。

"不是说只准生一胎吗？"

"我也没生二胎。"见我不解，她又冷冷地解释，"一胎生了三个，秃噜秃噜，像下狗一样。"

让我们对照一下《黑骏马》中"我"重逢索米娅的情景：

她变了。若是没有那熟悉的脸庞，那斜削的肩膀和那黑黑的眼睛，或许我会真的认不出她来，毕竟我们已阔别九年。她身上消逝了一种我永远记得的气味；一种从小时、从她骑在牛背上扶着我的肩头时就留在我记忆里的温馨。她比以前粗壮多了，棱角分明，声音喑哑，说话带着一点大嫂子和老太婆那样的、急匆匆的口气和随和的尾音。她穿着一件磨烂了肘部的破蓝布袍子，袍襟上沾满黑污的煤迹和油腻。她毫不在意地抱起沉重的大煤块，贴着胸口把它们搬开，我注意到她的手指又红又粗糙。当我推开她，用三齿耙去对付那些煤块时，她似乎并没有觉察到我的心情，马上又从牛车另一侧再抱下一块。她絮叨叨地和我以及前来帮忙的炊事员聊着天气和一路见闻，又自然又平静。但是，我相信这只是她的一层薄薄的外壳。因为，此刻的我在她眼里也一定同样是既平静又有分寸。生活教给了我们同样的本领，使我们能在那层外壳后面隐藏内心的真实。我们一块儿干着活儿，轰轰地卸着煤块；我们也一定正想着同样的往事，让它在心中激起轰轰的震响。

《黑骏马》中的"我"因为不能忍受城市的势利、庸俗，才回到草原寻找那"红霞般"的草原少女沙娜。虽然现在的索米娅已经不再是过去的沙娜，饱经岁月磨难，容颜已经美丽不再，但却焕发出另一种诗意、淡定、包容而慈爱，这是一种母性的诗意光芒。正是这种诗意光芒照亮"我"的返乡之旅。而《白狗秋千架》中，"我"的返乡之旅却因为现在的暖而黯淡无光。尽管"我"与暖之间同样有着诗意的过去，但过去的诗意已经荡然无存。葬送"我"对故乡、往昔美好怀想的不仅是眼前暖的"恶"与"泼"，更重要的是她的丑——外形的巨大改变，她的独眼、她的邋遢，尤其是她毫无顾忌地暴露出的丑陋不堪的肥大下垂的乳房。"看着那两个物件，我很淡地想，这个那个的，也不过是这么回事。正像乡下孩子们唱的：没结婚是金奶子，结了婚是银奶子，生了孩子是狗奶子。"而《黑骏马》中虽然"我"也注意到索米娅外表的不再美丽——"袍襟上沾满黑污"、"手指又红又粗糙"、"声音喑哑"，这些细节始终与性无关，而且"我"也更关注索米娅的神情，而不是身体。如果说，过去红霞般的少女沙娜是一首诗，那么，现在地母般的索米娅则是另一首诗，或者说是一支苍茫的古歌，在辽阔的草原上低回流转。这无疑折射了1980年代知识分子作为一个人文主体的诗意内涵。而《白狗秋千架》中的"我"对眼前的暖身体的评议表明"我"相当世俗化的身份。这样的世俗化还体现在另两个细节上，"我"对自己在城里高校将被提为讲师的前景非常憧憬，一见面就特意和暖提起这事，而且此次返乡还特意穿一条标志城市物质现代化的牛仔裤。"知识分子"身份显然只是"我"的职业身份，并没有赋予"我"多少精神性的内涵。这个身份也可以被置换为京城大学的准讲师。标志这个身份的是校徽（返乡也佩着）、牛仔裤、送给暖的哑巴丈夫和儿子的自动伞、高级糖等外在物质性的、世俗化的现代化物件。而《黑骏马》中我们始终看不到从城里来的"我"身上有任何提示城市、知识分子世俗身份的物质标志，相反，"我"对城里的一切充满厌倦，但精神性诉求却非常强烈，整部小说充满男主人公丰繁细致的内心感受，感伤、抒情而浪漫，一种典型知识分子根性。同是创作于1980年代前期，但两篇小说的这些差异着实让人震惊。

需要隆重提到的是，两篇小说结尾对两位乡村女性主人公的描写更是似是而非。在《黑骏马》结尾，"我"翻身上马即将离去的一刹那，索米娅突然抓住了"我"的缰绳，急切地说出了她最后的请求：

"我有一件心事，不，有一个请求，我不知道是不是该说——"她满怀希望地凝视着我的眼睛，犹豫了一下。突然又用热烈的、兴奋的声调对我说："如果，如果你将来有了孩子，而且……她又不嫌弃的话，就把那孩子送来吧……把孩子送到我这里来！懂吗？我养大了再还给你们！"她的眼睛里一下涌满了泪水。"你知道，我已经不能再生孩子啦。可是，我受不了！我得有个婴儿抱着！我总觉得，要是没有那种吃奶的孩子，我就没法活下去……我一直打算着抱养一个，啊，你以后结了婚，工作多，答应我，生了孩子送来吧！我养成人再还给你……"

而《白狗秋千架》中暖也在"我"离去的半道截住了"我"，向我提出最后的请求：

"……我正在期上……我要个会说话的孩子……你答应了就是救了我了，你不答应就是害死了我了。有一千条理由，有一万个借口，你都不要对我说。"

索米娅与暖的请求从表面上看似乎大同小异，都是想要一个孩子。不同的是索米娅是要求替"我"抚养孩子，当然是"我"与别的女人（城市女人）生的孩子，养大了再送还"我"，而暖的要求是要和"我"生一个孩子。同样都是要求一个孩子，但索米娅的请求被叙述成一种地母般的品格、母爱的本能——"没有那种吃奶的孩子，我就没法活下去"，没有任何现实的实际目的。而暖的要求则非常现实，她想要一个正常的会说话的孩子，她已经和哑巴生了三个不会说话的孩子了。暖是经过深思熟虑才提出这个问题,她抓住了"我"对她的旧情、愧疚,以此作抵押,提出这样的要求,并不容拒绝。而这一要求的确大大出乎"我"的意料,不仅深度考问了"我"对她的情义,也将知识分子/男性与乡村/乡村女性的关系这一"五四"以来中国文学的历史命题推向了死角。小说并没有写"我"听完暖的请求后的反应,就戛然而止。这意味着这个问题不可能有任何答案。而在《黑骏马》的结尾答案是非常明确的:结束返乡之旅,"我"从索米娅、草原(这两者是合二为一的)身上悟出了生活的真谛:"让我带着对你的思念,带着我们永远不会玷污的爱情,带着你给我的力量和思索,也去开辟我的前途……"这同时也是作者对现代化前景的激情、浪漫想象——汲取了乡村营养的现代化必然更加美好。

二 想象还是发现原乡

在1980年代前期的文化语境中出现《黑骏马》、《白狗秋千架》这样两个似是而非却又截然不同的文本真是匪夷所思。《白狗秋千架》创作于1984年的冬天,这个时节政治和文化意义上的诗意原乡几乎是所有中国作家乡村叙事的重要内涵。在政治层面上写改革给乡村带来希望、生机,如贾平凹的《小月前本》、《黑氏》、《鸡窝洼的人家》、《腊月正月》及张炜的《声音》、《拉拉谷》、《一潭清水》、《芦清河告诉我》;与此同时,也出现久违了的对乡村文化传统的守望,书写乡村山民古朴自在的生存方式,如汪曾祺的《大淖记事》、《受戒》,贾平凹的《商州初录》等,或把上述两种主题互相穿插。而莫言竟然毫不留情地终结上述种种原乡想象的诗意,无论是政治的还是文化的。正如王德威在评价莫言这篇小说时说道:"《白狗秋千架》未必是莫言最绚丽、最炫目的作品,却能切中迩来寻根、乡土情结的要害。"他特别提到"我"与暖在桥上重逢的那段场景:"当代文学里,再没有比这场狭路相逢的好戏更露骨地亵渎传统原乡情怀,或更不留情地暴露原乡作品中时空错乱的症结。"①《白狗秋千架》出现在莫言大红大紫的成名作《红高粱》之前,在当时并没有引起太多的关注,但莫言却非常看重这篇小说,声称这篇小说对他的整个创作具有非同一般的意义。②这其中大有深意。这篇小说游离出了20世纪乡村叙事的所有传统,指示着,乡村不仅不是政治改造、文化启蒙的对象,不是文化寻根的对象,甚至不是心灵皈依的对象,从而还原出了一个自在的乡村面貌——乡村是美好的,乡村也是丑陋的、世俗的。这就是后来《红高粱》中那句著名的话,"我"的故乡高密东北乡是"最英雄好汉同时也是最王八蛋"之地。这是乡村的发现,也是民间的发现。当然,在《红高粱》中,乡村的美丽连同丑陋一起被神话化、传奇化,莫言还是走上营造、建构原乡传奇的道路,而且越走越远,越走越成功,因为全球化时代需要这样的原乡传奇,它可以抚慰现代性带来的文化乡愁。全球化是对地方感的最大威胁,出于对这一威胁的克服引发了持续不歇的对地方特色的建构。对"地方"的象征性建构正是1980年代中期寻根文学以来的乡村叙事一个非常重要的文化诉求。"高密东北乡"便是这方面的典型例子。如果说在《红高粱》中莫言发明了原乡——建构了一个能够提供强烈地方感的传奇神话之地,那么,在《白狗秋千架》中,莫言实际上是发现了原乡,一个与知识者种种原乡想象全无干系的自在之地。主人公的返乡之旅实际上是发现之旅,而这一切都建立在"暖"这一非常特别的乡村女性形象上。

"五四"以来乡村女性形象一般有这样的几个谱系,乡村之痛的象征,愚昧落后乡村的投影,启蒙者哀其不幸、怒其不争的对象,如鲁迅《祝福》中的祥林嫂、《明天》中的单四嫂、叶绍钧《这也是一个人?》

---

① 王德威:《想象中国的方法》,生活·读书·新知三联书店1998年版,第241页。

② 莫言:《感谢那条秋田狗——日文版小说集〈白狗秋千架序〉》,《西部》2007年第9期。在此文中,莫言还提到:正是在《白狗秋千架》中第一次出现"高密东北乡"这个名字。但莫言记忆可能有误。实际上"高密东北乡"最早出现在发表于1984年第8期《奔流》的短篇小说《秋水》中。《白狗秋千架》创作于1984年冬天,但发表于《中国作家》1985年第4期。显然,发表的时间迟于《秋水》。

中的像牛一样被出卖的"伊"，台静农《烛焰》中被逼嫁给弥留之际的男人冲喜的乡村少女翠姑，柔石《为奴隶的母亲》中被典租的春宝娘……启蒙叙事中的乡村女性大凡都属这一类型；乡村之美的象征，质朴纯洁人性形式的象征——如废名《竹林的故事》中的三姑娘、沈从文《边城》中的翠翠；旺盛蓬勃的生命力的象征——如许地山《春桃》中的春桃，郁达夫《迟桂花》的莲姑；含辛茹苦、博爱、母性/地母的象征，如《黑骏马》中的索米娅、莫言《丰乳肥臀》中上官氏；柔情似水又深明大义的妻子——如孙犁笔下的水生嫂们。当然，上述分类常常是交叉的，很多乡村女性形象同时兼具上述几种象征意义，如索米娅的形象兼具质朴纯洁的人性形式（少女时代的索米娅）与含辛茹苦、博爱的母亲象征意味（中年索米娅）。而暖的形象却很难被纳入上述任何类型，她不具有上述种种乡村女性的本质化特征——这些特征其实是被建构出来的，本质化的乡村女性是本质化原乡的载体。而暖的出现却宣告了这样的原乡想象的虚妄。如果说在《白狗秋千架》中，莫言实际上是发现了原乡，那么，这一发现源自对乡村女性暖的发现。

祛除一切象征诗意之魅，游离出知识分子（男性）的种种原乡想象的惯例之后，暖呈现出一个女性个体真实的生命欲求——身处四个哑巴包围中的暖内心深处一直有个强烈的愿望——"要个会说话的孩子"。暖对孩子的要求并非出于索米娅式的母性本能、地母情怀（这是乡村女性最经常被赋予的"本质"，像多年之后的《丰乳肥臀》中的上官鲁氏那样），她不是只要一个孩子，而是要一个会说话的孩子，一个对话者和倾听者，"哪怕有一个响巴，和我做伴说说话"，她要求的实际上是一份开口说话的权利。她知道尽管自己是正常人，具有开口说话的能力，但是如果没有对话者和倾听者，也就无从真正拥有话语权。而"我"的到来让她看到了实现这一愿望的可能性，她不顾一切抓住这个可能性。暖的主动献身也并非出于性爱本能（像多年之后的《丰乳肥臀》中的上官鲁氏和女儿们那样，这也是乡村女性经常被赋予的一种功能、"本质"），更与同时期张贤亮笔下的马缨花们不同，后者出于对知识、知识分子的膜拜，实际上是讲述话语年代的知识分子对自我身份一厢情愿的想象，而暖的"主动献身"恰恰无情终结、嘲弄了这种想象。"我"在暖眼里只是个具有优越生育条件的男人，身体健全没有残疾，比她的哑巴丈夫强，而且完事之后就消失走人——回到遥远的北京，不会对自己的生活造成任何不良影响，这比在村里找其他男人更合适。从来都是男人将女人视作传种的工具，知识分子将农民视作传种的工具（如柔石《为奴隶的母亲》中秀才租用农妇为自己传种），而这回暖竟然企图借用男性知识分子"我"来为自己生育一个健康的后代。这是暖向"我"主动献身的全部原因，它彻底粉碎了"我"一直潜在的知识分子身份优越感。暖看起来惊世骇俗的行为恰是对命运的不甘与挣扎，从而呈现出一个特殊的主体位置，一种另类主体性。由此可见，不同的空间位置对女性的主体性有着不同的模塑。乡村女性暖不再是知识分子"我"身份想象的衍生物，而是一个自在自足的主体。

三　身份误认

如果说在《黑骏马》中，知识分子"我"当年的出走源自对草原／奶奶／索米娅的误解，他无法理解奶奶和索米娅所代表的古老的草原生活法则，将它们判定为愚昧、落后，那么，许多年之后的返乡之旅不仅是赎罪之旅，同时也是理解之旅。"我"重新理解了索米娅和奶奶，并在精神上皈依她们所象征的草原。而《白狗秋千架》的返乡之旅则是一个误解之旅，不仅眼下暖的所作所为大大出乎"我"对她的想象，而且，暖对"我"的身份也充满误认。从京城的高校返回愚昧落后的穷乡僻壤，"我"原本是带着知识分子的优越感的，但万没料到"我"在暖眼里只不过是个比她的哑巴丈夫健全、生育条件良好的男人，至于"我"自己最看重的那些文化方面的优越性，暖则根本看不见，抑或视而不见。十年后铁凝的《小黄米的故事》却以另一个故事再一次呈现了知识男性与乡村女性相互间的身份误认,这表明这一叙事逻辑并非偶然。

《小黄米的故事》叙述了一个发生在城里来的画家老白与山区公路路边店从事色情行当的17岁乡村女孩之间的故事。当地人管从事这一行当的女孩叫"小黄米"。整个情节的展开,实际上就是老白和小黄米互相对对方身份进行误认的过程。首先,在画家老白的想象中,乡村女性茁壮的身体,是"人的最美的瞬间",是人性美的极致,如同古希腊的"掷铁饼者"。并构思了一个"炕头系列"油画框架,为此不惜风尘仆仆地来到深山公路的路边店,企图在小黄米们身上寻找素材。但他付了钱让小黄米赤裸着身体摆出各种造型,拍了整整一卷胶卷,却始终没发现他一直心仪的"最美的瞬间"。他让小黄米假装缝被子,小黄米随口答道:"现时谁还缝那个,买个网套一罩不得了?"眼前的小黄米所作所为俨然与老白的想象大相径庭。小说显然无情地嘲讽了知识分子对乡村女性本质化想象的虚妄。

而小说似更细致地写了小黄米们对老白身份的误认:老白一出场,小黄米还有对面店里的另一小黄米就立即认定他的身份,他神色迟疑,说话不懂行,让她们一准认定他是个初入港的客人。紧接着出场的老板娘对老白的身份更有一番精彩的认定:"反正不是领导干部。您没车,你这衣服当领导的也不穿,他们穿西装,清一色的鸡心领毛衣,还有您这包,里面准有照相机。"老板娘虽然一眼辨识出老白的知识分子身份——"……还有您这包,里头准有相机",但在她眼里,带着照相机的人的规格显然不如领导,没有任何优越性。老白反复表明自己只是要小黄米摆摆姿势,拍拍照,并不想做别的,"希望她们能理解'他的事业'"比她们想象的事要高尚得多,但她们谁也没有理会这种声明。她们坚定地认为他和来到这里的任何一个客人并无差异。这让人想到《孔乙己》中的细节,穿长衫而站着喝酒的孔乙己一心想让人看到他是站着喝酒的客人中唯一穿着长衫的,因此与众不同,高人一筹,但人们看到的却是他也是站着喝酒,与众并没有什么不同,至于他那件破旧的长衫基本可以忽略不计。

及至老白进入小黄米做生意的房间,开始实施他自以为"高尚"的事,要小黄米摆出各种造型拍照,小黄米不仅不觉得这比一般客人直接"办事"高尚,还非常不耐烦,觉得他远不如其他客人简单干脆,始终在等待着他像其他客人那样开始正儿八经地"办事"。最后老白拍完照,不"办事"就给钱走人,小黄米更是觉得匪夷所思。从小黄米房间落荒而逃的老白,彻底陷入身份危机中。首先是小黄米粉碎了他一贯的有关乡村女性身体有着"人的最美的瞬间"的艺术理想,平白无故地浪费他一卷胶卷。再者,虽然并没有"办事",只为高尚目的而来,但在老板娘特殊的注视下,老白便"觉得自己倒真像位刚办过事的人"。就这样,老白陷入嫖客不像嫖客、画家不像画家身份的暧昧中。

事实上,老白的形象一开始就和中国现当代文学传统中那些体恤底层、带有民粹倾向的启蒙知识分子的形象大相径庭。他并不为公共关怀而来,只为了收集自己的"炕头系列"油画素材而接近小黄米,他是一个敬业的职业画家、专业人士,而不是所谓的公共知识分子。老白对小黄米们的生活并不关心也不想关心,更没有要启蒙、拯救小黄米的意图。显然,老白的出现,预示着一个世俗化时代的到来。[①]而小黄米也不需要这样的启蒙、拯救。她并没有因为老白的知识分子身份就对他格外优待,她甚至根本不关心老白的社会身份,在她眼里,他只是一个有奇怪要求的客人。她关心的是老白最后给的一沓钞票。老白和小黄米,彼此生活在自己的世界中,尽管偶然相遇,但互相隔膜,互不沟通。小黄米有自己的生活世界、生存方式,不会因为老白的到来而有任何改变。在这个层面上,《小黄米的故事》似乎有意与1980年代张贤亮《绿化树》形成深刻的对照。《绿化树》中的马缨花原本也是一个地下的"小黄米",经

---

① 学界一般认为1980年代的中国,是知识分子的公共文化和公共生活最活跃的年代,而1990年代则是公共知识分子被专业与媒体知识分子所取代的年代。参见许纪霖《从特殊走向普遍——专业时代的公共知识分子如何可能?》,许纪霖主编《公共性与公共知识分子》,江苏人民出版社2003年版。而知识分子的转型实际上源自时代的转型,相对于1980年代、1990年代的到来意味着一个世俗化时代的到来,因此,老白形象的出现实际上有着典型的时代意义。

常接收村里一些男人暧昧的馈赠，但一旦遇见章永璘，她立即重新做人，开始另一种人生。为他守身如玉、为他含辛茹苦，对他顶礼膜拜，只因为章永璘有知识、有文化。显然，不难看出，在这点上，《小黄米的故事》有意无意地解构了《绿化树》一类的叙事。

结　语

如果说，《黑骏马》以诗意感伤笔调延展了20世纪中国文学中的那种将知识分子与乡村／农民关系纳入两性关系的叙事传统，[①]那么，无论是《白狗秋千架》还是《小黄米的故事》，都是对这个传统的戏仿，这样的戏仿不是要诉说知识分子对乡村的背叛（像许多文学作品所表现的那样），[②]而是呈现两者之间的毫无干系。背叛，从来都是相对于忠诚而言的，而毫无干系的两者之间就无所谓背叛。当然，在这两篇小说中，知识分子与乡村到底还是发生了一些干系，那就是彼此都想将对方当作可资利用的资源，暖企图将"我"当作生育健康后代的工具，而老白则企图将小黄米当作完成"炕头系列"油画的材料。结果谁也没有得逞，这可能是这两篇小说区别于同类题材小说的意义所在，它宣告了知识分子与乡村／农民关系这一"五四"以来新文学生生不息的重要命题也许压根儿就是一个伪命题。

[①] 《黑骏马》不仅延续了将知识分子与乡村／农民关系纳入两性关系中这一"五四"以来新文学绵延久远的叙事传统，同时还牵涉现代文明与传统文明、汉文明与少数民族文明之间复杂的文化权力纠葛，提示着在现代性实践中，似乎不能一味地将古老的文化形态简单地判定为愚昧、落后。文明与愚昧、现代与传统之间并非单向度的二元对立，而是表现出非常复杂的状态。这样一来，《黑骏马》实际上超越了当时的时代主题——"文明与愚昧的冲突"。这在当时实属可贵创见。

[②] 1980年代以来小说中频繁出现知识分子对乡村／乡村女性背叛的书写，已引起许多敏锐研究者的注意，如乔以钢《近30年"城乡交叉地带叙事"中的"新才子佳人模式"》，《南开学报》2011年第4期；孟繁华《新世纪初长篇小说中的知识分子形象》，《文艺研究》2005年第2期。

附带要提到的是,这三个文本实际上还牵涉 20 世纪中国文学中一个著名的叙事原型,即"外来者故事":一个从外面世界/城市空间返乡或路过乡村的知识分子/外来者,与乡村人事间发生种种纠葛。笔者曾多次著文讨论过这一叙事模式及其所隐含的文化意义,[①] 在此就不再赘述。

(原载《文艺争鸣》2013 年第 10 期)

---

① 相关论述参见王宇《性别表述与现代认同》,上海三联书店 2006 年版,第 151—172 页;《另类现代性:时间、空间与性别的深度关联——中国现当代文学中的"外来者故事"模式》,《学术月刊》2009 年第 3 期等。

第三章　三仙姑形象的多重文化隐喻

——重读赵树理《小二黑结婚》

近年来赵树理《小二黑结婚》中著名的反面人物三仙姑形象频频被许多论者重新诠释，这样的诠释或从人道主义视角，或从女性主义视角来肯定三仙姑被压抑的人性／女性生命欲求的合理性，都颇有见地。但这个形象实际上还蕴含了更丰富的文化内涵。本章综合性别研究、人类学乡村研究、现代性研究多重视角，经由文本细读，探究三仙姑形象与现代性逻辑间的错综纠葛，发掘这一形象的多重文化隐喻。

一　乡村新旧秩序的双重游离者

如果说《小二黑结婚》的主题是通过一个有情人终成眷属的故事来体现解放区民主进步的历史趋向，抗日民主政权对传统乡村成功的现代化改造。那么，这样的改造显然是在现实与文化象征两个层面中展开的。现实层面的改造主要是对固有乡村权威结构的重新布局，小说最后以金旺、兴旺兄弟为代表的邪恶势力被清除出新的乡村权力格局，小二黑、小芹这样的新一代农民成为乡村权力格局中的新主人结束。另一层面便是根据地乡村的移风易俗，这在小说中居更重要的位置，即对乡村传统旧文化的改造，这主要体现在对刘家峧两位神仙三仙姑、二诸葛的改造上。① 从上述主题而言，三仙姑只是作为一个和二诸葛一样的旧乡村封建意识的体现者，但我们仔细阅读文本会发现，虽然二诸葛、三仙姑都被作为落后农民的代表，但两人的落后行径其实并不同。这在小说一开篇的"不宜栽种"和"米烂了"两个典故中就表现出来了。二诸葛好摆弄阴阳八卦、黄道黑道，并对此深信不疑，还因虔诚相信历书上的"不宜栽种"而误了农时，给家里带来不小的经济损失。而三仙姑就不同了，她跳神扶鸾，但自己却不信这一套，所以才会在跳神当中趁求神问病的金旺爹外出小便的间隙提醒女儿"米烂了"。跳神于她不过是一种谋生手段。在对待小二黑、小芹的婚事上，二诸葛、三仙姑两人虽然都持反对态度，但动机却不同。二诸葛反对的理由除了小芹娘三仙姑名声不好外，主要还是他对阴阳八卦的迷信，"小二黑是金命，小芹是火命，恐怕火克金"，"小芹生在十月，是个犯月"。而三仙姑反对小芹和小二黑结婚，虽然也假托神意，唱什么"前世姻缘由天定，不顺天意活不成"，但这只是幌子，骨子里是为了自己的情欲。三仙姑喜欢年轻小伙子，"小二黑这孩子在三仙姑看来好像鲜果，可惜多了一个小芹就没了自己的份儿"，如果小二黑真的和小芹结婚，"以后想跟小二黑说句笑话都不能了，那是多么可惜的事"。这再次证明，巫术活动对三仙姑而言只是一种获取自身

---

① 翻阅谈及《小二黑结婚》（写于1943年5月，同年9月出版）创作背景的文献可以得知，在这篇小说创作背景中有两个关键事件：一个是1943年春天发生在山西辽县（左权县）的岳冬至事件。民兵队长岳冬至和智英祥自由恋爱而被村里一伙恶人活活打死（参见董伟民《一起命案引出了小二黑结婚》，《山西文史资料》1997年第2期）。而这件事的背景是《冀晋鲁豫边区婚姻暂行条例》于1942年1月公布实施，但太行山区农民群众受传统的封建落后观念影响，在执行过程中遇到较大的阻力。岳冬至和智英祥的恋爱本来是合法的，但社会上连同他俩的家庭在内没有一个人同情。"事后村里人虽然也说不该打死他，确（却）赞成教训他。"（董均伦：《赵树理是怎样处理〈小二黑结婚〉的材料的》，原载《文艺报》第10期,1949年7月出版，收入黄修已编《赵树理研究材料》，知识产权出版社2010年版，第188页）另一件事是1941年发生在黎县的离卦道暴动，这使得根据地政府决定把以反封建迷信为中心的大众启蒙运动作为文艺工作的重心。赵树理一直有强烈的问题意识，两项创作背景发生发成小说主题的两方面内容：一是反对封建家长意志、包办婚姻；再一个是批判乡村求神占卜的封建迷信。两者在小说中被整合并人格化为二诸葛、三仙姑两个落后农民的形象，通过对他们的批判、改造，表现解放区移风易俗的新风尚。

利益的手段，她并不迷信这些。从小说一些细节我们还可以看到，三仙姑在对待女儿婚事上至少有两点值得注意，其一，如果小芹喜欢的不是小二黑而是另外一个三仙姑自己不感兴趣的小伙子，那么，三仙姑可能就不会干涉了；其二，她并没有太强硬的家长意志，反对女儿婚事的态度并不像二诸葛那样坚决。在得知小二黑、小芹相好后，她虽然主动到二诸葛家去闹，但"一来为的是逗逗闹气的本领，二来是为了遮遮外人耳目"，依照乡村的人际关系法则象征性地履行一下家长干预的职责，摆摆女方家长的谱，所以"跟二诸葛老婆闹了一阵后，回去就睡了"，不像二诸葛"一夜没睡"。在被区长传到区上接受批评训诫时，她的表现也与二诸葛不同，她几乎毫无抵制地接受了区长要她同意小芹婚事的指示。而二诸葛显然比她顽固得多，到了区长那里还不断斥骂小二黑，对区长的教训也一再抗辩，最后虽不敢再违抗，但还要恳求区长网开一面，"恩典恩典"，不要让小二黑与小芹订婚，因为"命相不对"。

　　由此看来三仙姑的行径与二诸葛确实有很大的不同。前者似乎很难纳入"封建迷信思想"的框架中，但为什么赵树理要把她塞入这个框架，因为他实际上无法命名三仙姑这类人物。[①]二诸葛的形象与闰土、老通宝、歌剧《白毛女》中的杨白劳以及后来《创业史》中的梁三老汉等老一代农民形象都属同一系列，无论对作者、读者都不陌生。他们愚昧无知、麻木迷信、迂腐可笑却不失厚道，对二诸葛的否定可以续上启蒙文学"哀其不幸，怒其不争"的传统以及左翼文学展现劳动人民"精神奴役创伤"的传统，因此，作者处理这个形象得心应手，分寸的把握也很恰当。而三仙姑就不同了，她来自另一文化谱系，属于作者无法命名、把握的陌生他者，漫画化、妖魔化、异端化在所难免。如果说二诸葛是思想意识上愚昧无知、麻木迷信，那么，三仙姑则是道德作风上的伤风败俗、欺诈自私；二诸葛迂腐可笑却不失厚道，而三仙姑则是邪恶、淫荡，外加泼悍。对二诸葛，更多是善意地嘲讽、宽容地批评，而对三仙

[①] 尽管从小说创作素材来源来看，三仙姑形象也是有赵树理熟悉的生活原型的，但这并不等于说作者就理解了这类人物的文化内涵。

姑则发自内心的厌恶、无情嘲弄、残忍地戏谑。这既表现在对三仙姑外表的描写上，也表现在对三仙姑行径的叙述上，小说最后虽然也给予三仙姑和二诸葛一样的转变机会，但却让她受尽讪笑，出尽丑。

当然，我们知道，赵树理是非常忠于自己的乡村经验的。① 因此，尽管意识层面十分厌恶三仙姑，但还是忠实地描写了三仙姑所以成为"三仙姑"的过程。三仙姑有着一个不幸的婚姻。少女时代的三仙姑活泼俊俏，却嫁给了老实木讷的于福。这桩婚姻显然出自长辈意愿。于福"不多说一句话"，只会"在地里死受"。因此年轻的三仙姑情感生活相当贫乏孤单。很快村里的年轻人就慢慢聚集到她那里，"每天嘻嘻哈哈，十分哄伙"。在打情骂俏中三仙姑得以弥补婚姻的不幸，发泄被压抑的情欲。这件事当然要触怒公公。公公的干涉中断了三仙姑"哄伙"的生活，这对三仙姑而言是致命的，她以哭闹、不吃不喝来反抗。而神婆的出现无疑将她引渡到一个新世界，使她得以借助跳神扶鸾的幌子来延续她所需要的"哄伙"生活。这一延续就是三十年。跳神不仅使得三仙姑借和村里年轻人打情骂俏发泄被压抑情欲的方式合法化，跳神活动本身也是对被压抑的情欲的变相满足（容后详述），这是三仙姑三十年来不遗余力跳神的内在动力。情欲在三仙姑生活中占据一个非常重要的位置，她甚至不惜为此破坏女儿的婚事。

她破坏女儿的婚事除了垂涎小二黑的青春外，还有更复杂的心理历程，眼前漂亮的女儿活像当年的自己，眼前活泼英俊、善解人意的小二黑却更衬出于福的木讷、迟钝，眼前小二黑与小芹情投意合的恋情更勾起她对自己不如意的婚姻、不幸青春的怨怼，于是，因羡慕而生嫉妒，因嫉妒而导致对女儿婚事的干涉。这俨然是另一个曹七巧。和曹七巧一样，三仙姑也是礼教的牺牲品。在找不到合法的情欲发泄渠道的情况下三仙姑以一种变态的方式来实现自己的欲望。方式固然不可取，但其动

---

① 众所周知，赵树理的创作一向处于意识层面自觉的政治意识形态诉求与潜意识层面的自在的乡村经验矛盾之中。

机却有人性的合理性。叙事人赵树理显然没有意识到这点,因此,在讲述小芹的故事时,他极力反对封建礼教观念、挞伐包办婚姻,而在讲述三仙姑的故事时,他又不知不觉地维护了他所反对、挞伐的东西。尽管最后他还是赋予了三仙姑转变的机会,允诺她加入新秩序,但他没有意识到转变前的三仙姑固然不属于新秩序,却也游离于旧秩序,转变后的三仙姑,表面看起来是加入新秩序,但实际上是被迫回归了旧秩序,三仙姑最后被训诫、改造成"像个当长辈人的样子",即回到了"男女有别,长幼有序"的乡土秩序中。

二 三仙姑与民间"三姑六婆"文化

正如前文我们论述的,三仙姑实际上是逸出乡村新旧秩序的双重游离者,这导致她在现实层面上的"无名状态"(作者无法命名、把握这个形象,只能将她草草塞入"封建迷信"框架中)。这种"无名状态"在文化层面则指涉传统乡村那些边缘、暧昧的女性文化形态。这其中主要牵涉一个饱受非议的、古老的女性民间文化形态——三姑六婆文化。

"三姑六婆"这个名词约形成于南宋末年至元代初年,也就是13世纪中后期。[1]元人赵素在《为政九要》中提出所谓"三姑者,卦姑、尼姑、道姑;六婆者,牙婆、媒婆、师婆、虔婆、药婆、稳婆"。[2]三姑六婆实际上是传统社会中女性的职业角色,大致涉及三大行业领域,即宗教与民间信仰领域,包括尼姑、道姑、卦姑、师婆;医疗生育领域,包括药婆、稳婆;商业领域,包括牙婆、媒婆(作为色情买卖中介的虔婆也可以归入这一领域)。这些妇女利用本身技能换取经济报酬以养活自己或贴

---

[1] 参见衣若兰《三姑六婆——明代妇女与社会的探索》,台湾稻乡出版社2002年版,第15页。
[2] 转引自衣若兰《三姑六婆——明代妇女与社会的探索》,台湾稻乡出版社2002年版,第1页。

补家用。这种职业与现代社会职业的含义虽然不同，但"三姑六婆"的职业活动却与当时社会的日常生活尤其是女性的日常生活息息相关。明中叶以后，商品经济发达、城市快速发展，日常生活日益复杂化、多样化，三姑六婆的职业活动在社会生活中的功能性也日益凸显。因此，明代以后便大量出现关于她们的文字记载。

近代以来随着社会的转型，三姑六婆这些古老的妇女职业行当在都市渐渐被相对应的现代职业所取代，但在乡村却在相当程度上被保留了下来。其中媒婆、师婆、稳婆依然是乡村女性最常见的职业行当。这是三仙姑形象产生的现实基础。

从明以来有关三姑六婆的记载中还可以看到，三姑六婆职业功能的划分并不清晰，往往兼具数种功能。这点也体现在三仙姑身上。三仙姑求神问卦、扶乩测命，首先履行的是卦姑、师婆的职业角色，隶属于民间信仰的巫术系统。中国民间社会的信仰内容包括祖先崇拜、鬼神信仰以及巫术与占卜三个方面，鬼神信仰以及巫术与占卜在民间，尤其是乡土民间相当活跃。乡土民间宗教信仰带有原始初民鬼神崇拜的痕迹，"人与神的交接，不仅通过直接的祷祝、祈求，而且还有巫婆神汉作为中介。有巫术作用其间，扶鸾、跳神等活动在农民中相当普及"[①]。从上古时代开始，女性就一直充当着人类与鬼神世界沟通的重要桥梁。古代"巫"指的就是女巫，男巫则为觋，《说文解字》对"巫"的解释是，"巫，祝也，女能无形以舞降神者也"。巫术活动多由女性来承担，在乡村社会中，巫婆比神汉常见得多。而占卜活动无论是以八卦为基本符号的"易经"，还是以天干地支为基本符号的"术数"，抑或兼具两者特征的民间占卜术，操持者多为男性。因此，乡村经验丰厚的赵树理让三仙姑与二诸葛分属民间信仰中巫术和占卜两个系列。占卜显然更接近典籍文化传统（大传统），而巫术却是地道的民俗文化（小传统）。[②]因此，女事巫男事

[①] 张鸣：《乡土心路80年》，上海三联书店1997年版，第31页。

[②] 有关大小传统的概念是美国人类学家罗伯特·雷德菲尔德（Robert Redfield）在1956年出版的《农民社会与文化》中提出的，被人类学学界普遍接受。

占卜这一分工中也显露了民间信仰领域的性别政治。

　　三仙姑的巫术活动还兼具医疗的功能。她的"米烂了"这个绰号就是金旺他爹来问病时落下的。中国民间社会自古巫医不分，医疗是巫师的重要职能。巫术医疗用民间药物以及祈祷、符咒等魔法仪式为人治病的，隶属于民俗医疗系统。①巫术医疗讲求"神药两解"，与民间信仰密切相关，是中国传统医药文化的重要组成部分。当单纯的医药不能满足病人精神需求时，带有巫术色彩的民俗医疗由于具有独特的精神抚慰、镇定作用（尤其是在治疗精神疾病方面），就有了存在的空间。缺医少药的乡土社会对以术数为主的民俗医疗一直非常依赖、认同。根据医学人类学的观点，文化上的差异导致了对病因的不同解释。从某种意义上说，很多疾病并非是由于细菌、病毒或生理性失调而产生的，在很大程度上是因为文化和社会环境的影响造成的。基于文化和社会行为的差异导致了疾病及其治疗措施的差异。疾病的诊治受到社会环境的制约，具有很强的社会性。②巫术治疗本质上是文化治疗，与其说是治病，不如说是进行适当的文化沟通与解说，通过心理暗示来舒解或调剂个人身体所遭受的压力，尤其对于那些慢性疾病以及心理与精神方面的疾病。因此，似乎不能简单将这类治疗判定为迷信、愚昧、欺诈（当然，以此谋财或别有用心实施祸害的另当别论）。③《小二黑结婚》在叙述三仙姑成巫的经过时也提到她年轻时一次重大精神疾病的痊愈就来自一个神婆施予她的精神抚慰。小说没有描写这次精神抚慰的具体内容，只写到神婆子下了一回神，"说是三仙姑跟上她了"，三仙姑也确实从此开始"哼哼唧唧自称

---

① 所谓"民俗医疗"是指流行于民间的、主流医学之外，不被科学所承认证实的疗法，其中包括各国的传统医学与民俗疗法，如冥想、祷告、气功打坐、针灸、药草、生机饮食、芳香疗法、自然疗法、蜂针疗法、能量治疗等。参见龙开义《壮族民间信仰与民俗医疗》，《青海民族研究》2007年第2期。

② 参见刘志扬《神药两解：白马藏族的民俗医疗观念与实践》，《西南民族大学学报》2008年第10期。

③ 带有巫术色彩的民俗医疗也出现在《三里湾》中，糊涂涂马多寿的马家院里，有人生病就在门上吊一个红布条子，不让生人进来，直到病好了。这种做法在小说中被认为是落后愚昧的封建意识，马家院本身就被描述成三里湾阴暗的角落、封建势力的顽固堡垒。

吾神长吾神短"地下起神来。年轻三仙姑的精神疾病源自性欲望发泄的受阻,而神婆子的跳神活动可能给她足够的心理暗示,让她看到了自己也可以像神婆子那样,以跳神的方式使身体的欲望获得变相的满足,从而缓解了由于环境的压迫、性欲望发泄的受阻而导致的强大的心理、身体压力。成巫之后,三仙姑同样承担村民问病求医的职能。神婆子对三仙姑的传授、引领,也表明了乡土社会巫术医疗很大程度上由女性来传承的事实,显示了残存于乡土民间的古老的女性医疗文化的隐约踪影——"古代女性医者大都沾染道教与巫术的神秘色彩"。[1]

除了求神问病职能,三仙姑的下神活动在刘家峁还带有色情娱乐的意味。三仙姑在从事跳神扶乩行当之前就喜欢和村里的年轻人打情骂俏,这当然冒犯了父权权威,受到公公的严厉制止,而神仙附体后的三仙姑再和村里年轻人打情骂俏却获得了合法性。在青年人眼里,三仙姑也并没有摆脱原先作为调情对象的身份,"青年们到三仙姑那里去,要说是去问神,还不如说去看圣像"。"圣像"并不意味着绝尘脱欲的圣洁,相反的,却充满色情意味,谁也不觉得打情骂俏和求神问病之间有什么不兼容之处。三仙姑也暗暗猜透大家的心思,越发打扮得花红柳绿。不难想象打扮得光鲜妖娆的三仙姑"哼哼唧唧"、"摇摇摆摆"的娱神表演,在村民们看来已然充满色情暗示。三仙姑虽然在村里"名声不好",但并不影响村民到她那里求神问病。色情娱乐是文化生活极度贫瘠的乡村一项非常重要的娱乐内容。所以,三十年来三仙姑那里一直是刘家峁前后庄最具吸引力之所。这样一来,三仙姑便身兼巫、医、淫三者特点,这也符合农民宗教信仰原本就带有原始痕迹的特点。"上古女巫创造了歌舞,具备了以歌舞娱神、以性交通神的技能,掌握着与国计民生兴衰攸关的大事,其地位十分尊贵。君王为垄断与神的交往,体现统治权威,将女巫控制起来引入宫中(即女乐入宫),其本意在于娱神降福,但其后由于

---

[1] 衣若兰:《三姑六婆——明代妇女与社会的探索》,台湾稻乡出版社2002年版,第47页。

君王贪图享乐,也由于人们对'天'的认识趋于客观,促成女巫娱神转而娱君、娱人,成为仅具歌舞技能的伎女。"[1]由此可见,女巫往往兼具色情、娱乐因素。

三仙姑所表征的三姑六婆等残存于乡土民间的原始女性文化形态,即便在前现代乡村社会也受到主流文化的贬抑、排斥,因此一直处于边缘、混沌、暧昧无名的状态。这源自这一文化形态对父权社会性别制度的冲撞。众所周知,"家"是父权文化定义与评判女性的出发点和终点,汉代《释名》云:"夫受命于朝,妻受命于家也。士庶人曰妻,夫贱不足以尊称,故齐等言之。"《礼记》:"妇人,从人者也,幼从父兄,嫁从夫,夫死从子。""父者,子之天也。夫者,妻之天也。"这样的性别观念不仅存在于中国典籍文化的大传统中,也存在于民间文化小传统中,《诗经国风》中的《周南·桃夭》篇道:"桃之夭夭,灼灼其华,之子于归,宜其室家。桃之夭夭,有蕡其实,之子于归,宜其家室。桃之夭夭,其叶蓁蓁,之子于归,宜其室人。"宜室宜家从来都是对一个女子的最高评价。古代那些走出家庭做出杰出贡献的女性其意义也尽在"家"中获得阐释。木兰从军,那是替父从军;文姬归汉那是女承父业;杨门女将也多是代父、代夫、代子出征;而那些垂帘听政、摄政的后、妃们,一旦儿孙长大倘若还不还政于儿孙,那就是僭越,哪怕她本人有再高的文韬武略、济世功勋都会被正史妖魔化,例如武则天。任何威胁"家"秩序的女性都不可能获得正面评价,女性越出"家"范畴的活动和行径在父权文化秩序中也只能是负面的。而"三姑六婆"职业活动恰恰越出礼教的"内外之防"、父权社会为妇女设定的"家"的藩篱、亲属制度的人际关系范围,开始一定程度的社会化。三姑六婆们走家串户,活跃于村落、市井的公共空间,甚至还能跨越阶层,介入上层社会,进入官宦之家,为他们的日常生活提供服务,这就构成对父权社会性别制度、等级制度的僭越。因此,明代以后,话本小说、戏曲中三姑六婆的形象无不是巧言令

---

[1] 董乃强:《女巫与妓女的起源》,《中国文学研究》1996年第2期。

色、搬弄是非，贪财图利、蛊惑人心，保媒拉纤、引诱奸淫。三仙姑形象与话本小说、戏曲中负面性的三姑六婆形象相当吻合。深受传统文化、民间文化浸淫的赵树理完全可能从后者中吸取模塑三仙姑形象的资源。

与此同时，作者对三仙姑的否定、批判的立场还并非全部源自前现代社会正统的文化观念，更源自现代性本身的逻辑。

三 三仙姑与女巫原型

类似三姑六婆这样古老的女性文化形态在前现代父权制文化秩序中固然居于边缘、被贬抑的位置，但前现代村落社会的自在自治氛围无形中允诺了主流正统文化之外的形形色色边缘文化的容身之所。这正是传统乡村文化的混沌、暧昧特征。而现代性的到来改变了这一切。

启蒙理性的核心是对普遍主义的崇拜，普遍主义是指这样一种观念："理性和科学可运用于任何地方，其原则放之四海而皆准。尤其是科学，可以创造出控制整个宇宙而无例外的普遍原理。"（斯图亚特·霍尔语）[1] 因此，阿多诺认为，现代性的主要特征就是同一性思维，它将特殊的东西归纳入一个普遍的范畴分类系统，以概念的统一性来加以区分。把普遍原理推至一切领域，因而压制甚至取消了差异性事物存在的理由，也正因此，阿多诺提倡一种与同一性思维相对立的辩证思维。[2] 同一性的逻辑极易导致对他者的异端化与党同伐异，从而产生文化霸权，进而演变为现实暴力。正是基于这样的思维逻辑，在欧洲现代性甫一起端（中世纪晚期和近代早期，即15—18世纪初），就掀起一场声势浩大的猎巫运动。在这场延续了三百多年的猎巫运动中有10万—20万的巫师（有

---

[1] Stuart Hall, et al., *Modernity: An Introduction to Modern Society*, Oxford: Blackwell, 1996, pp.23—24. 转引自周宪《从统一性逻辑到差异性逻辑》，《清华学报》2010年第2期。

[2] 参见周宪《从统一性逻辑到差异性逻辑》，《清华学报》2010年第2期。

学者认为这个数字是50万——笔者注)①受到了审判,其中大约有5万—10万被处死,而遭受各种酷刑的更是不计其数。其实,"若干世纪以来教会都并不赞成巫术,但它却始终对这一事实熟视无睹,在欧洲,几乎所有的人都会为解决自己问题寻求这样或那样的巫术帮助,并且还会继续这样做下去。然而当一些神职人员和一些受过高等教育的人开始把与人无害的村庄巫术同魔鬼对人的日常生活的影响联系起来时,在某些人看来,任何种类的巫术都成了有人施用巫术的罪证"。②即对巫术进行恶魔化的描述与现代科学知识、高等教育的诞生密切相关。因此,残酷的猎巫运动不是发生在被认为是最黑暗的中世纪,而恰恰发生在现代文明的曙光开始普照人类之际。

如果说现代性就是在启蒙理性控制下对秩序的追求,这种对秩序的追求就是要排除矛盾、含混、差异和不确定,建构一个中心化的、秩序井然、区分明确的人为系统。而巫术所表征的恰恰是世界的混沌、暧昧、不确定性的一面。如果说,启蒙理性的核心是对普遍主义的崇拜,即理性和科学可运用于任何地方,其原则放之四海而皆准,而巫术恰恰表征了科学和理性无法到达的角落。如果说启蒙理性的特点就是将人类与自然界的关系理解为占有、操纵、控制,这种理性一向被赋予男性的特征,那么,被认为缺少这一男性化理性特征的女性,自然就要被当作非理性力量的象征,尤其是女性中的某个群体,就要被挑选出来作为一种混沌无序、必须被控制消灭的非理性力量的象征。因此,在这场猎巫运动中被捕猎的女巫占了其中的75%—80%,在一些国家、地区,比如英格兰、俄罗斯,这个比例甚至高达95%-100%,③许多西方学者把这次猎巫看作一场主要针对女性的迫害运动。

---

① 参见徐善伟《男权重构与欧洲猎巫运动期间女性所遭受的迫害》,《史学理论研究》2007年第4期。

② 北京大陆桥文化传媒编译:《女巫:黑暗角落的幽灵》,重庆出版社2007年版,第209页。

③ 关于女巫的数据参见徐善伟《男权重构与欧洲猎巫运动期间女性所遭受的迫害》,《史学理论研究》2007年第4期。

那么，什么样的女性会被挑选出来作为启蒙理性之对立面的混沌、无序的非理性力量的象征？在欧洲那场猎巫运动中，"通常遭到巫术指控的女性主要有两大类：其一是那些离经叛道的女性，即那些在宗教和道德（尤其是性道德）方面有越轨行为的女性；其二是那些名声不好的女性，即那些行为古怪异常、脾气暴躁、说话尖酸刻薄、喜欢吵架与咒骂的女性"。还有就是那些"有智慧的女性"，"即用民间药物和祈祷或符咒等魔法形式为人治病的女治疗者则更多地被指控为女巫"，[1]一句话，大凡获得巫术指控的女性都是离经叛道的女性，不是在道德方面离经叛道，胆敢僭越男权社会对女性行为道德的种种规约，就是在智力、认知方面离经叛道，越出男权社会对女性智力的定位（从柏拉图开始的欧洲精英传统一直都认为女性智力不如男性），抑或越出理性与科学对世界秩序化的解释，相信通过祝祷或符咒等魔法仪式能够与自然沟通，从而获得一种神秘力量，而自然力量恰恰是启蒙理性、科学要把握、操纵和控制的对象。上述对欧洲猎巫运动之现代思维逻辑的冗长讨论似可以为我们理解三仙姑这个形象提供一个基本前提。

事实上，小说对三仙姑形象的模塑正是遵循了上述现代性逻辑。三仙姑几乎吻合了猎巫运动中有关女巫的种种界定标准。首先是三仙姑所操持的师婆职业行当，哼哼唧唧的跳神表演，用祝祷或符咒等仪式为村民"求财问病"。三仙姑只是无害的村庄巫术、民俗医疗的从业者，而在激进现代性实践中，村庄巫术、民俗医疗被严重污名化。其次是三仙姑在性道德方面的种种越轨，如果说年轻漂亮时三仙姑喜欢和村里年轻人"每天嘻嘻哈哈，十分哄伙"，尚属行为不端，那么，年老色衰不再有性魅力后还乔装打扮、想方设法勾引青年人，那就更罪不容诛。在猎巫运动中有关女巫的叙述多涉淫荡，如在15世纪晚期出版并很快风靡欧洲的《女巫之锤》所列举的女巫的"罪行"中，淫荡就占据一个非常重

---

[1] 徐善伟：《男权重构与欧洲猎巫运动期间女性所遭受的迫害》，《史学理论研究》2007年第4期。

要的位置。"妇女被认为更难抵抗魔鬼的诱惑,年长的女性更是被指责在性欲上需索无度,所以要使用巫术诱捕年轻的情人来满足自己的情欲。"①四十多岁的三仙姑正是通过巫术活动来招引、勾引包括小二黑在内的年轻小伙子们。对三仙姑情欲(以及与此密切相关的身体细节)的描写实际上占据小说对三仙姑叙述的核心位置(容后详述)。仔细阅读文本我们不难发现,尽管村庄巫术由于违背现代科学理性的原则而招致否定、批判,但这似乎并不是三仙姑被异端化、妖魔化的最重要原因,因为二诸葛的占卜测命同样违背现代科学的理性原则,同属乡村现代化进程中需要被否定、批判、消灭之列,但二诸葛本人却并没有被视为"妖人",正如前文我们提到的,作者对他的批判始终是善意的、宽容的,这也与赵树理自身经历有关。②由此可见导致对三仙姑妖魔化想象的最重要的原因还不仅是三仙姑的巫术身份,更是她在道德、行为方面有悖男权规约的种种表现,尤其是性道德方面。最后,猎巫运动中被指认为女巫的女性一般都具有古怪异常的行为和泼悍作风,在三仙姑身上亦如此,前者表现为三十年前那场怪异的精神疾病以及随后神秘的痊愈,后者则表现为她在家庭内外的蛮横耍泼。

四 身体与身份

正如上面我们提到的,导致对三仙姑妖魔化想象的最重要的原因是她在道德、行为方面有悖乡村父权传统规约的种种表现,尤其是性道德

---

① 北京大陆桥文化传媒编译:《女巫:黑暗角落的幽灵》,重庆出版社2007年版,第210页。
② 在20世纪初期赵树理的故乡,巫术占卜这类迷信活动相当常见,信神入教的现象也非常普遍。赵树理的祖父、父亲就是一个近似二诸葛式的人物。赵树理自己也一度成为虔诚的信徒。他很小就随祖父念三圣教道会经,每天吃斋,饭前打供,一日烧香四次,十七岁又与前妻一起加入太阳教(参见黄修己《赵树理研究资料集》,知识产权出版社2010年版,第101页)。走上革命道路的赵树理固然抛弃原先的封建迷信思想,但未必会从内心深处厌恶自己的过去,将过去妖魔化,因此,才会对二诸葛充满善意。那也就是说,赵树理对三仙姑的厌恶并非源自巫术身份,而是源自三仙姑的性别身份。

方面，这就导致情欲以及与情欲密切相关的身体细节必然要占据小说对三仙姑叙述的核心位置。

小说专门描写三仙姑的文字总共三小节，即第二节"三仙姑的来历"、第七节"三仙姑许亲"、第十一节"看看仙姑"。先来看看"三仙姑的来历"一节。这段文字按顺序依次写了三十年前新媳妇三仙姑的俊俏、婚后的寂寞、与青年们的打情骂俏、莫名其妙地生病以及莫名其妙地痊愈、痊愈后"哼哼唧唧"地跳神，"衣服穿得更新鲜、头发梳得更光滑、首饰擦得更明、官粉搽得更匀"，三十年后三仙姑老来俏的打扮以及对年轻小伙子的勾引等。不难看出这一小节的文字始终围绕着三仙姑的身体以及与身体密切相关的情欲来展开。正是在这个小节中出现那段历来备受称道的有关三仙姑容貌的描写：

> 三仙姑却和大家不同，虽然已经四十五，却偏爱当个老来俏，小鞋上仍要绣花，裤腿上仍要镶边，顶门上的头发脱光了。用黑手帕盖起来，只可惜官粉涂不平脸上的皱纹，看起来好像驴粪蛋上下了霜。

这段文字对三仙姑容貌的夸张、漫画化，固然起到小说主题所必需的辛辣嘲讽的效果，但其中的丑化、妖魔化痕迹以及叙事者态度的残忍、刻薄也是毋庸讳言的。

小说第七节"三仙姑许亲"写三仙姑反对女儿与小二黑的婚事，为女儿另择婚配，这一切都打着神明的幌子，骨子里却是为了自己的情欲。而第十一节"看看仙姑"写三仙姑去区政府的前前后后，也始终紧扣三仙姑的身体来展开情节。先写三仙姑听到区长传唤后怎样不紧不慢从头到脚精心打扮，然后盛装出门，接下来写以区长为代表的新意识形态权威对三仙姑的改造，而这样的改造也集中在身体场域：

> 区长见是个搽着粉的老太婆才知道是认错人了。交通员道："认

错人了，这就是于小芹的娘！"区长大打量了她一眼道："你就是于小芹的娘呀？起来不要装神弄鬼！我什么不清楚！起来！"三仙姑站起来了，区长问："你今年多大岁数？"三仙姑说："四十五。"区长说："你自己看看你打扮得像个人不像？"

区长原本是为了小芹、小二黑的自由结婚才传讯三仙姑的，但见到三仙姑后，区长率先关注的却不是三仙姑对女儿婚事的态度，而是她的打扮，即三仙姑的身体形象，并根据这个身体形象来质疑三仙姑的身份——先是母亲的身份，然后是人的身份。接下来区长才开始批判三仙姑对女儿婚姻自主的破坏。在整个训诫过程中，叙事以更多的篇幅不停穿插围观者对三仙姑打扮的猎奇、奚落、嘲弄。仔细阅读不难发现，这段描写的中心并不是区长对根据地婚姻自主政策、反封建新思想的宣讲，而是区长和众人一起对三仙姑身体形象的挖苦、嘲弄。而三仙姑反应也集中在这方面：

> 三仙姑只听见院里的人说"四十五"、"穿花鞋"，羞得只顾擦汗，再也开不得口。

令三仙姑羞愧难当的不是她对女儿婚事的破坏，而是自己僭越乡村性别规范、伦常秩序的身体形象。正是对自己身体形象的羞愧致使她对区长提出的种种要求都"一一答应了下来"。至于区长关于婚姻自主的法令、小二黑和小芹结婚完全合法等的新思想、新观念的灌输启蒙，她始终不甚了然。小说最后一节交代了各人的结局，边区政府主持正义，小二黑和小芹顺利结婚，代表邪恶势力的金旺兄弟受到严惩，"两个神仙也有了变化"。但这变化在两人身上俨然有不同的内容。在二诸葛那里是收起那套阴阳八卦，认同小二黑、小芹的自由婚姻。而在三仙姑那里，"变化"又是集中体现在穿着打扮上：

三仙姑那天在区上被一伙妇女围住看了半天，实在觉着不好意思，回去对着镜子研究了一下，真有点打扮得不像话；又想到自己的女儿快要跟人结婚，自己还卖什么老俏？这才下了个决心，把自己的打扮从顶到底换了一遍，弄得像个当长辈人的样子，把三十年来装神弄鬼的那张香案也悄悄拆去。

那也就是说，对三仙姑而言，新意识形态权威对她最重要的改造不是从根本上让她接受现代婚恋观念、祛除封建家长包办意志，而是集中于对她的身体进行规训，改变她的身体形象，促使她的外表变得"像个当长辈人的样子"，一个母亲的样子。至于悄悄拆去那张装神弄鬼三十年的香案，反而好像成了一个附带结果。如果说小说通过三仙姑形象要承载的是现代意识形态对乡村旧文化的改造，那么，这样的改造已然与对女性身体和情欲的改造监控密切相关。对三仙姑的改造始于身体也终于身体，女性的身体成了现代权力实施与运作的重要场所。

从人道主义视角，每个人都有追求美的权利，三仙姑有权按照她认为美的方式打扮自己（至于打扮的结果弄巧成拙，反而不美那是另一回事）；而从后现代身体学视角，身体是所有权最明确的场域，三仙姑有权按照自己的意志呈现自己的身体形象。但三仙姑却被剥夺了对自己身体的自主权。因为身体的形象直接关系到她在传统乡村的父权制性别秩序、伦理秩序中的身份位置，作者似乎相当认同乡村秩序关于"母亲"的角色身份规约和刻板印象。但同在这一时期创作的《孟祥英翻身》、《传家宝》中，作者却毫不留情地挞伐、质疑乡村性别规范对女性的刻板规约。嘲讽孟祥英的婆婆觉得"媳妇越来越不像个媳妇样"、金桂的婆婆不满金桂"不像个女人家的举动"等陈旧观念，赞赏孟祥英、金桂对乡村性别规范的大胆僭越与反叛。但轮到面对三仙姑，作者却又嘲讽、否定三仙姑对乡村性别规约的僭越、反叛。换一句话说，僭越、反叛的权力只被允诺给孟祥英、金桂这些年轻女性们，而不能属于三仙姑这样的老年女性。同样的，正如我们前面提到的，在讲述小芹的故事时，作者反对礼教观念、挞伐包办婚姻，而在讲述三仙姑的故事时，他又不知不觉地维护了他所反对、挞伐的东西。

被改造前的三仙姑无论是身体还是身份都处于模糊暧昧的无名状态。在作为身体坐标的年龄上，虽然已经四十五岁，"却偏爱当个老来俏"；在身份上，明明是母亲，却和女儿抢男友。而被改造后的三仙姑，终于脱离了身体坐标（年龄）上的模糊、暧昧位置，"把自己的打扮从顶到底换了一遍"，以此获得身份上的明确命名，"像个当长辈人的样子"、一个名副其实的母亲的样子。如果说，"不同类型的权威可以在不同的场合被不同个人运用为获取主体地位的资源"[①]，那么，被改造前的三仙姑已然通过巫术活动，借助神的权威得以逃避传统乡村性别秩序的宰制，为自己谋得一方自由的天空，"装神弄鬼"赋予她一种超越乡村父权伦理、亲属制度共同构筑的压抑性环境的可能性。在"装神弄鬼"的虚拟世界中，获得一种在刘家峧现实世界中无法获得的自由。在这个世界里，她不再是小芹的母亲、于福的妻子，也无须践行这些为母为妻的角色职能。她只是一个神的代言人，从神那里挪到了获取主体位置的有限资源，建构了一种非常特殊的主体位置和权力。她对自己身体随心所欲的装扮可以看作这种非常特殊的主体位置和权力的表征。三仙姑的主体性，实际上是一种另类/他者的主体性。但这种另类主体性却因与现代性逻辑所定义的主体性（小二黑、小芹所表征的新型主体性、一代乡村新人的主体性）截然不同，而招致改造、剿灭。

结　语

著名生态女性主义理论家薇尔·普鲁姆德认为，现代性对女性、他

[①] 王铭铭：《村落视野中的文化与权力·自序》，生活·读书·新知三联书店1997年版，第6页。

者的态度近似于殖民者对原住民的态度。这样的态度在二元对立的两极之间徘徊，要么把未经同化的他者看作异端、妖孽，要么就通过否认他们的差异性把它们吸纳进一个原本就排斥拒绝他者性的体系中。①这正是小说对三仙姑的叙述逻辑。三仙姑一方面被看作异端妖孽，被彻底妖魔化；另一方面，三仙姑所表征的一种差异性的文化传统（以三姑六婆文化为代表的古老的女性文化传统）被摒弃、被改造，进而被吸纳进新的现代性秩序中，这个秩序无疑是排斥这种差异性的，因此，吸纳的过程实际上就是被省略、被泯灭的过程。在某种程度上，我们似还可以将三仙姑的形象看作自在混沌、难以被现代性整合的传统乡村文化身份的隐喻。这样的乡村形象在以后的农村题材小说中已很难见到，取而代之的是现代性运动对乡村的强有力改造。

（原载《学术月刊》2013年第1期）

---

① 参见［澳］薇尔·普鲁姆德《女性主义与对自然的主宰》，马天杰、李丽丽译，重庆出版集团2007年版，第173—174页。

第四章 "空白之页"与"变异转型"

——孙犁乡村女性叙事的复杂性

在中国现当代文学的乡村叙事者中，没有一个人像孙犁那样，持久地将乡村女性作为自己乡村叙事一个最重要的支点，在某种程度上我们甚至可以说，孙犁的乡村叙事就是乡村女性叙事。在他的全部40篇短篇小说中，[1]有28篇以乡村女性为主人公，在其余的篇章中，乡村女性虽不是主人公，但也占据相当重要篇幅。而他的中长篇小说全都以乡村女性为主人公，如《村歌》中的双眉、《铁木前传》中的九儿和小满儿、《风云初记》中的春儿。而他所有为人称道的作品无一不是以乡村女性为主人公。20世纪80年代以来出现了一些针对孙犁乡村女性形象的优秀研究成果，其主题大约可以囊括下面几个关键词，女性美/人性美/女性崇拜/战争中的母性/作家自身的情感经历等。本章力图在吸收已有研究成果的基础上谋求僭越的蹊径，探求孙犁乡村女性叙事中鲜为人谈及的一些侧面，如孙犁很少涉及甚至极力回避一些女性议题，以及孙犁乡村女性叙事在20世纪50年代的变异性转型。当然，本章更要追溯这些现象所赖以产生的深层文化缘由。

---

[1] 孙犁的短篇小说从1930年的《孝吗》到1950年的《婚姻》，正好40篇。孙犁小说创作高峰期是20世纪四五十年代，短篇小说则集中于1940年代初到1950年代初。1949年后他开始中长篇小说创作，有中篇小说《村歌》、《铁木前传》和长篇小说《风云初记》，此后孙犁不再写小说。1981年复出以后的"云斋小说"写的都是真人真事，是写人的散文随笔，已不算是小说。

一 缺席的"乡村娜拉"

人们最熟悉的孙犁笔下以水生嫂为代表的乡村女性形象群主要是少女和少妇，她们清纯机灵、温婉贤淑、柔情似水，又泼辣能干、儿女情长、深明大义。这类人物形象除了作为政治层面上毫无保留地支持、奉献民族、阶级解放事业的"人民"意象外，更多地作为家园（母性）、民族传统、人性美的意象而获得广泛的传播和认同。事实上，孙犁自己似也更注重这两个层面上的内涵，这其中隐含了深厚的战争文化缘由。

首先是乡村女性作为家园、民族传统的意象。孙犁在1940年代最早一篇以乡村女性为主人公的短篇小说《女人们》（1941）中这样描述穿红棉袄的乡村少女在寒风中脱下带着体温的棉袄给八路军伤员盖上的情景："我只觉得身边这女人的动作，是幼年自己病倒了时，服侍自己的妈妈和姐姐有过的。""妈妈和姐姐"正是此后刀光剑影战争岁月中孙犁乡村女性叙事的基调。值得一提的"妈妈和姐姐"原本应该是年长的女性，但孙犁笔下承载"妈妈和姐姐"母性功能的女性几乎全是十几、二十几岁的少女、少妇形象（个中缘由容第二部分详述）。

有学者在论述日据时期台湾乡土文学时谈道，"日据时期的台湾文学提供了一种切实有力的实践，那就是在文学中顽强地保存、积淀着民族历史、传统、性格的风土习俗，乡土文学正是承担起了这一保存民族集体记忆的任务"。[①] 出于同样的原因，抗战时期的乡土文学无论在主题还是意象上都与"五四"时期有很大的不同。而符合父权传统性别规范的本质化的女性形象也最容易成为中华民族集体记忆、本质化传统的载体。正如钱理群所说："（20世纪）40年代作为'流亡者'的中国作家，越是出入于战争的'地狱'，越是神往于一个至善至美的精神'圣地'，以作为自己心灵的'归宿'。孙犁（及其同代人）笔下的'圣女'不过是这

---

① 黄万华：《史述与史论：战时中国文学研究》，山东大学出版社2005年版，第417页。

种'归宿'的'符号'。"①母亲、家园以及与此密切相关的民族传统，是战争年代流离失所的个体、饱经漂泊的心灵最急切的渴望与诉求。处身军旅的孙犁对这一点必然更有体验。而近代以来形成的根深蒂固的"乡村即为中国缩影"的观念导致民族形象总是与乡土不可分离，山脉、河流、田野、村落要比街市、高楼、霓虹更适合于作为中华本土、家园的意象。基于这双方面的原因，再也没有比本质化的乡村女性形象更能承载这样的诉求，更能胜任家园、母亲、民族传统的象征意义。这是1940年代孙犁水生嫂系列乡村女性形象成功的重要原因。

基于这一文化诉求，孙犁1940年代的乡村女性叙事很少涉及同一时期同处解放区的赵树理、孔厥、菡子等作家作品中常见的妇女反抗乡村封建父权传统、争取恋爱自由和婚姻自主的题材。这些解放区作家笔下的"乡村娜拉"形象是对"五四"文学中以知识女性为主的娜拉形象和祥林嫂式的乡村女性形象的超越和丰富。而孙犁笔下却少有这样的乡村娜拉形象，他的叙事中心始终是乡村女性在战争中的奉献精神、母性情怀。有关她们的爱情描写，只是被当作乡村女性对民族、阶级解放事业一种特殊的奉献（将爱情奉献给抗日英雄、革命军人）才获得叙事的合法性。这样的叙事逻辑在1946年的小说《钟》中表现得很清晰。贫穷的小尼姑慧秀和村里麻绳铺伙计大秋相爱并怀孕，但这场有悖宗法乡村礼俗秩序的爱情并没有在革命叙事中获得合法性。叙事人的态度始终闪烁其词、晦暗不明。甚至参加革命之后的大秋还将这场恋爱视作"混账事"，告诫自己"不要再做这些混账事"。同时期，解放区女作家菡子的小说《纠纷》也涉及相近题材。寡妇来顺妈与帮工刘二相爱并生下孩子，小说明确肯定来顺妈对幸福的大胆追寻。尽管来顺妈同样面临乡村宗族礼法的强大压力，但抗日政府的村长、乡长始终支持她。而慧秀却独自一人长久地挣扎在精神屈辱与物资贫乏的双重困厄中。大秋近在咫尺却忙于革命斗争，也怕"影响不好"，从不来看慧秀一眼。直到斗争胜利后大秋也没和慧秀结婚。日本人又来了，慧秀为保护了大秋，被鬼子刺穿

---

① 钱理群：《拒绝遗忘》，汕头大学出版社1999年版，第201页。

胳膊,她用身体、鲜血证明自己对大秋的忠贞,也是对革命的忠贞,这样的忠贞终于洗刷了她的"不洁"。她如愿嫁给了大秋。婚后的慧秀"风来她背着身子给大秋遮风,雨来淋湿她的衣服头发,也不叫淋在她丈夫身上"。慧秀这一切不仅是一个妻子在保护丈夫,也是在保护革命领导人的意义上被叙述。一如她冒着生命危险保护那口被当作革命政权宝贵财产的钟,小说取名"钟"暗示慧秀对大秋和革命的双重"忠"。

而写于1948年的《光荣》,则是一个典型的现代版王宝钏寒窑苦守的故事。《钟》和《光荣》这两篇小说由于褪去《荷花淀》式的如诗如画的面纱,对民族、阶级解放战争背景下的新妇德的张扬就变得十分明显。这固然是战争环境使然,但同处战争背景下的解放区作家赵树理的《孟祥英翻身》,孔厥的《凤仙花》、《苦人儿》、《一个女人翻身的故事》,菡子的《纠纷》等作品,尽管最终目的都是要把妇女解放当作民族、阶级解放的注脚,但客观上还是能够将重心始终放在现代革命战争给乡村女性带来的境遇、身份、命运的改变上,而不仅仅是这些乡村女性对革命战争的奉献。可见,孙犁式对传统、家园、母性的守望并没有成为战争时期所有作家乡村女性叙事的支点。写于1942年的《走出以后》是孙犁战争时期唯一一篇"娜拉出走"的故事。乡村姑娘王振中摆脱婆家的控制,偷偷离家出走去上抗日学校,走前发出子君式的呐喊:"这是我情甘乐意的,谁也管不了我。"小说既强调王振中的"出走"对民族国家的意义,也表明"出走"对女性自身的意义——"回去了就不会再有王振中了"。民族解放战争在征用乡村女性人力资源的同时,也为乡村女性自身的主体成长提供了契机。小说预示着孙犁乡村女性叙事的另一种可能性,但孙犁并没有拓展这种可能性。

二 "美的极致"与"空白之页"

众所周知,也正如我们前文提到的,除了作为家园、民族传统的载体外，水生嫂系列乡村女性形象还是人性美的载体。这同样与战争环境密切相关，更与孙犁个人审美理想相关。"看到真善美的极致，我写了一些作品。""善良的东西、美好的东西，能达到一种极限，在一定的时代，在一定的环境，可以达到顶点。我经历了美好的极限，那就是抗日战争。"[①]在残酷而粗粝的战争中，女性美几乎成了作家超越残酷现实，感受生命美好的唯一飞地。他需要这片飞地，因此，他才要那么执着地去表现女性之美，以至于无视具体环境的真实性，如《荷花淀》中月下编席的水生嫂与远处缥缈的白洋淀构成如梦如幻的意境；《吴召儿》写到吴召儿冒着生命危险勇敢地冲向敌人时，也不忘以诗意的笔调写道："那翻在里面的红棉袄，还不断地被风吹卷，像从她身上撒出来的一朵朵火花，落在她的身后。"这似乎也能解释我们前面提到的何以孙犁笔下承载"妈妈和姐姐"母性功能的女性几乎全是十几、二十几岁的少女、少妇形象，而不是在容貌上已无优势的年长妇女形象。相反的，年长的乡村女性在孙犁小说中总处于次要的，甚至政治、道德身份负面的位置上。

如果说，在很大程度上孙犁式的人道情怀、战争浪漫主义正是体现在他对女性美的诗意书写上，那么在他看来，战争的残酷也莫过于对这种美的无情毁灭。《琴与箫》是他小说中少见的表现战争惨烈、残酷的篇章。小说通过老船夫的转述详细记叙了两个俊气、可爱的小女孩惨死的场景，以及这件事对八路军战士"我"的震撼：

  我在孩子们的脸上、像那老船夫的话，我只看见一股新鲜的俊气，这俊气就是我的生命的依据。从此，我才知道自己的心、自己的志气，对她们是负着一个什么样誓言的约束，我每天要怎样在这些俊气的面孔前受到检查。

[①] 孙犁：《文学和生活的道路——同〈文艺报〉记者谈话》，《孙犁文集（四）》，百花文艺出版社 1982 年版，第 393 页。

显然，孙犁将捍卫美好生命免遭杀戮看作战士战场上浴血鏖战的目的，在他的笔下生命的美善、世俗的幸福始终是革命者斗争、牺牲的内在动力。①在后来的长篇小说《风云初记》中，有这样一个细节，长工老温半辈子受苦劳碌，抗日政权让他成了家，但在新婚第二天他就参军上了战场，"有了妻子，就有了牵连，也就有了保卫她们的责任，生活幸福，保卫祖国的感情也就更深了"。在孙犁看来，女性的美正是世俗的幸福、生命的美好，甚至人生全部意义的最恰当象征。因此，他不愿看到、也无力承受这种美与意义的毁灭——"看到邪恶的极致，我不愿意写，这些东西我体验很深，可以说铭心刻骨，可是我不愿意去写这些东西，我也不愿意回忆它。"②于是，写于1945年的小说《芦花荡》又将三年前的小说《琴与箫》中的惨烈故事用乐观语调重写了一遍，两个小女孩都没死，老船夫单枪匹马奇迹般地击退了全副武装的鬼子，保护了她们。审美诉求超越和改写了现实经验，这是孙犁乡村女性叙事的重要特征。

也许正是基于这一逻辑，尽管孙犁也描写了战争带给乡村女性的种种磨难，如贫穷、动荡、繁重的劳作，甚至《"藏"》、《钟》等小说还写到女性在战争环境下怀孕、临产这些艰难的经历，却始终回避那场战争带给乡村女性最残酷、惨烈一面——日军的性暴力。当然，这其中还有更深刻的文化原因。不仅孙犁，同时代的男性作家的抗战叙事，甚至1980年代之前的全部抗战叙事中几乎都很难见到这方面的内容。正如有日本学者在研究1941年发生在山西境内日军扫荡造成的"西烟惨案"和"南社惨案"时指出的，"这两个惨案好多资料都有记载，但是女性被抓并受到性暴力残害的事情，在资料里连抽象的表述都没有"。③二十世

---

① 路翎在《洼地上的战役》中写朝鲜战场战壕里，班长王顺遥想着家乡小路上背着书包奔跑的女儿、小战士王应洪珍藏着朝鲜姑娘的信物，内心充满了英勇杀敌的力量。孙犁和路翎显然遵循了同一叙事逻辑。

② 孙犁：《文学和生活的道路——同〈文艺报〉记者谈话》，《孙犁文集（四）》，百花文艺出版社1982年版，第393页。

③ ［日］石田米子：《调查发生在山西省的日本军队性暴力》，李书霞译，［日］秋山洋子《战争与性别——日本视角》，社科文献出版社2007年版，第205页。

纪八九十年代以后,侵华日军对中国女性,尤其是乡村女性犯下的性暴行,日益被从历史尘封中挖掘出来。从近年来披露的史料来看,孙犁笔下的乡村女性的主要活动区域(冀中平原一带)正处于侵华日军经常性实施性暴力的地域范围内。而孙犁20篇以抗战背景下乡村女性活动为主要内容的小说,①从不正面涉及这方面的内容。但我们还是能在几篇小说看到一些蛛丝马迹。如《"藏"》中有这样一个场景:村庄在夜里突然被鬼子包围,男男女女都被赶到街上集合,女人们"尽量把脸转到暗处,用手摸着地下的泥土涂在脸上"。《采蒲台》中青年妇女们一边编苇席一边唱到:"我留下清白的身子,你争取英雄的称号。"《芦苇》中躲避扫荡的小姑娘携带一把很小的小刀,当被责怪小刀杀鬼子不顶事时,姑娘"凄惨地笑了笑",低头拔草不语,而"我的心骤然跳了几下"。再一个就是《荷花淀》中水生参军前嘱咐妻子的最后那句话:

"不要叫敌人汉奸捉活的。捉住了要和他拼命。"这才是那最重要的一句,女人流着眼泪答应了他。

一切都意味着孙犁显然并不缺乏这方面的素材,但孙犁的叙事却留下意味深长的沉默,不再有下文。结构主义文论代表人物彼埃尔·马舍雷指出,一部作品与意识形态的关系,不是看它说出了什么,而是看它没有说出什么。正是在一部作品意味深长的沉默中,最能确凿地感到意识形态的存在。"我们应该进一步探寻作品在那些沉默之中所没有或所不能表达的东西是什么……实际上作品就是为这些沉默而生。"②正是在孙犁叙事的沉默、空白处,我们读到了性别意识形态的意味。女性身体的贞

---

① 这二十篇小说分别是《芦苇》、《女人们》、《懒马的故事》、《走出以后》、《琴和箫》、《丈夫》、《老胡的事》、《第一个洞》、《山里的春天》、《荷花淀》、《麦收》、《芦花荡》、《钟》、《"藏"》、《光荣》、《蒿儿梁》、《采蒲台》、《吴召儿》、《小胜儿》、《看护》。

② [法]彼埃尔·马舍雷:《文学分析:结构的坟墓》,董学文、荣伟编《现代美学新思维》,北京大学出版社1990年版,第363页。

洁是国家、族群荣誉的象征，"女人'不仅是女人'，还是国家的人格化象征。在这种情形下，女人不是人，或者说不是个人"①。因此，水生交代妻子万一被活捉就要"和他（鬼子——笔者注）拼命"，女人似乎也一直在等着这句话，"这才是那最重要的一句"，比起进步、识字、生产都重要得多。尽管"进步、识字、生产"一向是孙犁叙述战争中乡村女性的中心。

孙犁的"空白之页"，丁玲早将它填满。在丁玲写于 1939 年的小说《新的信念》中，侵华日军给乡村带来的灾难被集中在对乡村女性的性残害上。西柳村的女人凡是没有逃走的，从老奶奶到 13 岁的小孙女一个都不能幸免。丁玲不惜挑战文学审美的极限、乡村伦理的禁忌，不断让奶奶详细诉说她所亲见的日军强暴少女的惨不忍睹的场景。奶奶甚至面对自己的儿子、孙女的父亲不断言说自己和孙女被蹂躏的情景。年老的母亲"一点不顾惜自己的颜面"的疯狂言说，在她的言说中不断呈现的被撕裂了的母亲、女儿的身体、淋漓的血污，这一切不仅仅点燃作为儿子/父亲的男人们复仇的火焰，更是要直面儿子/父亲们不敢直面的现实，敞亮孙犁式战争叙事中一直刻意遮蔽的乡村女性真实的战争经验。这样的经验在《我在霞村的时候》中获得更加尖锐的表述，丁玲另类的声音穿透历史时空在半个多世纪后的铁凝那里得到遥远的回响。被认为是孙犁文学世界忠实后继者的铁凝，在老师终止、空白的地方一次又一次直面惨烈的历史。②

如果说孙犁注重的是"水生嫂"们如何在战争中激发出至善至美的人性极限，并以此成就男人们在战争炼狱中的生命飞地，与此同时却留下了历史的空白之页，那么，丁玲正是在孙犁的空白之页上书写"水生嫂"们自身如何在战争炼狱中万劫不复。如果说前者是飞翔的话，那么

---

① ［美］克内则威克：《情感的民族主义》，北塔、薛翠译，陈顺馨、戴锦华选编《妇女、民族与女性主义》，中央编译出版社 2004 年版，第 143 页。

② 例如，铁凝在 1980 年代的中篇小说《棉花垛》和 21 世纪初年的长篇小说《笨花》中一再描写抗日女干部乔和取灯惨遭日军性暴力的情形，呈现她们酷烈的死亡、破碎的身体。

后者无疑是下坠。无论是飞翔还是下坠，都是不可忽略的女性战争经验。

三 变异性转型：《村歌》

孙犁在1949年后创作的《山地的回忆》、《秋千》、《小胜儿》、《正月》、《看护》、《女保管》、《婚姻》全部七篇短篇小说，依然以乡村女性为主角。这些乡村女性形象基本延续1940年代水生嫂形象的脉络。值得一提的是写于1950年的《婚姻》。《婚姻》讲述了一个孙犁此前小说中极少见到的类似《小二黑结婚》的故事。与赵树理不同的是，孙犁始终将叙事中心放在乡村少女如意身上，如意比小芹更具叛逆性、主体性。而真正代表孙犁乡村女性叙事新突破的则是写于1949年的中篇小说《村歌》。《村歌》中的双眉以及后来的长篇小说《风云初记》中的俗儿、中篇《铁木前传》中的小满儿实际上构成一个与此前以水生嫂为代表的乡村女性形象谱系完全不同的系列，在当时的文学语境显得相当另类，标志着孙犁乡村女性叙事的变异性转型。

《村歌》在孙犁作品中少被提及，而实际上这篇小说在孙犁创作中极为重要，标志着孙犁乡村女性叙事的转型。主人公双眉形象可以看作《铁木前传》中小满儿的前身。俊俏泼辣、大胆能干、积极要求进步的双眉，表面上看起来不过是孙犁之前乡村女性形象的延续，但仔细辨析会发现这个形象有一些崭新的特质。双眉其实是村里颇有争议的人物。首先她有一个政治身份暧昧的家庭出身，本人又爱打扮、爱出风头，争强好胜、特立独行，因此村里有人认为她有"作风问题"，甚至是"破鞋"、"流氓"，以至于在合作组整顿时被清除出合作组。双眉对村人加诸自己的种种负面评价不服，积极主动为自己争取发展空间，以政治、工作上出色表现来获得乡村新政权的认可。但双眉对乡村传统性别规范的冲撞、出格还是时时成为她政治进步的障碍。这些出格行径最后总算被组织上定为"不是原则问题"，支委会终于"拧拧支支地通过了"双眉的入党问题。无论是将双眉清除出合作组还是支委会上的"拧拧支支",都表明现代革命伦理与乡村传统性别规范之间的悄然联合。叙事对这种联合不置可否,却又在小说结尾,以欣赏的笔调写到双眉在舞台上的纵情飞扬:

> 双眉唱着,眼睛望着台下面。台下的人,不挤也不动,整个大广场叫她的眼睛照亮了。她用全部的精神唱。她觉得台上台下都归她,天上天下都是她的东西。

让女性生命力这样飞扬狂放,在同时代的作品中是少见的,在孙犁自己此前的小说中也是从未有过的。事实上,在写于1942年的《走出以后》中,孙犁借第一人称叙事人、八路军干部"我"明确表示"不喜欢女人的那一种张狂",而双眉俨然就是一个张狂的人物,不仅在工作中张狂,生活中也处处张狂。她已不再像1940年代的水生嫂、秀梅(《光荣》)们那样,工作上大胆泼辣,在生活中则谨小慎微地恪守着乡村传统的妇德。由此可见,离开战争年代,孙犁女性观出现明显变化。钱理群在论述1940年代女性形象时谈道:"(20世纪)40年代的中国作家所关注与歌颂的女性形象已不再是二三十年代的西方型的'时代女性'(如茅盾的梅行素、章秋柳、孙舞阳,曹禺的繁漪,丁玲的梦珂、莎菲女士等),而是具有传统道德美的东方女性(经常举出的例子有老舍《四世同堂》里的韵梅、孙犁笔下的水生嫂以及曹禺的愫芳、瑞珏等)。""二三十年代作家努力发掘的是女性形象中的'女人性'……而40年代的作家却在努力发掘'母性'。"[①] 如果这里的"女人性"指的是女性作为一个性别主体的特征,即女性性,那么,这样的论述基本上是恰当的。[②] 如果说,

---

[①] 钱理群:《拒绝遗忘》,汕头大学出版社1999年版,第200页。
[②] "女人性"这一概念在1980年代以来的语境已经被深刻污名化,被与父权社会对女性的角色定位相混同。因此,我们使用"女性性"这一概念来表述女性的特质。

此前孙犁的乡村女性人物身上更多的是母性、妻性（包容、奉献、孕育、忠诚、忠贞），那么，双眉身上显然不具有这些特征。双眉已然不属于水生嫂的谱系，却与1930年代陈白露、繁漪、莎菲、梦珂有着潜在血缘联系。这一谱系的女性人物在1950年代以后的文化语境中显然很难获得叙事的合法性。《村歌》写于1949年，一体化的文学规范尚未被严格推行开来之际，而叙事对双眉正面身份的维护已经颇为艰难。随着时间推移，一体化文学规范的加剧，这类人物形象必然要走向反面。这便有了后来写于1950—1954年间的《风云初记》中的反面人物俗儿和写于1956年春天的《铁木前传》中的摇摆于正反两极之间的小满儿。

四 《铁木前传》中的性别政治与阶级政治

实际上，《风云初记》和《铁木前传》中女性人物基本上都以对照的方式出现。《风云初记》中的乡村女性春儿和俗儿是一组对照，知识女性李佩钟和春儿又构成另一组对照。在一定程度上，李佩钟和俗儿都是为了衬托春儿的形象而存在。《铁木前传》中的九儿和小满儿也是一组对照。春儿和九儿显然是两部小说极力要歌颂、肯定的正面女性人物形象。双眉之后的这两个形象又回到了水生嫂形象的套路上。由于承载过多的政治理念，春儿和九儿的形象显得生硬模糊，远不如水生嫂鲜活、生动。这似乎也说明离开了战争文化语境，孙犁擅长的水生嫂式的乡村女性叙事惯例正在遭遇瓶颈，反倒是反面人物俗儿、小满儿，令人耳目一新。当然，在《风云初记》的后半部俗儿形象迅速脸谱化、妖魔化，最终走向彻底的反面。而到了创作于1956年春天百花文学氛围中的《铁木前传》中，孙犁开始重新审视俗儿这类女性人物，小满儿身上同时兼有双眉与俗儿的影子，或者说叙事者让她摇摆于双眉与俗儿之间，犹豫不定，这似乎也与百花时期乍暖还寒的文学氛围有关，这才有了这个人物身上的种种暧昧、矛盾之处。

小满儿和双眉其实有很多共同点,一样俊俏能干、爱打扮、争强好胜、不断僭越乡村传统性别规范、在村里颇遭非议,也有一个暧昧的家庭出身,但两人也有不同的地方。虽然同样生命力旺盛、青春蓬勃,双眉将旺盛的生命力投入农村合作化运动中,并因此获得了村庄新秩序对她身上"另类性"的勉强包容,不予计较;而小满儿旺盛的生命力却无所皈依,像一股危险的、难于驯服的力量在乡村秩序外游荡:

> 无论是在娘家或是在姐姐家,她好一个人绕道村外去,夜晚,对于她,像对于那喜欢在夜晚出来活动的飞禽走兽一样,炎夏的夜晚,她像萤火虫一样四处飘荡,难以抑制那时时腾起的幻想和冲动。她拖着沉醉的身子在村庄的围墙外面,在离村很远的沙岗的丛林里徘徊着。在夜时,她的胆子变得很大,常常有到沙岗上来觅食的狐狸,在她身边跑过,常常有小虫子扑到她的脸上,爬到她的身上,她还是很喜欢地坐在那里,叫凉风吹拂着,叫身子下面的热沙熨帖着。在冬天,狂暴的风,鼓舞着她的奔跑的感情,雪片飘落在她的脸上,就像是飘落在烧热烧红的铁片上。
> 每天,在夜深人静的时候,才回到家里。她熟练敏捷地绕过围墙,跳过篱笆,使门窗没有一点儿响动,不惊动家里的任何人,回到自己炕上……

不难看出,这段描述显然有意无意将小满儿与狐狸相类比。在父权文化传统中,美女、性与狐是一种由来已久的原型性联系,对这种联系的想象最著名的莫过于《聊斋志异》。正如一位德国学者所言:"狐狸作为一种神或恶魔的动物也出现在中国、朝鲜和日本的童话故事中。这种动物在行为和心理方面的特征植根于这样的一种信念,即认为狐狸能变为一个具有诱惑力的女人。母狐(=情妇)作为传统婚姻体制的反面形象出现。她的美丽与贪婪和欺骗相连,与立于社会标准之外的美丽妇女的表现相似。"①叙事人将小满儿与狐狸作类比,正是建基于这样的关联性上。叙事在有意无意间表现小满儿身上的种种狐性,如俊俏狐媚、狡黠多变、敏捷轻盈,喜欢在夜深人静的村庄边缘游荡……

从空间归属上看,小满儿和狐狸一样都来自村庄之外的某个暧昧不明的地方。小满儿出身于"县城东关一户包娼窝赌不务正业的人家",这句话除了说明小满儿政治身份暧昧外,还表明她的地域身份也相当暧昧,是以农耕为本位的村庄社群的另类。九儿虽也来自异乡,但这个"异乡"是另一个村庄,并且九儿很快就融入本村进步青年团体中。而小满儿则拒斥这个团体,想方设法逃脱开会、学习、生产等集体活动,长久地徘徊在村庄新秩序之外。与此同时,小满儿同样也不被宗法乡村的旧秩序所接纳。她早已结婚,却从婆家出走,长期寄居姐姐家。小满儿实际上是一个出走的娜拉。但是娜拉离家出走后倘若不加入革命集体这个"大家",那么,出走的行为本身在道德上就暧昧不清了。小满儿成天和不务正业游手好闲的六儿、黎大傻等人混在一起,有意无意爱到门口、街上招摇自己的美貌,惹得大壮等村里的年轻人魂不守舍,还在青梅竹马的六儿、九儿之间横插一杠。因此,她被大壮媳妇宣判为一只充满危险诱惑的"小母狗"。不被新旧两种秩序接纳的小满儿,实际上成了一个无名的存在物。她的夜游、诡异的举动、内心的孤独痛苦、独自在菜园里哭泣全源自这一无名状态。

其实,小满儿也曾想摆脱这样的状态,寻求新的命名。当村里宣传婚姻法时,她似乎也看到了希望,积极了起来,那些男女平等、妇女解放的话语显然也打动了她,"但后来听到有些人想把问题引到检查村里的男女关系,她就退了出来,恢复自己放荡的生活方式"。小满儿的后退实际上是一种自我保护,她明白新的秩序中是不会有自己这种人的位置的。借此,我们也不难看到,恋爱自由、婚姻自主并不是任何女性都有资格

---

① [德]汉斯-约尔格·乌特:《论狐狸的传说及其研究》,许昌菊译,《民间文学论坛》1991年第1期。

享有的。也许小满儿和双眉的最大区别在于双眉成功地在乡村新秩序中找到了一个位置，获得了新的命名，而小满儿却对乡村新秩序欲迎还拒。被排除在新旧秩序之外的小满儿内心非常孤独，村子里包括她爱恋的六儿在内，没有人能理解她。当她得知外来的干部到村里来不是"只看谷子和麦子的产量"，而是来"了解人"时，她便将获得理解的希望寄托在外来的干部身上，甚至还向干部敞开心扉，描述了她所向往的一些人和事：四月初八庙会的盛况，春天的原野里姑娘小伙像鸟儿一样，成双入对地在半人高的麦地里自由地飞进飞出，抗战时期发生在庙里的神奇的伏击战、枪林弹雨中搬运子弹的漂亮尼姑，长得好看会吹笙却因为恋爱不自由而自杀的尼姑……

乍看起来，小满儿提到的这些人和事只鳞片爪，让人摸不着头脑，并且与眼下干部要她去参加的政治学习毫无关系，但这正是孙犁的神来之笔，小满儿所以拒斥眼下开会学习这一类活动，是因为这些活动与她的生活理想相去甚远，她的内心深处无限向往另外一种传奇浪漫、灵动率性的生活，它完全不同于眼下枯燥乏味的劳动、开会、学习。她懊悔自己没能赶上那种美妙的生活，她之所以喜欢六儿，就是因为六儿的率真任性最接近她的生活理想。这种类似知识分子式"生活在别处"的理想，显示这个乡村少女非同一般的内心世界，也是对那个时代刻板的乡村女性形象的超越。其实小满儿的生活理想又何曾不是孙犁的理想生活，小满儿不仅体现了孙犁的人道主义文学理想（就像许多论者所论述的那样）、同时也寄托了他的人生理想。因此，具有深厚人道情怀的孙犁内心其实相当钟爱这个人物，但作为一个"根正苗红"主流作家的孙犁又意识到这种钟爱的危险性。[①] 于是，在人道情怀与阶级政治的冲突难以调和之际，性别政治这种最古老、最不易觉察的政治开始发挥作用。

---

① 关于小满儿形象以及《铁木前传》整体叙事的内在悖论与丰富，杨联芬在《孙犁：革命文学中的"多余的人"》(《中国现代文学研究丛刊》1998年第4期）中有非常出色的论述，对笔者深有启发。还要提到的是，在1990年代之前的孙犁研究中，人们关注的是水生嫂的形象，而在近20年来的孙犁研究中，小满儿的形象一直备受关注。

许多论者都谈到小满儿这个人物体现了孙犁作为知识分子叙事人的人道情怀与阶级政治话语之间的二元冲突，但实际上这个人物体现了男性知识分子叙事人孙犁的人道情怀、性别政治话语与阶级政治话语之间错综复杂的多元纠葛。如果说在写于20世纪四五十年代之交的《村歌》中，孙犁固然对双眉身上的女性性别特质心存疑虑，但还是不断地以双眉进步的政治身份、纯洁的道德身份来覆盖她身上的这种"异质性"，从而使这个形象总算具有了正面意义，甚至在小说结尾还情不自禁地表现了双眉女性生命的张扬与狂放。而到了《铁木前传》中，孙犁变得非常犹豫，他更加感觉到小满儿身上的性别特质作为一种显而易见的异质性已经很难与进步的政治身份、正面的道德身份共存。因此，他一方面情不自禁表现小满儿身上女性性别特质的美好；另一方面又凸显这一性别特质的异质性，直至将它异端化、他者化（与狐狸相类比），小满儿不能不成为一个政治落后、道德身份暧昧的人物。这不仅缘于叙事者不得不遵循的阶级政治逻辑，同时缘于其不自觉的性别政治逻辑。

结　语

本章论析了孙犁乡村女性叙事中鲜为人谈及的一些面向，如何以孙犁很少涉及同一时期其他解放区作家笔下常见的妇女反抗乡村封建父权传统，争取婚恋自主的题材，何以孙犁在表现民族解放战争中乡村女性所迸发出来的人性美极致的同时，却极力规避这一特殊女性群体在这场战争中触目惊心的性别罹难。同时本章还论及孙犁乡村女性叙事在1950年代自我颠覆性的变异转型——他不断提供与水生嫂式乡村女性形象迥异的乡村女性形象，双眉、俗儿、小满儿几乎可以看作繁漪、梦珂、莎菲的乡村版，但作家对这类人物又心存疑虑。人道情怀、阶级政治、性别政治错综纠葛，造就这类人物形象内涵的矛盾、驳杂而又丰富。正是这些面向构成了孙犁乡村女性叙事的复杂性。如果说，乡村女性一直是孙犁观察与表述乡村的最重要支点（正如我们在文章开头提到的），那么，孙犁乡村女性叙事的复杂性实际上意味着孙犁乡村叙事的复杂性、丰富性。尽管20世纪90年代以后学界已充分意识到孙犁创作的复杂性，但少有人将这种复杂性与他笔下的乡村女性叙事相关联，因为孙犁笔下以水生嫂为代表的乡村女性形象非常契合（同时也再生产了）我们关于乡村、母亲的最本质化的文化记忆和想象，而这样的记忆与想象具有神圣不容颠覆的精神原乡的意味。

（原载《南开学报》2014第4期）

第五章　乡村现代性叙事与乡村女性的形塑

——以 1940—1950 年代赵树理、李准文本为例

美籍华裔学者黄宗智认为传统乡村政权是"二层架构"式，即代表皇权的县级政权浮在上面，真正对乡村行使实际管制权的是乡绅阶层。也就是说，"正规的政权在村落中并不实施任何控制，它把自己的社会监察功能让给村庙、地方名人、家族的族老"①。因此，前现代社会，村落社会实际上处于自治状态中，乡村基本上是独立自在的世界。民国以来，民族国家政权抛弃村落社会自治的政策，并积极在村落社会中推行政府权力、政治经济和意识形态。而到了 1949 年后，民族国家政权、国家意识形态对乡村的改造、渗透又要比民国时期彻底得多。其实，这种渗透从根据地时期就开始了，中共领导的抗日民主根据地可以看作现代民族国家的一种特殊形态。因此，从 1940 年代解放区文学开始的"农村题材小说"实际上就是表现新的现代性秩序对自在的乡土社会②的渗透、介入、整合、改造的过程，因此这类小说我们也可以称之为"乡村现代性叙事"。而在这场以政治改造为标志的乡村现代化变迁中，妇女的解放被放在一个突出的位置上的，无论是根据地时期还是 1949 年之后无不如此。解放叙事成了形塑乡村女性的最重要的手段。而有关乡村女性的解放叙事主要包括两类故事：一类是乡村女性争取婚恋自由自主的故事，如赵树理的《小二黑结婚》、《邪不压正》、《登记》，阮章竞的《漳河

---

① 王铭铭：《村落视野中的文化与权力》，生活·读书·新知三联书店 1997 年版，第 88 页。
② 所谓"自在的乡土社会"指一种没有具体目的、只是因为在一起生长而发生的社会。参见费孝通《乡土中国 生育制度》，北京大学出版社 1998 年版，第 9 页。

水》，孔厥的《苦人儿》、《一个女人翻身的故事》，菡子的《纠纷》，王雁的《刘巧儿》（评剧），孙犁的《婚姻》；再一类是乡村女性摆脱传统家庭角色的束缚、走出家门参加集体劳动、公共活动的故事，如孔厥的《凤仙花》，赵树理的《孟祥英翻身》、《传家宝》，孙犁的《走出之后》，李准的《李双双小传》，茹志鹃的《如愿》、《春暖时节》、《里程》、《静静的产院》等。① 从延安时期开始，根据地政府就提倡农村妇女走出家门参加社会劳动，这被视为农村妇女解放的最重要内容。1949 年后更是成为新型民族国家的基本国策。走出家门的妇女不仅仅是劳动力资源，同时还是改造传统乡村的政治资源。我们知道，传统中国社会的专制主义是渗透在作为社会的基础细胞的家庭及其伦理形态中的，中国文化的伦理体系与政治体系是一致化的，因此家族制度被"五四"新文化实践者看作社会变革的主要障碍。而乡村一直被认为是传统的伦理体系及其温床——家族制度的最顽固的堡垒。对乡村的改造从文化层面而言就是对乡村伦理体系、家族制度的瓦解，而妇女的政治化在这方面起到一个非常关键的作用。因此，开发民族国家所需的劳动力资源和政治资源，就成了这一历史时期妇女解放的主要诉求。如果说"不同类型的权威可以在不同的场合被不同个人运用为获取主体地位的资源"②，那么，在成为劳动力与政治资源的同时，乡村女性也得以挪用民族国家渗入乡村的权威资源来建构自己的主体性。这是我们理解 1940—1950 年代有关乡村女性解放叙事的基本前提。

---

① 此外，这一时期著名的歌剧《白毛女》与叙事长诗《王贵与李香香》虽也涉及妇女解放的内容，但其主要的主题还是阶级解放，妇女解放的主题处于附属位置上，因此不列入本章讨论范围。实际上这一情形在这一时期的文学作品中普遍存在，有关妇女解放的叙事更多地包含在阶级解放叙事中。再者，像丁玲的《我在霞村的时候》、《新的信念》，马烽的《一个下贱的女人》等虽专门涉及贞操观念等性别解放的重要议题，但限于本章篇幅、论域设置，亦不列入讨论范围。

② 王铭铭：《村落视野中的文化与权力》，生活·读书·新知三联书店 1997 年版，第 6 页。

一　命名、书写与权威挪用：李双双的解放策略

在1940—1950年代的乡村现代性叙事中最完整、细致地呈现了乡村女性走出家门的解放历程的是李准的《李双双小传》。1958年李准按照党组织的安排到农村体验生活，最后写了《李双双小传》这个歌颂"大跃进"这场疾风骤雨式的现代性运动的应景之作，充分发挥短篇小说为政治运动摇旗呐喊的功能。但仔细阅读这个作品，我们不难发现小说实际上存在许多叙事缝隙，这些缝隙共同构筑了一个潜在的本文世界，它大大超越了作者的创作意图，作品的显在主题。小说对"大跃进"的歌颂被落实在"大跃进"运动如何使李双双冲破乡村父权制的重重阻扰进入公共空间，由一个围着锅台转的农村家庭妇女成长为社会主义新人的过程。叙事不经意间呈现了乡村女性主体成长的完整环节，其中一些细节完全具有女性主义的意味。[①]这在1940—1950年代同类叙事中并不多见。

李双双原本是乡村社会一个无名的存在，尽管她叫李双双，但从没有人知道这个名字，因为在乡村传统性别秩序中，人们认同的是女性的角色身份，喜旺家、喜旺媳妇、喜旺嫂子，而丈夫则称她"俺那屋里人"、"俺小菊他妈"，甚至"俺做饭的"，至于李双双是谁无关紧要。解放、土改、贯彻新婚姻法，乡村一场又一场现代性运动似乎对她的境遇都没有太大的改变。真正改变李双双命运的是村里扩大民校，她上了民校，"一心一意学文化"。也正是在参加民校时，她有生以来第一次使用"李双双"这个名字。这样一来一个新的世界打开了。有了文化的李双双产生了强烈的走出家门、摆脱女性家庭角色的愿望。她用刚刚学来的文字书写着这强烈的愿望："啥时候我也能不做饭，去参加大跃进？""人

---

①　这么说并非牵强附会，任何一个成功的文学形象都是"形象大于思想"，即文学形象在客观上所包含的思想内涵大大超过作家塑造这个形象主观上要表达的思想意图。

谁精，谁憨，工作多了见人多了就聪明，整天闷在家里就笨。"我们不妨借用女性主义观念来理解李双双的书写行为。在西方的父权传统中，笔是阴茎的象征，"这种阴茎之笔在处女膜之纸上书写的模式参与了源远流长的传统创造"。① 书写一向都被认为是男性的行为，而女性则是被书写的空白之页。因此，书写之于女性的存在意义非凡。书写就是一种发声、一种宣告自我存在的方式、一种浮出历史地表的方式。李双双的书写行为无论是从形式还是内容上都具有宣告自己不容忽视的存在的意味，她先是在私人空间"家"中张贴这些表达自己愿望的字条，但丈夫熟视无睹，百般阻挠她走出家门参加集体劳动，担心妻子"心眼太灵透了"，希望妻子"少个心眼倒安分了"等。于是，李双双又将这些书写物带向孙庄的公共空间，在孙庄村道上张贴大字报，向公众宣告自己的存在：

家务事，

真心焦，

有干劲，

鼓不了！

整天围着锅台转，

跃进计划咋实现？

只要能把食堂办，

敢和他们男人来挑战，

下面写的名字是"李双双"。

我们知道，"家"是父权文化命名、定义女性的出发点，因此，走出家门前的李双双获得"喜旺家"、"喜旺媳妇"、"喜旺嫂子"、"俺那屋里人"、"俺小菊他妈"等一系列的命名。但当她第一次走出家门上扫盲民校之际，也就意味着对这一系列"被命名"的唾弃，她有生以来第一

---

① 苏珊·格巴：《"空白之页"与女性创造力的问题》，张京媛主编《当代女性主义文学批评》，北京大学出版社1990年版，第161页。

次使用了"李双双"这个与家无关的名字。但这次自我命名似乎没有什么影响，以至于大字报贴出来后很多人不知道李双双是谁，甚至误以为"喜旺媳妇"与"李双双"不是同一个人。这也从反面证明了书写、张贴大字报的必要性。大字报事件可以看作李双双再度的自我命名，这次命名带有前所未有的气势，并获得巨大成功。大字报终结了"喜旺媳妇"的时代，开创了"李双双"时代。蛰伏家中的家庭妇女李双双终于凭借"大字报"这一特殊时代带有强烈政治色彩的物件浮出了历史地表。

尽管小说有意强调李双双对大跃进的热情完全出自天然的阶级觉悟，如强调李双双的受苦出身、对旧社会的仇恨等，但是我们还是可以从叙事缝隙中发现另一种情形，李双双参加大跃进集体劳动的动机其实就是想摆脱传统的女性家庭角色、性别分工，"我还能叫这个家缠我一辈子"？因此在"大跃进"的修水渠、积肥送粪、耙地养猪等诸项活动中，李双双单单对办食堂情有独钟。孙庄"大跃进"计划中原本没有办食堂这一项，是李双双仿照修水渠工地上的食堂率先发起办孙庄食堂的，因为她知道只有办食堂、幼儿园（家务劳动社会化）才能使她以及其他妇女们最终摆脱"围着锅台转"的命运。而大办食堂正是此时民族国家大力提倡的，这就为李双双挪用民族国家权威资源来争取性别解放提供了必要前提。这样看来，李双双一出场就不自觉地挪用了民族国家权威资源。

李双双的解放诉求来自性别生存境遇中的切肤之痛，是一种经验式、自发、不自觉的诉求。但这样的诉求是不具有合法性的。因此，在她的大字报中想走出家门而不得的焦虑被巧妙地表述为"整天围着锅台转，跃进计划咋实现"。显然，李双双无师自通，将个人性别解放的焦虑转换为"跃进计划咋实现"这一全民族的公共焦虑，从而赋予个人性别解放的诉求毋庸置疑的合法性。这是李双双对民族国家权威的一次试探性的挪用，这次试探无疑非常成功，大字报立即引起作为民族国家权威代表的支书老进叔、乡党委罗书记（他们是乡村新型权威的人格化）格外的关注，因为他们正为劳动力短缺发愁，"如果能把家庭妇女解放出来，咱们这个大跃进可就长上了翅膀了"。民族国家解放妇女的动机原本就是为了开发劳动力资源，两者一拍即合，这就为李双双对民族国家权威的进一步挪用提供了基础。正如我们前面提到的，"不同类型的权威可以在不同的场合被不同个人运用为获取主体地位的资源"，李双双实际上一直在借用民族国家的权威建构自己的主体性。

因参加集体劳动耽误了做饭，李双双与丈夫发生激烈冲突，当丈夫正要像往常那样用拳头行使夫权威力时，李双双立即扭住他："走！咱们找老支书说理去！就是兴你这样；我参加大跃进你不愿意，你嫌不舒坦，不美气，故意找我岔子，你这是啥思想！"在这里，李双双实际上挪用乡村权力结构的两种新型权威，首先是现实物质层面的乡村科层权威——"找老支书说理去"，让老支书来弹压丈夫，老支书的权威无疑正是民族国家政权向乡村基层渗透的成果，李双双享用了这一成果。然后是象征层面新型的神异性权威，"大跃进"这场激进的现代性运动一如历史上任何一场乌托邦运动一样，也具有无上的神异性（charisma）声望，它被表述为能够给大众带来巨大福祉、利益和美好生活。而现在丈夫喜旺却阻挠妻子参与这场显然具有神异性权威的运动——"我参加大跃进你不愿意……你这是啥思想！"这样一来丈夫喜旺简直不堪一击。喜旺不仅在行为上"不敢再打她了"，而且在道义上也"自己知道理短"，悄悄溜走了。对于妻子李双双的行为，喜旺有一句非常到位的评价："你如今算是站到高枝上了。"这个高枝正是作为民族国家权威代表的新型乡村权威。

1990年代孟悦在重评这篇小说时写道："如果说孙喜旺的大男子主义显然是父权社会男性'性别意识'的产物，那么李双双正是秉凭'党法'对他进行惩戒和教训。在某种意义上，李双双夫妻间的高下之争预示着一场'父法'——'党法'之争，'父法'之所以妨碍了'党法'，与其说是因为欺压了女性，毋宁是因为'大男子主义'这样一种性别专权势必分散党的全面控制。"[①]这样的评价无疑是非常有见地的，但却忽略了在"父法"与"党法"博弈的夹缝中，存在着李双双得以挪用"党法"

---

① 孟悦：《性别表象与民族神话》，《二十一世纪》（香港）1991年第4期。

权威资源来弹压"父法",建构自己主体性的可能性。

二　置身解放之外:中老年女性人物的身份位置

正如我们前文提到的,前现代社会的乡村基本上是一个独立自在的世界,村落社会基本处于自治状态中。而到了民族国家时代,"国家对基层社会的控制得以大力加强,并成为国家控制社会的基本手段"。[①]民国以来,民族国家政权抛弃村落社会自治的政策,并积极在村落社会中推行政府权力、政治经济和意识形态。但民国政府的各种乡村改造运动都具有不彻底性,所以给传统的地方文化和社会形态留下很大生存空间。而从根据地时期开始,尤其是到了1949年之后,共产党领导的新型民族国家政权、意识形态对乡村的改造、渗透要比民国政府彻底得多,因此,遗留给地方文化和社会形态的空间必然要小得多。即便如此,自在的乡村世界实际上还是很难被严丝合缝地完全整合进新的现代性秩序中。必然要残留出许多无法被整合的中间地带,实际上也是无法被命名的"无名地带"。其实自在的乡村世界大面积存在的正是这样暧昧的无名地带,它代表着乡村的真实面貌。这就是为什么在农村题材小说中会出现一个"中间人物"群体。"中间人物"也是农村题材小说中写得最好的人物形象,其中又以赵树理小说为代表。作为一个非常熟悉理解中国乡村的作家,赵树理明白只有中间状态的人物才最能代表乡村的真实面貌,因此他在这类人物身上着墨最深。[②]而赵树理的"中间人物"又以年长的乡村女性形象居多,并且特别引人注目,如《小二黑结婚》中的三仙姑,《三

[①]　王铭铭:《村落视野中的文化与权力》,生活·读书·新知三联书店1997年版,第39页。
[②]　所谓的"中间人物"即"中间状态的人物",这一概念是在1962年8月大连召开的"全国农村题材短篇小说创作座谈会"上由当时的中宣部部长邵荃麟提出。也正是在这次会议上,擅长写中间人物的赵树理的创作被重新高度评价,茅盾、邵荃麟认为"前几年"对赵树理的创作估计不足,"评价低了,这次要给以翻案"。参见洪子诚《中国当代文学史》,北京大学出版社1999年版,第99—100页。

里湾》中的"能不够"、"常有理"、"惹不起",《锻炼锻炼》中的"吃不饱"、"小腿疼",《登记》中的"小飞蛾"。尽管赵树理也非常善于讲述乡村女性翻身、解放的故事,但恰恰是中间状态的女性人物成为赵树理乡土人物画廊中最出彩的。这类女性人物身上包含了一直以来被我们各式各样文学阐释语境有意无意忽略的丰富的文化象征内涵,其中以三仙姑的形象最为突出,这个形象鲜明地表征了乡村现代性叙事与乡村女性形象形塑之间错综复杂的权力纠葛,表征了自在混沌、难以被现代性整合的传统乡村的文化身份。①

正如我们前文提到,1940—1950年代有关乡村女性的解放叙事主要有两类女性形象:第一类是争取恋爱自由、婚姻自主的女性;另一类是摆脱传统女性家庭角色束缚、走出家门参加集体劳动、公共事务的女性。在赵树理的乡村女性解放叙事中也不例外,前者如《小二黑结婚》中的小芹、《邪不压正》中的软英、《登记》中的艾艾,后者如《孟祥英翻身》中的孟祥英、《传家宝》中的金桂、《三里湾》中的菊英等。她们都是少女或年轻媳妇,没有一个年长的女性。年长的女性在赵树理的乡村叙事中实际上是处身解放之外的。她们要么作为年轻姑娘、媳妇求解放争自由的障碍,要么有意无意扰乱乡村轰轰烈烈的现代化运动。总之,这些年长的乡村女性总是处身解放、革命、现代性变迁之外。也许《登记》中支持女儿婚姻自主的小飞蛾除外,但小飞蛾至多也只是徘徊于解放的边缘。这个现象在《传家宝》发表之后就有人提出来了,就有人批评这篇小说"把老一代安排在新生活秩序之外,而不是引向新的生活秩序以内来解决婆媳矛盾"。这个批评者根据自己对解放区农村的了解写道:"应该指出,今天解放区的农村里,贫农阶级有了阶级觉悟,参加生产劳动的婆婆是大有人在。"②尽管这样的批评可能是基于当年的机械反映论文学观(即认同文学与

---

① 有关三仙姑形象的丰富象征隐喻参见王宇:《三仙姑形象的多重象征隐喻》,《学术月刊》2013年第1期。

② 竹可羽:《评〈邪不压正〉和〈传家宝〉》,原载《人民日报》1950年1月15日。收入黄修己编《赵树理研究资料集》,知识产权出版社2010年,第194—195页。

现实之间是一一对应的单一关系）而产生的对作家的苛责，但这一现象在赵树理的创作中的确屡屡出现，甚至成为一个重要的叙事逻辑。

在《孟祥英翻身》和《传家宝》中叙事人毫不留情地挞伐、质疑乡村传统性别规范对女性的刻板规约，嘲讽孟祥英的婆婆觉得"媳妇越来越不像个媳妇样"、金桂的婆婆不满金桂"不像个女人家的举动"的陈旧观念，批判了封建家长、乡村父权文化传统对女性的角色规约、刻板印象，赞赏女主人公对这一规约的大胆的僭越和反叛。但在《小二黑结婚》中作者却又嘲讽、否定三仙姑对乡村传统性别角色规约的僭越、反叛，最后一定要将三仙姑教育、改造成"像个当长辈人的样子"，即回归乡村传统性别规约对年长女性的角色定位上。三仙姑虽然反对女儿的婚姻自主，但她本人也是封建包办婚姻的牺牲品。而作者似乎显然没有意识到这点，这就造成在讲述小芹的故事时，他极力反对封建礼教观念、挞伐包办婚姻，而在讲述三仙姑的故事时，他又不知不觉地维护了他所反对、挞伐的东西。那也就是说，解放、革命、进步、自由自主的特权只被允诺给年轻的乡村女性，年长的乡村女性显然无缘拥有这样的特权。换一句话说，她们似乎不值得解放。即便同属于落后群体，年轻女性也比年长女性获得更多的宽宥、同情，如《锻炼锻炼》中的"吃不饱"比"小腿疼"更受到叙事人的青睐、同情。在斗争大会上，"吃不饱"老老实实地坦白了自己的过错获得通过，这与她"比'小腿疼'年轻得多，才三十来岁，人才在'争先社'是数一数二的"不无关系。而"小腿疼"就不同了，在斗争大会上百般抵赖、装蒜耍泼，最后因惧怕"送法院"才交代自己偷队里棉花的罪行，在众人面前出尽丑、丢尽脸面。杨小四们不顾她年老、身体又有疾患，罚她做多日重体力劳动。叙事人也认为她罪有应得。同样的，《三里湾》叙事对"能不够"和袁小俊母女态度也截然不同。袁小俊思想落后、好逸恶劳，和热爱集体的好青年玉生离了婚，也被三里湾青年群体所抛弃，玉生很快就和村里漂亮的中学生范灵芝结婚，袁小俊落了个孤孤单单。但由于年轻漂亮仍不失她的可爱之处，"一双玲珑可爱的眼睛哭得水淋淋的"，叙事最后安排她和村里另一个进步年轻人满喜结婚,也算是得到善终。但对"能不够"的叙述就完全不同了,"能不够"最后在天成老汉的训斥和离婚的威胁下,毫无自尊地跪地求饶,才勉强获得重新做人的机会。

将年轻与年长的妇女区别对待除了男性叙事人骨子里的性别政治外,也和公共政治不无关系。赵树理的创作一向具有强烈的问题意识,他的小说经常是对现实问题的回应、寻求解决办法,他的妇女解放叙事与婚姻法的贯彻实施、农村劳动力短缺这些实际问题都密切相关,而老年妇女既不可能是可资利用、开发的劳动力资源,至少不是优质资源,又不可能是新婚姻法的积极践行者,因此,被排除在新秩序之外就在所难免。

而在同一时期的女作家茹志鹃相近题材的作品中,如《如愿》、《春暖时节》、《里程》、《静静的产院》等,却恰恰出现一批走出家门寻求解放的村镇中老年女性的形象群像。谭婶婶到公社卫生院接生,王三娘到大队卖茶水,何大妈到里弄工厂当工人,茹志鹃还细致写出这些老年妇女内心对解放的渴求——"她(何大妈——作者注)活了五十年,第一次感觉到自己不是一个可有可无的人,自己做好做坏和大家甚至和国家都有了关系。"正如我们在本章一开篇就提到的,民族国家提倡妇女解放是因为走出家门的妇女是一个巨大的劳动力资源和社会象征资源,尽管茹志鹃对妇女走出家门的叙述也难以摆脱这一时代妇女解放的诉求,但是以自身的性别经验为中介,她还是将妇女的利益作为自己叙事的出发点,从而将中老年妇女也纳入走出家门的行列,写出她们成长为新型主体的可能性。

将老一代妇女排斥在新生活秩序之外的叙事策略还与赵树理小说中另一种倾向密切相关。在赵树理的妇女解放叙事中,常见的是婆媳、母女、父女之间的冲突矛盾,几乎不见类似《李双双小传》中李双双和喜旺那样的夫妻冲突,[1]那也就是说,在赵树理的笔下成为乡村女性解放障

---

[1] 即便出现了代表新旧意识冲突的夫妻矛盾,性别身份与政治身份的配置也恰恰相反,总是妻子胡搅蛮缠阻挠丈夫进步、生产,《三里湾》中的袁小俊在母亲"能不够"的指使下,胡搅蛮缠阻挠丈夫王玉生搞生产实验,"能不够"阻止丈夫天成老汉入社,而不是像《李双双小传》那样丈夫喜旺阻止妻子李双双进步。

碍的是老一代父母、婆婆，而不是同辈的丈夫。这实际上延续了"五四"有关出走的娜拉的叙事逻辑。众所周知，在易卜生的语境中娜拉原本是出走的妻子，到了"五四"语境中却成了出走的女儿，因为作为新文化运动主体的一代"逆子"们需要的是从传统的父亲家中叛逃出来站在自己身侧的"逆女"，而不是从自己的家中叛逃出去的"逆妻"。[①]于是，在"五四"那个"弑父"的时代，作为中国传统性别制度核心的父权与夫权，便戏剧性地遭遇了两种命运，前者遭遇子一辈的无情质疑、挞伐，而后者却始终犹如一个巨大的不明之物，以语焉不详的姿态滑落于"重新估一切价值"的时代目光之外。这是"幼者本位"的进化论时间政治与性别政治的一次完满联袂。

三 无名与无序：女性"中间人物"的象征隐喻

费孝通在《乡土中国》中谈到传统乡村秩序是采用差序格局、利用亲属伦常组合起来的秩序[②]，"家"便是这一伦理秩序的核心。家也是乡土社会的基本单位。作为一个非常了解乡村、农民的作家，赵树理明白家在农民生活中的分量。而民族国家对妇女解放的提倡不可避免地带来了国家权力对家的渗透，从而冲击农民"家"的根基。一方面，作为主流作家的赵树理不可能违背这一妇女解放的逻辑，另一方面，作为农民的忠实代言人，赵树理又要极力维护农民对"家"的守护，这就给赵树理的妇女解放叙事带来了两难。

解决这一两难情境的办法就是将阻碍妇女解放并因此受到严重冲击的"家"叙述为父母的家、公婆的家，即"旧家"，是《小二黑结婚》中二诸葛的家、三仙姑的家，《三里湾》中糊涂涂、常有理的马家院，而不

[①] 参见孟悦、戴锦华《浮出历史地表》，河南人民出版社1989年，第14、17页。
[②] 参见费孝通《乡土中国 生育制度》，北京大学出版社1998年版，第40、38页。

是年轻一代的"新家"。因此，在赵树理的叙境中，求进步、争解放的女性并不像李双双那样凌驾于丈夫之上，而总是夫唱妇随，如《三里湾》的王金生媳妇对大公无私的社长丈夫王金生、范灵芝对思想进步的丈夫王玉生、陈菊英对志愿军丈夫马有喜，《小二黑结婚》的小芹对恋人小二黑，《传家宝》的金桂对当干部的丈夫李成。相反的，那些被排除在解放秩序之外的女性人物"三仙姑"、"小腿疼"、"能不够"们才个个都是"搅家婆"（这是《三里湾》中"能不够"的丈夫天成老汉对妻子"能不够"的命名），处处凌驾于丈夫之上。她们好吃懒做、刁蛮泼悍、尖酸刻薄，有一套搅家、虐待丈夫的拿手本领，如"能不够"总结出一套从容应对家人、丈夫的理论："对家里人要尖，对外变得人要圆——在家里半点亏也不要吃，总得叫家里大小人觉得你不是好说话的；对外边人说话要圆滑一点，叫人人觉得你是好心肠的人。""对男人先要折磨得他哭笑不得，以后他才能好好听你的话。"自己从不下地劳动，把丈夫天成老汉"当成老牛"来使唤，还挑唆女儿小俊以同样的方法对待丈夫王玉生，小俊得到母亲的真传，不下地劳动、不求进步，还搅得一家老小不得安宁，直至和王玉生离婚。"惹不起"是个惯于恃强凌弱、搬弄是非的长舌妇；"常有理"实际上是常无理，好强词夺理胡搅蛮缠。《锻炼锻炼》中的"吃不饱"自己不干农活反而天天吃面条、干粮，让下地干重活的丈夫张信天天喝糊汤；《小二黑结婚》中的三仙姑借跳神的幌子，不仅在家里让老实巴交的丈夫于福侍奉她，在外头还团结一帮老少相好成天调情作乐。她们的所作所为不仅被新秩序判定为落后、危害集体利益，实际上也是以"家"为核心的传统乡村伦理秩序所不容的。也就是说，这批置身乡村新秩序之外的女性群体，实际上也游离于以"家"为核心的乡土社会旧秩序之外。透过这个特殊的女性群体，我们不难看到乡村新旧权威之间既博弈、冲突又互相借用、协商，从而形成非常复杂的乡土社会权力格局。

　　游离于乡村新旧两种秩序之外的这个无序的女性群体还有一个共同的特征，即她们基本上都没有姓名，只有外号。赵树理笔下的乡村人物大都有外号（这也是他对乡村经验的忠实，农民有起外号、称呼外号的习惯)。但男性人物一般都兼有外号和名字,而女性人物,尤其是年长的女性人物则只有外号,没有姓名。如《小二黑结婚》中的"二诸葛",正式姓名是刘修德,而"三仙姑"则无正式姓名。《三里湾》中的"糊涂涂"正式姓名是马多寿,"糊涂涂"的老婆"常有理",却没有正式名字;"糊涂涂"的儿子"铁算盘",正式的姓名是马有余,"铁算盘"老婆"惹不起",却没有正式姓名。《三里湾》中的"能不够",《锻炼锻炼》中的"小腿疼"、《登记》中的"小飞蛾"也都没有姓名,《孟祥英翻身》和《传家宝》中两个封建婆婆更是无名无姓。唯一例外的是《锻炼锻炼》中的另一个重要落后人物"吃不饱"正式姓名叫李宝珠,正如我们前面提到的,这与这个人物虽落后但却年轻漂亮不无关系。这种无名的状态实际上正是这个年长的女性群体现实与象征层面无序处境的名副其实的表征。这个群体固然不属于敌对阵营,却与新秩序格格不入,严重影响着乡村现代化进程。在乡村现代化的过程中对待敌对力量要加以剿灭,如《小二黑结婚》中的乡村邪恶势力金旺兄弟、《邪不压正》中的地主恶霸刘锡元父子,而对待这个无名无序的女性群体则必须加以改造和规训。

　　正如我们前文提到的,一方面,1949年民族国家政权、意识形态大规模介入、改造乡村,另一方面,自在的乡村世界实际上很难被严丝合缝地完全整合进新的现代性秩序中,必然要残留出许多无法被整合的中间地带,实际上也是无法被命名的"无名地带"。赵树理笔下这个无名无序的女性群体正是表征了这种"无名地带"。从某种程度而言,1949年之后对乡村的现代化改造主要还是对这种混乱暧昧、无序无名力量的改造和规训,而不是对敌对力量的剿灭。因此,赵树理1949年后农村题材小说创作的重心就放在这个层面上,当时称为表现"人民内部矛盾"。①1950年代末伴随着乡村现代化运动的激进化,这种改造和规训的必要性就日益凸显,创作于1958年激进现代化运动(大跃进)背景下的《锻炼锻炼》正是围绕着这一主题展开的,这篇小说实际上就是写代表现代性

---

① 也正因为赵树理重视表现人民内部矛盾,因此赵树理在1949年后的创作经常被指为表现主旋律、阶级斗争不力。

力量的年轻干部杨小四如何改造以"吃不饱"、"小腿疼"为代表的落后妇女群体。①这在小说一开篇就被点明：

"争先"农业社，地多劳力少，
动员女劳力，做得不够好。

随着小说情节的展开，我们发现争先农业社社员不是以阶级身份为界限，而是基本上以性别为界限被分为进步和落后，集体主义、个人主义两个阵营，即一方以副社长杨小四为首的男性领导群体（包括个别女干部），他们秉承国家权力，代表进步、公有化、集体的利益；而另一方是以"吃不饱"、"小腿疼"为首的普通妇女群众，代表落后、私有制、个人利益。不是阶级身份而是性别身份成了"小腿疼"、"吃不饱"等所有被改造的对象必须接受改造的唯一原因。叙事详细展现以杨小四为主的男性领导群体是如何用出色的计谋、策略，更主要的是动用国家机器的力量（动辄以"坐牢"、"送法院"相威胁），成功地实施对"小腿疼"、"吃不饱"为代表的落后妇女群体的暴力监控和改造。这种强制性的监控改造之所以必要，是因为这些被改造的对象天生具有好吃懒做、刁蛮、自私自利等异质性，这无疑也意味着进步对落后、公有制对私有制、集体利益对个人利益的改造。无论"小腿疼"、"吃不饱"，还是"三仙姑"、"能不够"，都已然象征着一种与新秩序格格不入的混乱、无序、无名的异质性的力量，或者换一句话说，在赵树理的文本中，传统乡村中那些无法被现代性秩序整合的混沌、暧昧不明的异己力量被编码为一个特殊女性群体。

---

① 但长期以来人们对这篇小说中的解读与再解读中始终忽略这点，性别视角的缺失使得这个文本的真相一直处于晦暗状态。

结　语

　　通过对李准《李双双小传》以及赵树理《小二黑结婚》、《锻炼锻炼》、《三里湾》等1940—1950年代最具代表性的乡村现代性叙事文本的讨论，我们似乎可以得出这样的结论：如果说《李双双小传》呈现了在乡村现代化变迁过程中，乡村女性如何挪用民族国家渗入乡村的权威资源来建构自己主体性的过程，那么，赵树理小说中一批曾被指认为是"中间人物"的中老年乡村女性形象则隐喻了现代性变迁中乡村的另一副面孔：自在的乡村世界中那些很难被现代性秩序整合、命名的混沌、暧昧的"无名地带"，隐喻了乡土社会真实的文化身份。于是，以乡村女性的形塑为支点，我们得以窥见这一20世纪重要历史转折时期乡村现代性叙事中错综复杂的权力纠葛。这样的研究路径对当下日益陷入资源枯竭的乡土文学研究绝不是没有意义的。长期以来，在现当代文学学科传统中被视为乡土文学研究核心的"农民形象研究"看似中性，实际上只是男性农民形象研究，"乡村女性"这一特殊的农民群体一直被有意无意地忽略、覆盖。实际上"五四"以来乡土文学中有着远要比男性农民形象丰富、生动得多的乡村女性形象谱系，这一形象谱系背后所蕴含的幽深丰饶的文化意义远非中性化（实为男性化）的"农民形象研究"所能囊括，以乡村女性的形象为支点来探究"五四"以来乡村现代性叙事中错综复杂的文化权力纠葛，这样的研究路径也许可以成为21世纪乡土文学研究的新的学术伸展点。

（原载《厦门大学学报》2013年第1期）

第六章　现代性与被叙述的"乡村女性"

众所周知，以"五四新文化运动"为标志的思想文化领域的现代性转型肇始于家庭伦理道德的变革，而妇女问题又是"五四"一代知识分子瓦解旧家庭伦理道德的突破口，再加上中国社会的乡土性，这两个原因决定了"五四"以来的中国文学对"乡村女性"这个特殊群体的格外关注。乡村女性的形象频繁出现于各个历史时期的重要文本中。被侮辱、被损害的乡村女性，是"哀其不幸，怒其不争"的启蒙主题的重要载体。而求翻身、争解放的乡村女性又是革命文学最重要的形象之一，尤其是在1950—1970年代的文学中。1980年代以来，虽然文学开始改变一体化时代的单一局面，面向更丰富的社会生活、更多样化的社会群体，但农民形象，尤其是乡村女性的形象依然是文学重要的形象资源。从1980年代前期的伤痕反思小说、寻根小说到1980年代后期、1990年代的新写实、新历史小说，实际上都在各自的立场上叙述着乡村女性。到了1990年代中期以后乡土叙事、底层叙事的相继兴盛，乡村女性的形象更是缤纷出场。文学对"乡村女性"的叙述已然成为现代性叙事（包括对现代性反思）的重要符号资源。疏理二者之间的渊源，是一个非常有意义的论题。当然，充分展开这个论题需要一部皇皇巨著才能胜任，本章只将研究的视阈限定在从新时期伊始到21世纪初年这近三十年中，并重点讨论三类成规模地出现乡村女性形象的叙事文本。一次是在新时期伊始的伤痕反思小说中，一次是在1980年代前期描写农村变革的小说中，再一次就是在1990年代中期以来日益兴盛的乡土叙事以及近年来方兴未艾的底层叙事中。本章将通过讨论一些富有代表性的文本对乡村女性的叙述方式、叙述姿态以及乡村女性的形象类型，来探究不断变化的现代性意义诉求、现代知识谱系的构造是如何规制了文学对乡村女性这个特殊群体的叙述。

一 从"乡村情人"到"人民"：知识男性的身份政治

我们知道，在中国现代性语境中，现代主体首先是指民族国家主体，于是，在西方语境中被视为现代性之根源的个人主体，在中国现代性语境中不过是作为民族国家理念的独特呈现形式而出场的。[①] 虽然"个人"曾是"五四"启蒙的中心概念，但个人在"五四"时代只是被当成社会解放的力量，个人的张扬正是为了实现民族国家主体的目标。因此，一旦发现个人的发展与民族国家利益相冲突时，个人便被毫不犹豫地放弃。在20世纪相当长的一段时期内，个人主体一直被看成民族国家主体的危害性力量而招致贬抑。如果说，1950—1970年代文学通过献祭个人主体来维护民族国家作为绝对、神圣主体的地位，那么，新时期的到来无疑意味着再次将个人还原为民族国家崛起的积极因素。新时期文学中，现代主体由民族国家向个人位移，并不是抛弃前者，而是将民族国家主体重新置入个人主体的目标中。这显然是对"五四"思想的一种延续与重建——事实上整个新时期文学强烈弥漫着对"五四""延续与重建"的话语欲望（这种强烈的话语欲望甚至遮蔽了新时期文学与1950—1970年代文学之间千丝万缕的联系），而同时被"重建与延续"的还有"五四"语境中现代个人主体明确的性别身份（男性）和社会身份（知识分子）。[②]

那也就是说，新时期文学所张扬的个人主体，实际上是具有知识分

[①] 参见汪晖《汪晖自选集》，广西师范大学出版社，1997年版，第48页。

[②] 虽然在"五四"语境中，"我是我自己的"这个关于现代自我的最明确表白出自一个恋爱中的少女之口，但这并不能改变"现代自我"事实上是具有知识分子身份的男性个体这样的事实。参见王宇《性别表述与现代认同》，上海三联书店2006年版，第107—109页。

子和男性身份的个人主体,知识男性身份的重建是新时期文学一个非常重要的意义诉求,正是这一诉求规制了新时期文学对乡村女性的叙述。[①] 换一句话说,新时期文学对乡村女性的叙述为知识男性主体身份的重建提供了有效的符号资源。

  新时期伊始,反思伤痕小说就广泛流传着受难知识分子与美丽善良的乡村女性之间的传奇爱情故事。李国文的《月食》,古华的《芙蓉镇》、《爬满青藤的木屋》,张贤亮的《灵与肉》、《土牢情话》、《绿化树》、《男人的一半是女人》(张贤亮最善于讲述这类故事)都是其中颇具反响的作品。《月食》中的乡村革命后代妞妞带着女儿,22年苦等被错划为右派的丈夫,并亲手为他缝制22双布鞋;《芙蓉镇》中芙蓉镇上的豆腐西施胡玉音和疯疯癫癫的下放右派秦书田在逆境中相濡以沫、不弃不离;《爬满青藤的木屋》中深山苗家阿姐盘青青忍受大老粗丈夫的暴虐,呵护下放知青李幸福,并最终爱上李幸福冒死相随;倾心知识男性的还有《灵与肉》中的李秀芝、《土牢情话》中的乔安萍、《绿化树》中的马缨花、《男人的一半是女人》中的黄香久等。总之,无论身处监狱中还是在劳改农场,这些乡村女性总是对蒙冤受屈的知识男性一往情深,奉献一切。这些乡村女性尽管事迹、相貌、姓名各异,但事实上并没有本质的不同,她们无不美丽多情、纯朴善良、博大宽厚而富有献身精神,为濒临人生绝境的知识男性提供融合母爱与性爱的滋养和抚慰,更重要的是她们在仇视/鄙视知识与知识分子的时代却对知识与知识者虔诚敬慕甚至顶礼膜拜,这在相当程度上修复了逆境中的知识男性的身份危机。

  类似这样的爱情故事在反思伤痕小说中不胜枚举,它已然不仅仅是一代知识男性掺杂着想象色彩的经验与记忆,更重要的是一种身份政治的运作,这种身份政治首先指涉政治局面的变迁而带来的社会资源的重新配置。如果说身份取决于对社会资源(包括物质资源与象征资源)占

---

① 有关新时期文学的现代性意义诉求与知识男性主体身份建构之间的关系参见王宇《新时期之初的"男子汉"话语》,《文艺研究》2006年第5期。

有的份额，而性资源实际上是社会资源中一种非常重要的资源，它同时指涉物质与象征领域。因此，自古以来对性资源占有的优先、优越一直被视为知识分子身份感的体现，这也是"书中自有颜如玉，书中自有黄金屋"的另一层含义。那么，在1970年代末至1980年代初从社会身份体系的边缘返回中心的知识分子群体，理应在性资源占有中获得优厚份额。更何况正是在这个方面知识分子曾有着惨痛的创伤性记忆：在1950—1970年代的爱情叙事中，知识男性在针对漂亮的革命女性与工农男性展开的爱情角逐中总是处于劣势。因此性爱领域也最能体现新时期文学"重建与延续"的话语欲望。

　　知识分子与乡村女性的爱情故事背后所包含的身份政治还指向更深的层面。既然在中国的现代性语境中，"个人"是作为民族国家理念的独特呈现形式而出场的，也就是说，所谓的个人认同并不具有西方式的难以测度、纯粹心理投射层面的意义，个人与社会、国家、民族及其他群体的复杂关系构成个人、自我认同的最重要内容，那么，当民众，特别是那些社会底层的工农大众，以"人民"的面目构成民族国家的集体主体、现代性社会运动的承担主体时，知识分子与底层民众之间的关系，作为个人与民族国家集体主体关系的另一种表达方式，实际上就成为现代中国的个人、自我认同所无法回避的问题。于是，知识分子与民众的关系问题成了20世纪中国文学一个挥之不去的情结。只有经由"人民"这条路经，知识分子才能获得明确的身位。这一20世纪现代中国重要的思想传统催生出一种叙事惯例，那就是将公共领域中知识分子与人民的关系、个人与民族国家群体的关系隐纳入私人领域的两性关系域中。从柔石的《二月》，郁达夫的《春风沉醉的晚上》《薄奠》《迟桂花》到1950—1970年代大量表现知识分子以婚恋形式与工农相结合的小说，再到反思伤痕小说中受难知识分子与乡村女性的爱情故事，都可以看成这一叙事惯例在不同时期的衍化。在这样的衍化中，知识分子、底层民众这一组社会身份与男性、女性这一组性别身份之间的对应关系随着时代的变迁而不断变化。在"五四"语境中，知识分子扮演着底层民众的启蒙者、导师的角色（这样的角色认同与启蒙知识分子的民粹倾向并不矛盾），这个角色当然应该是男性，而底层民众作为被启蒙、引导甚至被拯救的对象，这个角色由女性来担任是再恰当不过了；而1950—1970年代正好相反，底层民众比知识分子具有更高的革命形态，是知识分子的榜样、改造者，这个角色当然就应该是男性，知识分子在这一历史时期暧昧、可疑与边缘的社会身份与女性在父权文化中的处境已然非常相似，这个角色由女性来担任也再合适不过了。[1]而到了新时期，受难知识分子与乡村女性的爱情叙事则是将"被颠倒的东西再次颠倒过来"。于是，妞妞、胡玉音、乔安萍、马缨花、黄香九、盘青青这些年轻美丽的地母般的乡村女性形象，被批量生产出来，作为人民、底层民众的新能指，通过想象知识分子与她们之间的密切关系来确认知识分子与人民之间的血肉联系，借此路径知识分子才得以重返中心，获得合法身份。这点在张贤亮的《绿化树》中表现得最为突出：

> 我要永远记住在我的灵魂处在深渊的边缘时，是他们，那些普普通通的体力劳动者，给了我物质和精神的力量，使我有可能在马克思的书里寻求真理，恰恰是在共和国最困难的时期，获得了对我们国家和党的信心；是他们扶着我的双腋，开始踏上通往这座大会堂的一条红地毯的。
> 啊，我的遍布大江南北的，美丽圣洁的"绿化树"啊！

章永璘原本处于"人民早已把我开除出他们的行列的"的惶恐中，借助美丽圣洁的"绿化树"／马缨花，他重又被这个神圣群体所接纳。正是马缨花与人民的合二为一，或者说马缨花由"乡村情人"到"人民"

---

[1] 1950—1970年代小说中广为流行的知识女性与工农（或工农出身的革命干部）之间"改造＋恋爱"的叙事模式正是女性——知识分子、男性——工农（或工农出身的革命干部）这样的身份政治原则的具体衍化。所谓"改造＋恋爱"，即知识女性以恋爱的方式与工农相结合，恋爱的过程也是她们接受工农教导、改造旧我的过程。参见王宇《"改造＋恋爱"叙事模式的文化权力意涵》，《厦门大学学报》2005第6期。

身份的悄然置换，章永璘才得以踏上红地毯，获得意识形态的合法性。在"归来者"一代作家中，张贤亮是个身份意识很强的作家，在他身上突出体现着1980年代知识分子特有的身份优越感，这就是为什么他一直热衷于讲述受难知识分子与美丽善良的乡村女性之间的爱情故事。

二 出走的乡村娜拉：现代性的激情与梦想

稍晚于伤痕文学，1980年代初开始涌现大量描写乡村变革的小说。在这些小说中，凋敝、愚昧、狭隘的乡村，是现代文明唤醒、改造的对象。这样的叙事主题必然催生出大量勇于挣脱乡村传统禁锢、急切向往都市文明的乡村女性。一时间出走的"乡村娜拉"如雨后春笋般涌现。她们是贾平凹《小月前本》中的小月、《鸡窝洼的人家》中的烟烽、《黑氏》中的黑氏、《远山野情》中的香香、蔡测海《远处的伐木声》中的阳春、朱小平《西府山中》中的麻叶儿、周大新《走出盆地》中的邹艾、李贯通《洞天》中的水仙嫂、古华《"九十九堆"礼俗》中的杨梅姐……[①]逃离乡土，就意味着由专制禁锢而无爱的旧生活奔向幸福自由的新生活，由愚昧、落后的传统世界奔向文明、进步的现代世界，文明与愚昧冲突的时代主题得到完美地演绎。这些乡村娜拉的形象无疑是1980年代激进现代性想象的产物。导致这些乡村娜拉出走的现代文明的信息，多半是由男性带到闭塞落后的乡土，他们是下乡知识青年，或从外地接受现代文明熏陶后返乡的当地青年，例如发配到绿毛坑守林的知青李幸福（《爬满青藤的木屋》）、从外面闯荡回来的本乡青年门门（《小月前本》）、当了五年兵"跑野了心"回到鸡窝洼的禾禾（《鸡窝洼的人家》）、进山修建水电站的技术工人水生（《远处的划木声》）……也就是说，乡村女儿

---

① 有关新时期文学中的乡村娜拉的形象论析参见丁帆、陈霖《重塑娜拉：男作家的期盼情怀、拯救姿态和文化困惑》，《南京大学学报》1995年第2期。

多半是在有文化、有知识的男性的引导、带领下才出走的，启蒙、引导、出走的过程总是伴随着爱情，乡村女儿的出走在很多时候本身就是为了追寻心上人。而爱情的叙事总是被置于竞争性语境中，有文化、有知识的乡村男青年总是能够凭借知识的力量、文化的魅力击败恪守土地、因循无知的对手，赢得美丽的乡村女性的爱情。"五四"启蒙叙事中男人与女人、启蒙与回应、导引与跟随、施救与被救的二元对立再次被演绎，从而建构出一个崭新的乡村主体——有文化、有知识、脑筋活络、向往都市文明的乡村改革弄潮儿形象，一个不仅不同于阿Q、闰土，也迥异于梁生宝、高大泉的形象，而这样的形象在1950—1970年代的农村题材小说中常常被指责为游手好闲、不务正业甚至堕落、反动，例如《铁木前传》中的不喜欢农业劳动却善于经商的小六儿、《艳阳天》中能写会算、精明灵活的会计马立本。

如果说，在反思伤痕小说中，乡村女性的形象不仅作为一种性资源，成就的是知识男性在社会身份体系中的优越位置，同时，乡村女性的形象又作为"人民"能指，使这种优越位置获得意识形态的合法性，那么，在乡村变革叙事中，乡村女性的形象不仅仍旧作为一种性资源来确认有文化、有知识的乡村知识男性优越的身份位置，同时，乡村女性还以娜拉式的"出走"姿态成就乡村知识男性作为启蒙者与引导者的时间合法性，并也最终指向意识形态合法性。因为在中国的现代性进程中，女性由内而外的空间位置变迁（出走）一直是表述历史进步的有效符码。时间的政治无疑是现代中国最重要的意识形态，时间的合法性当然就是毋庸置疑的意识形态合法性。不难看出，这两类乡村女性形象背后所隐含的叙事逻辑实际上是相同的，这就导致两类乡村女性形象之间重合的可能性，这样的重合典型体现在《爬满青藤的木屋》中的盘青青身上，她既是能为受难知识男性提供融合母爱与性爱的滋养和抚慰的地母，又是见证启蒙者、引导者时间合法性的"乡村娜拉"。

如果说出走的"乡村娜拉"是现代性激进和激情想象的产物，那么，寻根文学的崛起必然使这类形象改弦更张。尽管寻根话语以对本土经验的重新发现来对话乃至对抗普世性的现代性话语,但寻根文学对本土经验的叙述却在不期然间落入西方现代性话语对"他者"的期待中。在寻根叙境中,作为本土最典型代表的乡村呈现出明显的他者性、被看性、奇观性,这同时也是乡村女性的文化释义,乡村与乡村女性实际上具有不言而喻的同构性,共同构成一幅亘古不变的风景,以满足乡村之外的人们对于乡村的本质化的预设,甚至赏玩。当然,由于寻根文学更热衷于塑造象征传统文化之根的父性形象,乡村女性的形象并不凸显,许多著名的寻根作品甚至有意规避女性的出场,例如阿城的"三王"。但寻根小说所开启的对乡村女性奇观化的叙述路径在后来的新写实、新历史小说中则一直被延续了下来(根据新写实、新历史小说改编的电影更强化了这点)。

三 留守的乡村女儿:对传统的怅然回望

相比于新时期乡土叙事主题的相对单一,进入1990年代以来乡土叙事的意蕴呈现出丰富芜杂的状态,其中,与1980年代激进的现代性立场正好相反的文化守成倾向,无疑是一种颇具代表性和影响力的叙事姿态,它表现为对传统乡村伦理的诗化、美化,对在现代文明、都市文明剥蚀下日益溃败的乡村的无限感伤。这样的文化姿态必然使叙事者倾力打造与出走的"乡村娜拉"迥异的"留守"的乡村女性形象,她们所留守的或者是某种所谓的"女性本能"(这种本能被认为在都市女性身上已日渐退化),或者是某种古老的乡村伦理,例如莫言《丰乳肥臀》中的母亲,张宇的《疼痛与抚摸》中水家两代女人水秀、水月,张炜《柏慧》中的乡村少女鼓额、《家族》中的曲家两代女人闵葵、曲婧,贾平凹《高老庄》中的菊娃,岳恒寿《跪乳》中的母亲,李佩甫《黑蜻蜓》中的二姐,田中禾《姐姐村庄》中大姐姐般的四儿姑娘,刘庆邦系列短篇小说中混沌未开、柔美可人的乡村女子……这类乡村女性形象在1990年代的文化语境中,已然获得广泛的认同。

如果说1980年代那些出走的"乡村娜拉"体现的是对现代性的激情展望,那么,1990年代这些"留守"的乡村女儿已然体现了对传统的怅然回望,是对现代性实践中日益焦虑的现代主体的一份清凉慰藉。无论是对乡土急切的逃离抑或固执的守望,显然都只是叙事者文化立场的表征,它在很大程度上与现代化进程中乡村女性的真实经验似乎并无太多的联系。乡土守望者的立足点是经验的本土性(乡土是本土的典型代表)、文化的多元性,以寻求与同质性、普世性的西方现代性话语对话乃至对抗的基础。但同样不存在一个同质性的"乡土",乡土经验的守望者一方面抵抗同质性、普世性的现代性话语的遮蔽,另一方面其自身却又有意无意地遮蔽由性别差异而带来的乡土经验本身的复数形态。当代中国以男作家为主体的乡土叙事实际上一直在遮蔽和修改"乡村女性"这个农民特殊群体的乡土经验。这点也许可以从一些男作家与女作家对乡村女性同一种生存境遇的书写差异中得到更明晰的阐明。

1990年代,随着男农民工大量进城,农村男耕女织的传统分工让位于"男工女耕",留守的乡村女性实际上成为乡村社会的主要承担者(当然,这种情形不久就发生了变化,乡村女进城,只留下老人和孩子,乡村空心化)。正如我们前面提到的,许多男作家尽管热衷于叙述乡村女性对乡村传统的"留守",但现实生活中作为乡村女性的真实生存境遇的留守,却很难进入男作家们的乡村视野。即便偶尔进入,在他们的乡村想象中,留守,显然不应仅仅是乡村女性身体的姿态,同时更应该是一种精神姿态。其实,在身体与精神上双重留守的乡村女性在新时期的乡村书写中早已经出现,例如《人生》中回归黄土地的刘巧珍和《黑骏马》中恪守草原文明的索米娅。也正是留守的姿态使得这两部小说游离出文明与愚昧的冲突这一对现代性时代激情的想象,在新时期的乡土叙事中彰显出一种差异性的写作姿态。如果说,在新时期的语境中,"留守"只是一种个别的姿态,那么,在1990年代以来的乡土叙事中,"留守"成了乡村女性的基本姿态,其实这也是长期以来我们的文化想象中乡村女性的模式化的刻板形象，她们以或纯洁美丽或含辛茹苦的古老姿势，静静守候在村口的老槐树下。而孙惠芬的《歇马山庄的两个女人》则悄然颠覆了人们关于留守的乡村女性简单、刻板的想象惯例。主人公李平和潘桃这两个新一代乡村青年女性在漫长的"留守"岁月中所经历的恰恰是对古老的歇马山庄的一次心灵出走和情感叛逃。这两个乡村女性的内心世界是如此错综纠结、精妙繁复，充分体现了人性与性别经验的丰繁与深邃。这样的人性样态我们过去只在城市女性形象身上才看得到。这样的叙述也向我们提示，所谓乡村女性／知识女性、乡下人／城里人这些长期以来依靠种种话语建构起来的二元对立范畴，其边界实际上是相当模糊的。

　　孙惠芬这篇小说还触及当下现实中乡村女性的另一种生存境遇。曾在城里打过工的李平以美貌、能干和真诚赢得丈夫成子的爱恋，公爹与乡亲们也对她刮目相看，但一旦她婚前在城里当过"小姐"的秘密泄露出来，她所面对的就只能是打工归来的丈夫的拳脚和整个乡村世界的无情放逐。原本是都市的拒绝与盘剥使李平选择返乡，但返乡的李平却再次被乡土所拒绝。尽管贫困的乡村需要李平们用身体从都市换回的种种资源，但乡村却拒绝接受这个身体本身。对于乡村女性而言，现代化所带来的从乡村到都市的迁徙，在预约文明、幸福的同时，似乎还意味着要承受来自都市与乡村的双重盘剥。她们可能既不属于都市也不属于乡村，既不属于现代也不属于传统，而处于二者之间晦暗不明的地带。类似的乡村女性性别境遇在方方《奔跑的火光》中有更尖锐的叙述。

　　但是同样的故事在关仁山的《九月还乡》中却获得了完全不同的讲述。同样在城里当过"小姐"的九月还乡后却成为贫穷、闭塞的乡土的拯救者、启蒙者，她的存款用来开发土地，她在城里所长的见识使她成为村社事务高明的出谋划策者，甚至她在城里训练有素的身体也可以为村里换回800亩被强征的土地。对乡土的拯救同时也是一种自我救赎，九月渐渐摆脱耻辱的过去、纯洁如初。叙事显然暗示着乡村将吸取都市的精华并去其糟粕来成就自己的现代化未来。然而，对乡村现代化前景如此激情的想象却建立在一个脆弱的细节上，村支书为九月保守着在城里当"小姐"的秘密，村里人包括九月的未婚夫在内无人知晓这秘密。那么，一旦这秘密泄露（这完全可能，村支书保守这个秘密的动机本来就相当暧昧），九月是否还能被乡土所接纳去共创乡村的美好未来？叙事者显然在回避这个话题，因为他不知道在乡村的现代性叙事中该如何来命名、安置像九月这样的乡村女性的真实经验，这样的经验不仅没有意义，还会败坏对乡村未来的诗意想象，于是他选择了遮蔽与修改。

上面的分析并不意味着类似李平、九月这样的乡村女性的苦难就没有进入男性作家的乡村视野，事实上近年来以男作家为主体的底层叙事恰恰非常关注为生活所迫沦为"小姐"及"发廊妹"、挣扎在城市底层的乡村女性。但底层叙事总体而言似乎更关注这些乡村女性在城里的遭遇，更多地在城里人与乡下人、都市与乡村、"成功人士"与底层这样一些对立语境中表现这些乡村女性的苦难（一些女作家同类题材的文本也遵循同样的叙事逻辑）。这样的叙事逻辑当然有意义，但叙事者并没有意识到底层自身同样包含着权力，性别权力就是底层自身所包含的一个非常重要的权力机制，在很多时候甚至是底层唯一能够拥有的权力。阿Q不仅要欺负小D，他还要欺负经济状况并不比他差的小尼姑。对于乡村女性而言，可能不仅要承受都市加诸乡村、上层加诸底层的诸种霸权、现代商业伦理的掠夺，她们还要承受来自乡村、底层自身的传统男性霸权的盘剥。近年来涌现的孙惠芬的《歇马山庄的两个女人》、方方的《奔跑的火光》、严歌苓的《谁家有女初长成》、盛可以的《北妹》等女性小说都在不同程度触及来自底层自身的性别权力给乡村女性带来的生存之痛。

随着乡村女性越来越多地进城务工，乡村与都市之间不断变化的生活场景、生存境遇必然成为文学表述乡村女性的重要内容。尽管陌生的都市对于这些"外来妹"们间或露出狰狞的面目，但从乡村到都市的迁徙毕竟给乡村女性带来新的经验和主体位置，这是以往文学惯例中"外来妹"进城的发迹传奇或沦落悲剧都不足以涵盖的。在此，也许林白的《妇女闲聊录》提供了一些有益的启示。叙事以在城里打工的乡村女性木珍信口闲聊的方式，呈现了一种更加平易、日常化、自足的乡村女性生存状态。木珍在城里虽然只是当保姆，处于社会底层，但这却也给她带来前所未有的崭新经验和身份位置。在城里挣了钱又见了世面的木珍，回到乡下神采飞扬地给丈夫发压岁钱，而丈夫就等这钱来充手机卡；当丈夫又像过去一样举起椅子要打她时，她竟然"一点都不慌"，料定丈夫再也不敢打自己；丈夫在村里有了相好，她知道了却假装不知道，一点不影响她自个儿的生活轨迹。木珍的形象显然超越了以往文学对乡村女性的种种刻板想象和预设的外在观念，是个意义的自足体。类似这样自足的乡村女性形象不断出现在近年来其他一些女作家的乡土叙事中，例如王安忆《富萍》中在城市边缘"点点滴滴求取生存之光"的富萍，迟子建《逝川》中的一辈子孑然一身、平静豁达地在日出日落间劳作的吉喜。

  当然，我们的分析并不意味着凡是女性文本中的乡村女性形象就一定是自足的，而男性文本中的乡村女性形象一定是某种外在预设观念的产物。其实，出自女性的文本并不一定就具有明确的性别立场，而具有明确性别立场的女性主义文本，又常常多少忽略乡村女性的存在。尽管差异性奠定了中国女性主义话语的价值和意义，但中国女性主义话语却深刻忽视由性别之外其他社会身份的差异所带来的女性群体之间的差异。[①]于是乡村女性当然就很难进入女性主义叙事的视野，纵然进入，收入叙事者视野的也仅是乡村女性的性别身份，而忽视她们的乡村与底层身份。这样一来，乡村女性的形象必定又成为女性主义预设观念的产物。

结　语

  不同历史阶段不断变化着的现代性意义空间一直在叙述、定义不同

[①] 将性别作为唯一的分析范畴，无视性别范畴与其他范畴之间的关联性，将性别本质化、非历史化这些致命弱点严重制约了中国女性主义创作与批评话语的发展。

内涵的"乡村女性"。在这样的叙述和定义中，乡村女性这个特殊农民群体的经验正在悄然被遮蔽与修改。性别立场的介入，固然是企图敞亮这样的遮蔽，但不期然间却又进入另一种遮蔽中。一方面，并不存在一个同质性的乡土、不存在一个同质性的底层，另一方面，同样也不存在一个同质性的"女性"。乡土经验、底层经验会因为性别变量的介入而呈现不同的色彩；而性别经验也会因为乡村、底层这样的社会变量的介入而表现出明显的差异。不存在先验的女性主体，并非主体产生经验，而是经验塑造了主体。地域、阶层、性别、民族多重身份决定女性的多种经验和移动的主体位置。因此，文学对乡村女性的书写应该同时面对这个特殊群体的乡村、底层、性别、民族多重身份以及彼此之间的错综复杂的纠结，只有这样才能以性别化的本土经验见证乡土中国的现代化变迁。

（原载《扬子江评论》2007年第5期）

第二编

国族与性别

对于中国这样的后发现代性国家而言,民族比较是其现代思想的基本处境,民族身份问题已然是中国现代性的重要关切。现代意义上的民族(即中华民族)身份的建构(nation-building)一开始就被置于一个东西方比较的语境中,因为没有他者,也就无所谓自我。"认同"(identity)一词原本就包含着与他者认别之意。

第一章　百年文学民族身份建构中的
　　　　性别象征隐喻

　　对于中国这样的后发现代性国家而言，民族比较是其现代思想的基本处境，民族身份问题已然是中国现代性的重要关切。现代意义上的民族（即中华民族）身份的建构(nation-building)一开始就被置于一个东西方比较的语境中，因为没有他者，也就无所谓自我。"认同"(identity)一词原本就包含着与他者认别之意。而两性关系恰恰是自我与他者关系的最基本单元。因此，百年文学/文化想象对现代民族身份的认同、建构、想象（对一种身份的认同同时也是对它的建构、想象）[①]，无论是在政治共同体层面还是在历史文化共同体层面，实际上都充满了性别隐喻，或者说性别政治一直参与了百年文学/文化想象对现代民族身份的建构。这样的参与不仅仅制约了女性这个性别在（现代）民族身份、民族精神建构中的地位、意义，而且也深刻制约了（现代）民族身份、民族精神自身的建构。本章选择20世纪不同历史时段一些被认为最具代表性的著名文本，通过考察它们的主题意蕴、叙事逻辑、话语形态、象征修辞策略来讨论性别政治与民族身份建构之间的关联性，以及这种关联性所赖以产生的复杂的知识背景。

[①] 这里所谓身份认同即"identity'"一词，其基本含义是"同一性"，即某个事物区别于其他事物的特质、本质，但这种特质、本质与其说是天生固有的、被发现的，不如说是被发明、建构和想象的产物。因此民族身份的认同也就是对民族身份的建构、想象，正是在这个意义上安德森将民族理解成"想象的共同体"。在本章的语境中，"建构"与"认同"这两个词可以互换。

一 民族身份的男性化象征隐喻

从 19 世纪中叶的王韬到 19 世纪末 20 世纪初的梁启超、蔡锷，再到新文化运动中的胡适，实际上代表了中国现代性起源语境中三代知识分子，折射出中国现代性三个历史时段。意味深长的是这三代知识分子不约而同地将民族身份的认同、未来民族国家主体的想象置于一个性别化的情境中。早在 19 世纪 60 年代就游历欧洲的王韬，在基于自身旅欧体验写成的小说《海底奇境》、《媚梨小传》、《海外壮游》中，就以"中男西女"的中西联姻的方式来构筑民族身份的最早想象。在这些想象中，众多"美丽甲泰西"的西方女郎争相爱慕中国书生，不仅以身相许，还携巨资相赠，更深慕我中华文明，无不精心演习而后精通中国的琴棋书画。[1]而历经甲午海战的屈辱，到了 1902 年，梁启超笔下古老而衰败的中国则是"鬼脉阴阴，病质奄奄，女性纤纤，暮色沉沉"，"呜呼，一国之大，有女德而无男德，有病者而无健者，有暮气而无朝气，甚者乃至有鬼道而无人道"。[2]同年奋翮生（蔡锷）在《新民丛报》发表的《军国民篇》一文中，将中国与域外列强的关系作这样的比方："若罹癫病之老女，而与犷悍无前之壮夫相斗，亦无怪其败矣。"[3]但这并不意味着晚清民族主义叙事放弃民族身份的男性性别转而认同民族身份的女性性别。也是在这一年，梁启超在《论中国学术思想变迁之大势》中再次沿用王韬式中男西女的中西联姻想象来建构未来的中华文明："盖大地今日只有两文明，一泰西文明，欧美也。二泰东文明，中华是也。20 世纪则两文明结婚之时代也，吾欲我同胞张灯置酒，迓轮矣门，三揖三让，以行亲迎之大典，

---

[1] 王韬：《后聊斋志异》，张宏渊校点，甘肃人民出版社 1987 年版。
[2] 梁启超：《新民说五》，《新民丛报》1902 年第 1 号，第 11 页。
[3] 奋翮生：《军国民篇》，《新民丛报》1902 年第 1 号，第 81 页。

彼西方美人必能为我家育宁馨儿,以亢我宗。"①老迈的中华文明急需充满青春活力的西方文明的滋补才能重新恢复"生殖力"。也许由于历经甲午的屈辱,中西联姻的想象已不如王韬那样的自得,但毕竟在"中男西女"的父权制婚姻格局中维持了对国族主体的强势性别的认同。

上述对民族主体既男又女的性别认同看似矛盾,其实有其内在逻辑:中华文明老迈、衰朽、病入膏肓,男儿似女,阴气沉霾,但其男性主体的身份并没有改变。只要医治得法,是完全可以恢复其男身的。如果说娶年轻活力的西方美人是强壮男身的外法的话(这完全符合传统道家采阴补阳的理想),那么直接铲除自己体内的弱质/异质/老质——男身中似女的部分,已然是内法,内外并重,中国才能去阴返阳,成为名副其实的青年阳刚之男性,即所谓的"少年中国"。②这样的叙事逻辑中实际上隐含着复杂的象征运作:首先是"女性的他者化",将原本是民族主体不可分割一部分的女性等同于民族主体身上存在的老弱衰朽部分——男身中似女的那部分,然后再行摒弃。其次是"他者的女性化",先将强盛的西方文明女性化,再"娶西方美人以亢我宗",这样既强壮了自身,又保住了中华文明价值主体的位置。经过这样的双向运作,在象征符号系统中建造起一个未来强壮、阳刚的民族主体的幻象。③

这样的象征运作所包含的信息非常丰富,它首先传达出如下的信息:中国现代性话语在其发轫之初就设定了"女性"之于现代民族国家主体的"他性"异质地位。在民族走向富强的过程中,这种代表弱质的"他性"是需要被革除和改造的。其次,它还从更深的文化层面上传达出民族身份的焦虑和对这种焦虑的克服。美籍中国史学家李文孙(Joseph Levenson)认为,19世纪以来向西方所做的文化引借,在中国知识分子

---

① 梁启超:《论中国学术思想变迁之大势》,《饮冰室合集》之七,中华书局,1989年版第4页。

② "少年中国"一说源自梁启超:《少年中国说》,《清议报》1900年第2号,第20页。

③ 这部分论述详见王宇《性别表述与现代认同》,上海三联书店2006年版,第22—23页。相关论述亦可参见刘人鹏《"西方美人"欲望里的"中国"与二万万女子——晚清以迄"五四"的国族与"妇女"》,《清华学报》(台湾)第30卷第1期。

心中产生了解决不了的心理压力:一方面中华民族必须大量引借西方的文化成品——现代化才能由弱变强,但另一方面这样的引借又与对中国传统文化诸价值的认同——作为自我认同的保证之唯一根源之间产生激烈的冲突。①文化层面上的民族身份焦虑由此而生,解决的办法就是在某些方面顽强地固守传统而在另一些方面激烈变革。有学者在评价王韬思想的复杂性时指出:"正是这种过去的浸润所带来的安全感,使他能够在接纳某些极其非传统的观点的同时,而又不经历一种文化断错的震撼。"②这样的思想逻辑同样适用于梁启超。而以男性为中心的父权制的婚姻结构、性别制度,无疑最能提供"过去的浸润所带来的安全感"。王韬、梁启超式的"中男西女"的中西联姻想象已然为"中学为体,西学为用"这一文化诉求提供最形象化的解释。

对国家、民族的男性身份的认同在20世纪初兴起的"祖国"这一称谓中再次得到强调。有学者研究表明,中国人称呼自己的国家为"祖国"始于1903年,这一年梁启超在《政治学大家伯伦知理志学说》、邹容在《革命军》都以"祖国"来称呼中国,这样的称谓也出现在1905年秋瑾《精卫石》弹词中。③"祖"在《说文解字》中释为"乃祀奉始祖神主之庙,故从示",同时"且"在象形意义上是阳具的变形。那也就是说"祖国"的"祖"所影射的祭祀、宗法血缘意义是排斥女性的,因为"在史前的母神宗教中,最大的神力莫过于原母神的生育力,而到了希腊父权制文明中,这种神力已经内化到了人的心中,而且是有待于用男性生育力的象征——阳具去激发和复原的"。④以至到了后来,"人类的生育力信仰走上了以男性为中心的男权制轨道。在这以前,女子被认为是生育功能的执行者;现在,这一地位由男子取代了。相应地,男性的生殖器被

---

① 参见[美]艾恺《世界范围内的反现代化思潮》,贵州人民出版社1991年版,第19页。
② [美]柯文:《在传统与现代性之间:王韬与晚清改革》,雷颐、罗检秋译,人民出版社2006年版,第56页。
③ 杨慧、王向峰:《中华民族共有的最高诗情——"祖国母亲"考辨》,《社会科学辑刊》2007年第1期。
④ 叶舒宪:《高唐神女与维纳斯》,中国社会科学出版社1997年版,第162页。

认为是生命力的唯一源泉"①。因此，父权社会血缘传承一向以父系为准，因此在词源说意义上，祖国当然是阳性的，祖国阳刚与雄强的性别身份与梁启超、邹容、秋瑾等民族主义知识分子所崇尚的"维实、尚力政治"是相吻合的。

上述分析告诉我们，无论是出于对强大民族国家主权的期盼（政治共同体层面）或者出于对中华文明作为文化价值主体位置的保障（文化共同体层面），以父权制婚姻为参照将民族身份表述为男性身份都是一种必然、必要的象征策略。而这样的象征策略又是以对女性这个性别的弱质性、异质性指认为前提的。随着现代性民族国家理念在日常生活中主导与支配作用的加剧，对女性这一性别的异质性指认也会变得愈发严重。20世纪50—70年代文化象征系统中出现的一系列独特的性别象征形态为我们提供了典型的例证。

1949年以后，虽然中国进入政治主权稳固的时代，但由于特殊的历史条件，民族身份认同的焦虑却并没有终结。20世纪50—70年代文学/文化象征系统所表现出来的强烈的现代民族国家主体诉求中实际上包含着深重的民族身份焦虑，②只是这一焦虑一直以政治焦虑的面目出现。③既然中国现代性话语在其发轫之初就设定了"女性"之于现代民族国家主体的"他性"异质地位，在民族走向富强的过程中，这种"他性"是需要被革除和改造的。那么，20世纪50—70年代在文化象征领域随着强盛民族国家主体诉求的加剧，对女性这一性别的异质性指认必然也变得愈发严重。于是，一种厌女情结便在社会上普遍蔓延起来。1960年毛

---

① ［美］凯特·米利特《性的政治》，钟良明译，社会科学文献出版社1999年版，第43页。
② 作为现代性核心的现代主体在两个层面上展开，即民族国家主体和个人主体，而在中国的现代性语境中，个人主体不过是作为民族国家理念的独特呈现形式而出场的。民族国家主体才是绝对的现代主体（参见王宇《性别表述与现代认同》，上海三联书店2006年版，第2—3页）。在20世纪50—70年代这段特殊历史时期，民族身份认同问题常常被包蕴在民族国家主体诉求中，从而将这个问题泛化、复杂化。
③ 表面上看起来，这一历史时期是个闭关自守、西方他者"缺席"的年代，但这个缺席的他者却无处不在。大跃进时代的"赶英超美"、60年代的"打倒苏修美帝"的口号正是这种以政治焦虑面目出现的民族身份焦虑的典型表现。

泽东为女民兵写下了"中华儿女多奇志,不爱红装爱武装"的诗句,虽然主观意图是要让女性进入宏大历史,但从诗句的潜在语义层面我们还是看到了晚清以来那个挥之不去的性别宿命:"中华儿女"代表着崭新的"民族国家"主体身份,而"红装"代表着女性特质,同时也是弱质、局限性、"他质"。祛"红装""爱武装"就是消除自己的性别向男性看齐,这样才能获得崭新的"民族国家"公民身份,分享民族主体位置。这就是为什么20世纪50—70年代正面的女性人物、女英雄形象必须男性化、雄化,因为民族主体是男性,革命女性、女英雄们要分享这个主体身份,当然必须向男性看齐。这不仅因为只有在省略女性这一性别所固有的局限性的情况下,才能完成民族的现代性转型,还因为具有高度同质性的共同体是现代民族国家得以建立并存在的基础。

在这样的知识背景下,对女性性别特性之于强盛的民族国家主体的"他质性"的指认愈演愈烈并最终衍化成相应的文化表象——广泛出没于社会传闻、小说、电影中的美丽妖娆而又阴险毒辣、企图颠覆民族国家的女特务们。例如《徐秋影案件》中的徐秋影、《霓虹灯下的哨兵》中的曲曼丽、《羊城暗哨》中的八姑、《英雄虎胆》中的阿兰、《寂静的山林》中的李文英、《冰山上的来客》中的女特务假古兰丹姆、《永不消逝的电波》中的女特务柳尼娜、《钢铁战士》中的女秘书等,有意义的并非女特务数量上是否超过男特务,而是出现在文本中的女特务形象为何总是格外的妖娆妩媚,常常是那个时代最具女性特征的女性。而鉴于当时中国大陆的情形,现实中的女特务们行为举止应该是越接近大陆的普通女性(即不爱红装爱武装的女性)才越具有隐蔽性。这一点现实中的女特务们不可能不知道也不可能做不到,但为什么有关女特务的想象总是无视这一点?显然,女性性别特性已经成为表征对民族国家具有巨大危害性的异端、妖孽的他性能指。"女人祸国"这个古老的文化象征再一次参与现代民族身份的建构。这个例子再一次证明"女性"这个性别实际上一直处于现代民族国家"他性"的异质位置上,民族身份的认同/建构呈现出强烈的男性化色彩,但却总是获得中性化甚至阴性的表述,如这一时期文化象征系统非常流行的"祖国母亲"的象征修辞(容后详述),但"祖国母亲"中的"母亲"只是一个"所指"缺席的空洞"能指","女性"作为一个性别实际上并不能分享国家、民族的主体身位。

二 民族身份的女性化象征隐喻

正如上面的讨论中我们反复说明的,在中国现代性语境中,无论是出于对强盛民族国家主体的期盼或者出于对中华文明作为文化价值主体位置的维护,将民族身份表述为男性都是一种必然、必要的象征策略。但是在现代中国文化象征系统中却也存在一条将民族女性化的象征修辞脉络。如果说王韬、梁启超式的"中男西女"的中西联姻想象表述的是"中学为体,西学为用"的文化诉求,那么,主张在体用层面全面引借西方文明的胡适俨然对这种"中男西女"的中西联姻格局不以为然。1914年12月身处美国的胡适在留学日记中作旧体诗《睡美人歌》,以"中女西男"颠倒的联姻模式展开对中华文明之未来的遐想:

东方绝代姿,百年久浓睡。一朝西风起,穿帏侵玉臂。碧海扬洪波,红楼醒佳丽。昔年时世装,长袖高螺髻。可怜梦回日,一一与世戾。画眉异深浅,出门受讪刺。殷勤遣群侍,买珠入城市;东市易官衣,西市问新制。归来奉佳人,百倍旧姝媚。装成齐起舞,"主君寿百岁"。[①]

胡适为此诗加了题解:

[①] 《睡美人歌》为胡适1914年12月作,1915年3月15日追记。胡适:《胡适留学日记》,安徽教育出版社1999年版,第32页。

拿破仑大帝尝以睡狮譬中国，谓睡狮醒时，世界应为震悚。百年以来，世人争道斯语，至今未衰。余以为以睡狮喻吾国，不如以睡美人比之之切也。欧洲古代神话相传：有国君女，具绝代姿，一日触神巫之怒，巫以术幽之塔上，令长睡百年，以刺蔷薇锁塔，人无敢入者。有武士犯刺蔷薇而入，得睡美人，一吻而醒，遂为夫妇……矧东方文明古国，他日有贡献于世界，当在文物风教，而不在武力，吾故曰睡狮之喻不如睡美人之切也。作《睡美人歌》以祝吾祖国之前途。①

胡适把中国比喻成一个长眠于高塔、后被一个西方武士唤醒并与之结婚的"睡美人"。这个"睡美人"醒来一看，自己的打扮已与外界大不一样，于是就打发"群侍"外出购买新衣饰，重新化妆起来。最后"百倍旧姝媚"的"睡美人"向武士高呼："主君寿百岁。"胡适认为将中国比作长睡不醒的东方美人要比拿破仑将中国比作睡狮来得确切，因为"矧东方文明古国他日有所贡献于世界，当在文物风教而不在武力，吾故曰睡狮之喻不如睡美人之切也"。也就是说胡适对民族主体的性别认同是基于和王韬、梁启超迥然不同的个人主义、不争主义、世界主义的政治与文化理想。尽管胡适的个人主义最终也指向社会、公群，胡适一直热衷在"个人本位"与"社会本位"、"为我主义"与"利人主义"之间作调和，但胡适眼中未来民族主体的形象（长于文物风教）与晚清民族主义知识精英论述中的未来民族主体的形象（富国强兵、"执牛耳于世界"）毕竟大相径庭。

具有讽刺意味的是，胡适写完《睡美人歌》才一个月，1915 年 1 月，日本率先向中国提出了"二十一条"。妄图趁第一次世界大战期间西方列强忙于厮杀之际，完全控制中国，使中国成为它的殖民地。西方武士（包

---

① 胡适：《胡适留学日记》，安徽教育出版社 1999 年版，第 30 页。

括脱亚入欧的日本)并没有拯救东方美人,而是屡屡面目狰狞扑向东方美人——"啖着我的骨肉,咽着我的脂膏。"(闻一多《七子之歌》)显然,在残酷的弱肉强食的列国竞争语境中,胡适关于中华民族柔弱"东方美人"的身份想象是不可能颠覆晚清以来民族主义精英对民族主体强悍男性性别的坚定认同的。但《睡美人歌》却折射了将国家、民族女性化这样一种现代性所带来的新的性别象征隐喻。

本尼迪克特·安德森在考察了东南亚殖民地历史后指出,人口调查、地图和博物馆这三种知识形态虽然发明于 19 世纪中叶以前,但却在 19 世纪中叶以后深刻地参与殖民地的民族建构(nation-building)。[1]其中"印刷资本主义和这些地图所呈现的新的空间现实的概念"使得人们对民族共同体的想象从前现代神圣、不可见的威权结构领域向可见的、有边界的领土空间转移。[2]空间与土地成了人们建构民族这个"想象的共同体"不可或缺的因素。而从文化原型的角度而言,空间、土地、女体原本就互相指涉。[3]我们前面提到在父权文明中,"祖国"原是具有明确的男性性别,但当对"祖国"的想象被具体化为广袤的民族生存地理空间、化育万物、丰饶的国土之时,"祖国母亲"这一对祖国的易性想象也随之产生。

同时,弱势民族饱受列强欺凌的处境与父权社会中女性被侮辱、受损害、苦难深重的境遇的相似性更催生了祖国母亲的修辞在殖民地、半殖民地语境中的流行,并被悲情化、苦难化。有关苦难祖国母亲的修辞在 19 世纪南亚、东南亚殖民地就十分盛行,民族母亲的隐喻曾极大鼓

---

[1] 参见[美]本尼迪克特·安德森《想象的共同体》,吴叡人译,上海人民出版社 2003 年版,第 187 页。

[2] 同上书,第 197 页。

[3] 尽管中国民间信仰中所供奉的土地神是男性,即土地公,但古籍中更普遍的是"皇天后土"的性别定位。从文化人类学角度而言,由于女性具有在原始人看来十分神秘的生殖力,所以东西方民族推源神话、原始信仰中都有关于地母、原母神的崇拜,比如古印度人对恒河女神的崇拜。《周易》更是将天地秉性表述为:"天行健,君子以自强不息;地势坤,君子以厚德载物。"具有生养包容、化育万物的大地被理所当然指认为阴性。

舞了这一地区的民族解放运动,例如在19世纪中叶的印度孟加拉地区,著名文学家、民族主义者邦基姆·钱德拉·恰特尔吉最早把印度视为母亲—女神,此后,泰戈尔、尼赫鲁在其著作中多次都把印度比作母亲。在中国,上面我们提到了闻一多那首创作于1925年的《七子之歌》,也将被迫向列强割让澳门的中国比作被抢走亲生骨肉而哀哀无告的悲情母亲。虽然在汉语语境中,"祖国母亲"的修辞也许最早并非出自闻一多的这首《七子之歌》,但《七子之歌》无疑揭示了祖国——悲情、苦难的母亲这一20世纪中国广为流行的象征符码产生和被接受的基本逻辑。而郁达夫的《沉沦》、郭沫若的《炉中煤》将祖国比作情人的想象实际上也遵循了同一象征逻辑,郁达夫《沉沦》中的主人公"我"作为弱国子民在日本备受欺凌,甚至在地位非常低下的日本妓女那里也遭到奚落、拒绝,"我"便发出这样的慨叹:"我就爱我的祖国,我就把我的祖国当作情人吧。"这种同是天涯沦落人式的同病相怜情怀也表现在《炉中煤》中:"你该知道了我的前身?/你该不嫌我黑奴鲁莽?/要我这黑奴的胸中,/才有火一样的心肠。"[①]

比较上述中印语境中将祖国女性化/母性化的象征个案,有一些信息非常值得注意。在19世纪以来的印度民族主义文化语境中,母亲—女神所隐喻的印度民族精神是多面的,如迩梨女神既象征着苦难又象征着复仇精神。印度传统宗教中不同的女神象征印度历史发展的不同阶段、多元化的民族精神,如把迦梨女神看作印度民族受难的象征,同时又是复仇、变革的力量源泉,把杜尔迦女神视为未来建立在爱人类基础上的民族复兴的象征等。[②] 复仇、变革这样的精神内涵显然超出了父权文化对女性的本质定位。而在20世纪汉语语境中,祖国/母亲/女性所隐喻的精神内容却很难逾越父权文化对女性的本质定位,如弱势、

---

① 杨慧、王向峰在《中华民族共有的最高诗情——"祖国母亲"考辨》(《社会科学辑刊》2007年第1期)中也对这几个例子进行了评析,但笔者观点有所不同。

② 参见王唐波《印度孟加拉地区的母神崇拜在民族独立运动中的作用》,《知识经济》2007年第11期。

被凌辱、苦难深重、生养禀赋与深受欺侮的个人同病相怜等，即便是胡适《睡美人歌》对女性的正面肯定也超不出父权文化对女性气质的界定。这也许与胡适、闻一多、郁达夫、郭沫若创作上述作品之时都是客居异国他乡的处境相关。胡适的《睡美人歌》和闻一多的《七子之歌》写于他们留美之时，而郁达夫的《沉沦》和郭沫若的《炉中煤》均写于两人留学日本期间。也就是说，只有亲身处在咄咄逼人的强势他者的包围之中，才倍感自己民族弱势的女性化处境。因此，无论是胡适对中华文明"东方美人"的赞誉，还是闻一多、郁达夫、郭沫若对祖国或母亲或情人的比喻，与我们在第一部分讨论的蔡锷、梁启超对老迈中华"罹癫病之老女"、"病质奄奄，女性纤纤"的阴性指认，尽管看起来似乎有天渊之别——后者对于民族之女性性（womanhood 或 femininity）的厌恶、急于唾弃的情绪与前者所表现的深情厚爱不可同日而语，但两者实际上却遵循了同一性别修辞逻辑，那就是男强女弱的性别本质主义的逻辑，而也正是这个逻辑导致从王韬以来几代民族主义知识分子对民族身份的男性性别的坚定认同。基于性别本质主义的思路，无论将民族主体身份表述为男性或女性，事实上都是对民族身份一种单一化、凝固化、本质化的建构。下面让我们以20世纪90年代施叔青的《香港三部曲》对百年香港华洋之间性别与种族权力机制复杂多元格局的呈现来做一个互文性阅读。

三　性别认同的流动性与凝固性

施叔青的《香港三部曲》（包括《她名叫蝴蝶》、《遍山洋紫荆》、《寂寞云园》）中以一个妓女的命运来影射香港被殖民的历史，这显然是后殖民女性主义的一种历史叙述。在殖民者的眼中，殖民地历来就是欲望和征服的对象，而小说中洁净局帮办史密斯对于妓女黄得云的征服、玩弄，就是西方殖民者和东方殖民地关系的一个象征：即西方/男性/殖民者与东方／女性／被殖民者。黄得云充满魅力的女性身体,在史密斯的眼里,就是猎物,"这不是爱情,史密斯告诉自己,而是一种征服","史密斯是这女体的主人,黄得云说他是扑在她身上的海狮。狮子手中握的、怀中抱的这个专擅性爱、娇弱而贫穷的女人"。这是对闻一多《七子之歌》中的"如今狰恶的海狮扑在我身上,吮着我的骨肉,嗳着我的脂膏"诗句的性别化呈现。的确,在史密斯眼中,这个诡秘的、充满魅惑的、被他称为"黄翅蝴蝶"的黄皮肤的妓女就是神秘、黄色的东方的化身,二者合二为一。性别霸权与种族霸权在这里完全同构,史密斯的男性雄风完全是殖民者权威的象征,而黄得云的被动、曲意逢迎恰是被殖民的表现。西方文化所标榜的以强悍的进攻性、征服性为标示的男性气质,原本就是随着西方殖民统治和资本主义经济关系的发展而发展起来的。

但施叔青的叙事似乎并没有停留在本质化、凝固化的二元对立中,而是将阴阳、强弱对立两级置于互相转化中,从而不断瓦解、颠覆这种二元对立。黄得云虽然身处被玩弄、被凌辱的位置,但小说也描写她旺盛的性欲往往反客为主将男性置于被动地位。黄得云辗转于众多男人之间,在被别人作为牟利、欲望对象的同时也成为金钱、欲望的主体,利用殖民地的种种机缘神话般的发迹起来。最后,史密斯们灰飞烟灭,他们既不属于殖民地宗主国也不属于香港,而沉入历史的无名状态,而黄得云和她的子孙却成为香港的真正主人。黄得云的儿子黄查理在发迹之后从不间断豢养英国情妇,一如当年史密斯豢养他的母亲黄得云。叙事显然有意要表明性别与种族之间的强与弱、征服与被征服对立两级的互相转化,从而建构出香港历史的多面性、复杂性。

让我们以《香港三部曲》中性别与种族之间权力关系的流动性、复杂性为参照,再回到晚清民族主义叙事对民族身份的性别化表述中。在这个表述中,国家、民族的性别由男到女再到男,但并没有呈现性别认同的流动性,而是通过一系列费尽心机"去阴返阳"的象征运作,始终维护对中华民族男性性别的坚定认同。其实,对民族强盛的诉求并不必然导致对民族之男性性别身份的认同，因为无论男性、女性都会有多种面向，没有本质化的男性性（manhood 或 masculinity）或女性性（womanhood 或 femininity）。梁启超们所谓"臞癯病之老女"、"女性纤纤"也可以转化成强大、生命力蓬勃的壮女，一如他们所心仪的年轻充满活力的西方美人。但民族主义叙事却坚定不移地建构国家、民族的男性身份。究其原因无他，那就是对本质化二元对立父权性别秩序（即性别本质主义）的坚定认同，在他们心中男/阳性/强/压迫/征服与女/阴性/弱/被压迫/被征服这个秩序是凝固、刻板、不容置疑的，不存在任何流动、转换的可能性。以此为参照，又处在一个弱肉强食、强权被当作"不是公理的公理"的国际竞争语境中，为了践行"维实、尚力政治"，那么对民族主体男性性别身份的认同，不仅是必然的也是必需的。此后整个 20 世纪文学叙事对国家、民族性别身份的认定亦出于同一思想逻辑。

而胡适的睡美人之喻同样基于对男强女弱本质化二元对立性别秩序的认定。西方/男性/强悍的武士/唤醒/拯救/主动与东方/女性/柔弱的美人/被唤醒/被拯救/被动，这俨然是一种标准的后殖民主义性别镜像。正如我们前面提到的，类似镜像在《香港三部曲》中同样存在，但对立的两极并没有被本质化、凝固化，而是处于互相转化中，女性可以从失败中复活，变柔弱、被动为强大、主动。而在《睡美人歌》中对立两级显然不存在着任何转化的可能性，被唤醒的东方美人经过一番时尚化妆本可以盛装出门，一洗"受讪刺"的耻辱，并重建与武士之间的关系，但她唯一的作为却是以"百倍旧妹媚"向武士献媚邀宠，"装成齐起舞，主君寿百岁"。这就使自己继续处于弱者、被动的位置上。这实际上也是导致胡适睡美人之喻远不如被他认为不恰当的拿破仑睡狮之喻更能为他的同胞所接受的原因。

如果说构成民族身份具体内容的"特质"、"本质"并非天生固有的、凝固不变的，它与我们用以建构、确认这一特质、本质的途径和方法、过程密切相关，那么，性别本质主义已然与我们对民族身份认同/建构上的本质化、凝固化、单一化不无干系，从而忽略了中华文化、中国经验、民族精神在时间与空间上的丰繁多元、流动变化。

任何一项研究实际上都无法穷尽所有的应然性研究对象，局限于本章的篇幅，上面我们所讨论的文化/文学个案也非常有限，但由于所选择的个案本身具有极大的代表性以及它们彼此之间密切的互文关系，使我们有理由相信它们应该还是能够折射出特定历史时段的文学/文化象征系统的表意逻辑的。当然这种表意逻辑可能是不易觉察的、隐性的，"理解潜意识的规律……就等于开始理解意识形态是如何起作用的，以及我们是如何习得和实践这些我们必须赖以生存的思想和规律的"，换一句话说，潜意识是再生产意识形态和文化的王国。性别政治作为我们文化中最古老、最常识化、最具自明性、最不容置疑的而又不易觉察的意识形态，潜意识必然是其寄身并繁衍的主要王国。因此从上述冗长的讨论中，我们似乎可以得出这样的结论，性别政治其实一直在参与百年文学/文化象征系统对民族身份的认同/建构，这种参与不仅意味着"女性"这个性别并不能分享民族的主体身位，还意味着性别本质主义对建构本质化、凝固化的民族身份的深刻影响。事实上，民族身份可以被叙述成女性也可以被叙述成男性，但每一个性别都有多重面向，只有走出性别本质主义偏见才能建构丰繁多元、流动变化的中华精神、中国经验。

（原载《南开学报》2008 年第 6 期）

第二章　现代性民族国家想象与性别的文化象征

——阅读中国现代性与文学关系的另一种路径

无论韦伯还是哈贝马斯都视之为现代性核心的"主体"概念，首先，是指"个人主体"。但现代性方案中的"主体自由"显然还涉及国际关系的领域。尤其是对那些非西方、后发展的现代性国家而言。因为这些国家的现代性起源本身就是国际性的。其现代性动力就来自现代国际政治格局中民族共同体的生存诉求。"民族比较是现代中国思想的基本处境，亦是中国现代性思想的基本问题所在。"[①]在中国现代性语境中，民族国家不仅是现代主体不可忽视的内容，甚至在相当长历史时期里是唯一的、绝对的现代主体，它重构了中国人关于自我与世界秩序的想象，也构筑了文学最基本的现代性想象空间。[②]因此，民族国家想象是我们考察现代性与文学关系首先要面对的。现代性民族国家作为一种叙事，同时也意味着一个知识系统的建造。它无疑要吸纳最广泛的象征资源，要诉诸一系列文化象征符码。性别作为社会象征系统中极为重要的文化符码，对它的编述、解读，必然与这一叙事／知识话语系统运作密切相关。现代性民族国家想象实际上一直是被性别化了的。因此，从性别视角介入现代性民族国家想象无疑是我们考察中国现代性与文学的关系的一个不容忽视的路径。

---

① 刘小枫：《现代性社会理论绪论》，上海三联书店 1998 年版，第 194 页。

② 在中国的现代性语境中，历史理性一直是文学最重要的意义诉求。因为中国文学艺术的现代性并不表现为与社会现代化相对抗的审美自律的品格，相反二者之间表现出一种边界模糊的暧昧的和谐（参见张光芒《混沌的现代性》，《南京大学学报》2004 年第 3 期）。这是我们理解中国现、当代文学的现代性品格的基本前提。

现代性起源语境中的性别文化象征

中国现代性话语的起源之初，作为这一话语唯一合法形式的民族主义话语事实上是将妇女想象成是古老中国迈向现代化过程中的一个亟待解决、却又令人头痛的问题。"妇女"与"贫弱"常常处于可以互相置换的"同质"地位。而在"物竞天择"、"优胜劣汰"的进化论伦理中，贫弱就是丑陋。"女"常常不是作为与男性相对的另一性别，而是成为表征一种急需变革的落后、衰微、丑陋的前现代状态的符码。梁启超笔下古老而衰败的中国是"鬼脉阴阴，病质奄奄，女性纤纤，暮色沉沉"，"呜呼，一国之大，有女德而无男德，有病者而无健者，有暮气而无朝气，甚者乃至有鬼道而无人道"。[①] 同年奋翮生（蔡锷）在《新民丛报》发表的《军国民篇》一文中，将中国与域外列强的关系作这样的比方："若罹癞病之老女，而与犷悍无前之壮夫相斗，亦无怪其败矣。"[②]

那么，这是否意味着他们认同国族主体的女性性别？事实并非如此。晚清知识分子对男／女、西方文明／中华文明之间相对应的权力阶序的象征设定，与他们对国族主体性别认同之间呈现了相当复杂的状态。在晚清知识精英的现代认同中，中华文明一直作为男性主体而获得象征意义。例如，1867 年游历欧洲的王韬在其小说《海底奇境》、《海外壮游》中以"中男西女"的中西联姻的方式来构筑最早的现代性文化想象。在这些想象中，"美丽甲泰西"的西方女郎争相爱慕中国书生，并携巨资相赠，同时还深慕我中华文明，无不精心演习而后精通中国的琴棋书画。这样的性别象征反映了在"同治中兴"的幻象中，晚清社会一种普遍的文化幻觉——"中国中心"，即中国过去曾是世界中心，将

---

① 梁启超：《新民说五》，《新民丛报》1902 年第 1 号第 11 页。
② 奋翮生：《军国民篇》，《新民丛报》1902 年第 1 号第 81 页。

来必将也是。①而梁启超在《论中国学术思想变迁之大势》中显然继承了这一文化想象的路径，依然以中西联姻来展开对民族国家现代性前途的想象："20世纪则两文明结婚之时代也，吾欲我同胞张灯置酒，迓轮矣门，三揖三让，以行亲迎之大典，彼西方美人必能为我家育宁馨儿，以亢我宗。"②老迈的中华文明急需充满青春活力的西方文明的滋补才能重新恢复生殖力，从而再一次召唤王韬时代的文化幻觉。也许由于历经甲午的屈辱，这一文化幻觉不如王韬时代那样的理直气壮，但毕竟在"中男西女"的婚姻格局中维持了对国族主体的强势性别认同。

何以几代中国知识分子的民族国家想象都不约而同地诉诸"中男西女"的性别象征格局？这其中的文化蕴意是意味深长的。美籍中国史学家李文孙（Joseph Levenson）认为，19世纪以来向西方所做的文化引借，在中国知识分子心中产生了解决不了的心理压力：一方面中华民族必须大量引借西方的文化成品——现代化才能使中华民族由弱变强，但另一方面这样的引借又与对中国传统文化诸价值的认同——作为自我认同保证之唯一根源之间产生激烈的冲突。③那么，以男性为中心的父权制的婚姻结构，无疑为处于中西文明冲突焦虑中的话语主体提供了最具抚慰性的象征资源——通过将"他者"女性化纳入自己的血脉，以保住自己作为价值主体的位置。④王韬、梁启超式的"中男西女"的中西联姻想象无疑为"中学为体，西学为用"这一文化诉求提供了最为妥帖的说辞。

上述对国族主体男性身份的认同与梁启超、奋翮生（蔡锷）在《新民丛报》上的对中华文明的"阴性"的指认是否构成矛盾？不然。中华文明虽然老迈、衰朽，但其男性主体的身份并没有改变，只是病入膏肓，男儿似女，阴气沉霾。如果说娶年轻活力的西方美人是强壮男身的好办

---

① 参见王一川《中国现代性体验的发生》，北京师范大学出版社2001年版，第241页。
② 梁启超：《论中国学术思想变迁之大势》（饮冰室文集之六），《饮冰室合集（一）》中华书局1989年版，第4页。
③ 转引自［美］艾恺《世界范围内的反现代化思潮》，贵州人民出版社1991年版，第19页。
④ 相关论述亦可参见刘人鹏《"西方美人"欲望里的"中国"与二万万女子——晚清以迄"五四"的国族与"妇女"》，《清华学报》（台湾）第30卷第1期。

法（这完全符合传统道家采阴补阳的理想），那么直接铲除自己体内的衰弱的"女质"/"异质"/老质，更是恢复、增强阳刚之气的重要途径。只有这样，中国才能真正成为青年阳刚的男性，即所谓的"少年中国"[①]。

晚清民族主义实际上同时持有两种看似矛盾其实又统一的性别化现代性想象：他者的女性化和女性的他者化。通过他者的女性化将强盛的西方文明纳入自己的血脉从而保住中华文明价值主体的位置（"娶西方美人以亢我宗"）；而通过女性的他者化，则摒弃自己体内弱质、劣质（男身中似女的那部分异质）。经过这样的双向运作，在象征符号系统中建造起未来的强壮、阳刚民族国家主体的幻象。"西方的帝国主义史将非西方的文化降级到'他者'的地位，其价值成了'第二性'，而第三世界民族主义的任务则是自己对'第二性'的文化进行重新创制，使之成为第一性的。"[②] 既然由于"他者"的环绕才产生了民族国家主体的意识，那么，民族国家主体认同的确立就离不开对"他者"的不断编码。而将"女性"性（womanhood 或 femininity）编码为表征这种第二性/他者性的"能指"，这似乎是第三世界民族文化创制的重要策略。

我们似可以得出这样的结论：中国现代性话语在其发轫之初就设定了"女性"性之于现代民族国家主体的"他性"异质地位。在民族国家走向富强的过程中，这种"他性"是需要被革除和改造的。民族国家迈向现代文明的过程就是不断地改造或者祛除自己体内"女性"性/老弱之质，增强"男性"性（manhood 或 masculine）/阳刚强壮之质的过程。换言之，女性这一性别并不能分享民族国家主体的位置，除非祛除性别特征，以准男性的面目进入民族国家公共事务领域。

---

① "少年中国"一词最早见于梁启超在1900年2月10日《清议报》第35册上发表的《少年中国说》一文中。
② 周蕾：《原初的激情》，远流出版事业股份有限公司（台北）2001年版，第108页。

现代性焦虑与厌女情结

"性别是通过血缘建立起来的，但是，它还是在一定的经济、政体中建立的，在当今社会中，性别正独立于亲属制度之外在发挥着作用"。①如果说，在前现代语境中，女性的性别内涵是通过女性在亲属制度中明确的角色定位来确定的，那么，当民族国家而非作为家族延伸的种族成为真正的主体和现代认同的根源，当现代性的推进对传统的性别角色造成强大的冲击时，在文化层面中，应该怎样从家庭之外、国家的角度来重新定义、表述女性这一不同于男性的性别内涵？而非简单地与男性类同。女性这一性别的文化意涵对于民族文化现代性转型具有怎样的正面意义（毕竟从生理上、文化上实现民族国家再生产的是女性）？显然，这个问题在中国的现代性实践中一直悬而未决。既然现代性的演进并没有为女性这一性别提供新的意义设定，那么，中国现代性话语起源之初对女性性的异质化想象便宿命般成为日后文化象征系统表述女性这一性别的巨大"潜本文"。"五四"妇女解放更多的是通过强调女性的社会责任来摆脱文化象征对女性之弱质／"他质"的指认，实现与男性的平等，并没有为女性这一独特性别存在提供合法性依据。1949年之后，随着现代性民族国家理念在日常生活中主导与支配作用的加剧，对女性这一性别的异质性指认也变得愈发严重。1960年代毛泽东为女民兵写下了"中华儿女多奇志，不爱红装爱武装"的诗句。虽然主观意图是要让女性进入宏大历史，但从诗句的潜在语义层面我们还是看到了那个挥之不去的宿命般的"潜本文"。"中华儿女"代表着崭新的"民族国家"公民身份，而"红装"代表女性特质同时也是弱质、局限性、"他质"。祛"红装""爱武装"就是消除自己的性别向男性看齐。这正是获得崭新的"民族国家"公民身

---

① ［美］琼·W.斯科特：《性别：历史分析中一个有效范畴》，刘梦译，李银河：《妇女：最漫长的革命》，生活·读书·新知 三联书店1997年版，第169页。

份、分享共同体主体位置的必由之路。这不仅因为具有高度同质性的族群群体是现代民族国家得以建立并存在的基础，还因为只有在省略女性这一性别所具有的局限性的情况下，才能完成民族的现代性转型。

在这样的知识背景下，对女性性别特性之于强盛的民族国家主体的"他质性"的指认，愈演愈烈并最终成为强势的社会无意识，广泛而深刻地模塑着人们的日常意识、体验。厌女、对女性特征的蔑视、仇视，拒绝自己的女性身份，女性雄化……这一切在1950—1970年代这样一个特定的时空结构中，正是现代性焦虑的显著表征，并在文学／文化文本中衍化成相应的文化表象。

邓友梅创作于1956年的小说《在悬崖上》，也许可以看成一个典型个案。这个叙事文本不仅仅只是有关个人婚姻家庭道德的警世寓言，也不仅仅指涉知识分子改造问题，它还泄露出更深层的政治无意识——加丽亚的形象已然隐喻了一种严重扰乱、危害民族国家共同体的危险异端。在文本中她带有鲜明女性化特征的外表及行为举止、外国化的名字、外国血统、外来者（来自艺术学院这样一个危险的地方）的身份，互相指涉，不断暗示着一种货真价实的危险的"他者"身份。

与加丽亚的形象互相呼应的是当时广泛出没于社会传闻、小说、电影中的美丽妖娆而又阴险毒辣、企图颠覆民族国家的女特务们，轰动一时的《徐秋影案件》中的徐秋影、《霓虹灯下的哨兵》中的曲曼丽、《羊城暗哨》中的八姑、《英雄虎胆》中的阿兰、《寂静的山林》中的李文英……引起我们研究兴趣的倒不是女特务的数量之多（实际上可能男特务在数量上更占优势），而是有关女特务的想象所表现出的一种同质性，即出现在文本中的女特务总是格外的妖娆妩媚，常常是那个时代最具女性特征的女性。而鉴于当时的中国大陆的情形，现实中的女特务们行为举止应该是越接近革命女性（即尽量抹去女性特征，追求男性化）才越具有隐蔽性。这一点现实中的女特务们不可能不知道，也不可能做不到。但为什么有关女特务的想象总是无视这一点？显然，女性性别特性已经成为表征对民族国家具有巨大危害性的异端、妖孽的"他性"能指。在天地玄黄的时代变迁之际,"女人"再次成为民族集体想象的恐怖源。"女人祸水"这个古老的文化象征又一次参与了模塑现代社会的性别表象。

而赵树理创作于1958年的小说《锻炼锻炼》则在另一个层面上演绎了这种"厌女"的社会无意识。这个旨在图解主导意识形态的文本实际上存在一个非常耐人寻味的无意识潜本文。争先农业社社员基本上以性别为界限(而非以阶级为界限)分为两个阵营:即一方是以副社长杨小四为首的男性领导群体(包括个别女干部),他们秉承主导意识形态律令、国家权力,代表进步、公有化、集体的利益;而另一方以"吃不饱"、"小腿疼"为首的普通妇女群众,代表落后、私有制、个人利益。不是阶级身份而是性别身份成了"小腿疼"、"吃不饱"等所有被改造的对象必须接受改造的唯一原因。叙事详细展现以杨小四为主的男性领导群体是如何用出色的计谋、策略,更主要的是动用国家机器的力量(动辄以"坐牢"、"送法院"相威胁),成功地实施对"小腿疼"、"吃不饱"为代表的落后妇女群体的暴力监控和改造。这种强制性的监控改造之所以必要,是因为这些被改造的对象天生就好吃懒做、刁蛮、自私自利。尽管最后"吃不饱"、"小腿疼"等人并没有像作者笔下的"三仙姑"、"常有理"那样被教育、改造过来,而只是被迫就范。但杨小四们到底使她们归顺了秩序。这无疑也意味着国家利益对个人利益、现代性对前现代性、进步对落后、公有制对个体经济的胜利。"小腿疼"、"吃不饱"象征着一种与现代性民族国家新秩序格格不入的混乱、无序状态。或者换一句话说,在这个文本中,对新秩序、新的想象共同体具有破坏性的异己力量再次被编码为女性。正如凯瑟琳·凯勒所言:"妇女中的某个特殊的类型或某个边缘阶层必须成为时代变迁的替罪羊,以缓解人们向现代过渡这一过程中产生的普遍焦虑。"[①]

在这一时期的意识形态运作中,女性的异质性还常常被与知识分子的异质性重叠编码,文化象征系统中涌现出众多的积极改造自我的知识

[①] [美]凯瑟琳·凯勒:《走向后父权制的后现代精神》,[美]大卫·雷·格里芬:《后现代精神》,王成兵译,中央编译出版社1998年版,第108页。

女性形象。例如,《青春之歌》中的林道静、现实生活中嫁给男农民的女知青们(却鲜有男知青娶女农民的宣传),俨然都是这个时代著名的文化镜像,获得广泛的社会认同。甚至还衍化成一种独特的爱情叙事模式,即知识女性与工农干部(或工农出身的革命知识分子)恋爱的过程同时也是她们不断改造旧我、走向新生的过程。《三里湾》、《青春之歌》、《野火春风斗古城》、《艳阳天》、《在和平的日子里》、《春种秋收》……这些颇具社会影响的文本都不同程度涉及这个爱情模式。如果说,工农大众被认为是构成民族国家的主体、中坚,那么,这样一种爱情叙事模式所隐含的象征意义无疑是一箭双雕。实际上知识分子改造运动的成功很大程度上得力于它在社会无意识领域中的性别化运作。"理解潜意识的规律……就等于开始理解意识形态是如何起作用的,以及我们是如何习得和实践这些我们必须赖以生存的思想和规律的。"换一句话说,"潜意识……(是)再生产意识形态和文化的王国。"[①]

现代性民族国家叙事框架中的"新女性"

如果说"共产主义"与"民族国家"成了1949年以后并行不悖的现代性诉求,那么,在相当程度上,这一诉求是由轰轰烈烈的农村社会主义改造运动来承载的。因为这场改造运动不仅关系到农业是否能为国家工业化积累财富,从而快速地实现建立现代化民族国家的伟大历史目标,同时还延展到终极历史中神圣真理的领域。"农村社会主义改造"无疑为1950—1970年代的文学提供最主要的意义资源。在表现这一题材的众多文学经典中,《创业史》、《艳阳天》、《金光大道》被认为是最具代表性、最能反映现代目的论"历史本质"的三部。这种本质又是由梁生

---

① [美]约瑟芬·多诺万:《女权主义的知识分子传统》,赵育青译,江苏人民出版社2003年版,第149页。

宝、萧长春、高大泉这三个主人公形象来承载，通过展现他们如何从一个普通穷苦农民成长为具有共产主义觉悟的"历史主体"，来表征现代性民族国家主体、现实意义秩序的建立。这三个文本逐级递进，分别标示着民族国家主体、现实意义秩序建构的三个阶段。这样一种逻辑演进也同样表现在三个具有神性品格的主人公身上。如果说，在纯朴而带点迂直的梁生宝身上表现出神性品格的初级状态，那么，这种品格在萧长春身上则获得相当充分的张扬、渲染，及至高大泉（高大全），神性品格走向极端膨胀。吊诡的是这三部作品中，作为这三个神性英雄的恋人、妻子的三位"新时代的女性"身上，"历史主体"新质，却呈现相反的走向。从徐改霞到焦淑红再到吕瑞芬，这种"新质"渐趋消退直至被完全消音。这实际上是一个互动的过程。

《创业史》中徐改霞颇具主体意识。但新女性主体意识的演进最终却导致了改霞离开了梁生宝。这在表现梁生宝为了公共事业而不惜牺牲个人情感的同时，却也使他"历史主体"的完满性打了折扣。他无法像那个时代革命男性那样获得革命、爱情双丰收。这似乎是叙事者始料不及的。唯一补救的办法是将新女性的自主意识宣布为"非法"。于是，《创业史》第一部接近尾声时，叙事一反对改霞的正面道德评价，将她指认为"有点浮，不像生宝那么踏实"以及"自负太甚"，但到底还是没能挽回叙事的完满。改霞的形象被普遍地认为是这部红色经典的败笔。

虽然从表面上看来，《艳阳天》中活跃于阶级斗争战场上的村团支书焦淑红，比起徐改霞具有更加显著的"新时代女性"的特征。但她与村党支书萧长春之间的政治爱情，却隐含着不平等的权力阶序。徐改霞与梁生宝的恋爱是需要梁生宝用心的，一如普通男女之间的恋爱。梁生宝忙于公务，加上性格的迂谨，于是错失了良机。而焦淑红与萧长春的恋爱根本无须萧长春费心。焦淑红早已捧出满怀纯真、炽热的情感，只等萧长春在适当的时候笑纳。小说没有任何关于萧长春对这场爱情的内心感受的描写，却总是用这样的语调表现少女焦淑红的爱情涌动："她爱戴自己的支部书记，她觉得全东山坞的人都爱戴自己的支部书记，支部书记像碧玉无瑕,像真金放光,像钢铁一样放在那儿叮当响。""焦淑红抬起头来了。她觉着身边这个人放了光,屋子里放了光,她的心里也放了光。"显然,这是虔诚的朝圣者对通体放光的圣灵偶像的顶礼膜拜和精神献祭。政治等级制借重最常识化、最自然化的性别等级机制而变得不容置疑又不易觉察。焦淑红已然是验证、确认萧长春主体性的"他者"。正是这个"他者"的存在,使萧长春规避了梁生宝式的尴尬,成就了"历史主体"的完满。

高大泉的妻子吕瑞芬的形象无疑是徐改霞、焦淑红形象的逆向的终极形态。"高大全"式的神性修辞在很大程度上是通过吕瑞芬形象彻底的客体化来完成的。

吕瑞芬是高大泉母亲为他找的童养媳,她的活动空间基本上是在家庭生活领域,她甚至根本没能获得像徐改霞、焦淑红那样参加公共事务的机会。丈夫熟谙的那些政治理念对她而言宛如天书,但这不妨碍她无条件支持(服从)丈夫。当高大泉的弟弟高二林中了阶级敌人奸计要和高大泉分家时,吕瑞芬那番含泪的表白很能说明这个形象的基质。"我九岁入了高家门,没见你哥的面,我先见到了你……""……你讨厌高大泉这个共产党员,我喜欢他,你要跟搞社会主义的高大泉分家,我要跟他一辈子。他就是上刀山,下火海,跳油锅,我也要跟着他……"如果剔除"共产党员"、"社会主义"这样一些现代词汇,那么,这段表白可以植入任何一则儒家传统的女德叙事中,但这并不妨碍她获得"新时代女性"的命名。这一命名的获得,成功遮蔽了高大泉和她之间的主从权力机制。"虽然对一个新时代的女性来说,她的负担比她应当负担的还差着很大的分量,她的路途比她要走的漫长战线还离得很远很远。可是她毕竟有了觉悟,又迈开了步子。她认识到,在高大泉带着大家正努力奋斗的那个大事业的艰巨工程里,她责无旁贷地要做出一种特殊的贡献,要给大泉一些别人无法给的特殊帮助……抚养好儿子,照顾好小叔子,把家庭事务处理得更完美,让高大泉没有后顾之忧,能挺着腰杆子干工作,这些就是其中的一个部分。"由此足以窥见最具现代目的论品质的"高大全"式的神性修辞的性别政治本相。

而体制化的文学批评无疑有力地参与了这种性别政治和公共政治之间的互动。吕瑞芬的形象获得一片的赞扬，徐改霞的形象却获得完全相反的评价。她被认为"身上染上一层和农村气质不太协调的色彩"①。而同样的情形虽然更加严重地发生在梁生宝身上，但这不仅被认为是合法的，而且还被认为须进一步发扬光大 。因为唯有超越普通农民特点，才能赋予梁生宝强烈的"历史主体"意识，才能表征"一种完全建立在新的社会制度和生活土壤上面的共产主义性格正在生长和发展"②。这正是现代性民族国家主体建构所急需的。而这样的超越哪怕只是些微地发生在徐改霞身上，那都是不被允许的。

由此可见，只有男性这一具有菲勒斯意义保障的性别才能作为"首选子民"，获得承载民族国家历史主体品格的资格，而"新女性"——这一民族国家叙事中最具正面象征意义的性别表象依旧只是作为一种客体、"他者"，在二元对立权力结构中成就"历史主体"的神性空间。这是"新女性"所获得的基本意义设置。③它也成就了红色爱情独特的叙事模式：漂亮的"新女性"总是义无反顾倾心革命男性，革命男性总能获得革命、爱情双丰收；而反革命男性用尽心机却一无所获。"新女性"已然是国家发给革命男性的另一枚奖章。民族国家取代家族、血缘之父获得对女性的性的支配权。这一直是中国现代性的重要面向。

---

① 冯牧：《初读〈创业史〉》，《文艺报》1960年第1期。
② 同上。
③ 这一结论似无法解释这一时期小说中那些并非作为男英雄配偶出现的"新女性"形象，例如样板戏中的女英雄们。但正如我们上面所提到的，由于女性这一性别并没有在传统家庭之外获得重新的定义——个不同于男性的性别主体在社会公共空间的独特价值定位。女英雄形象并不包含新的性别文化内涵，只是对男性英雄文化内涵（包括性别文化内涵）的仿制。她们抵押自己的性别以分享主体的威权。这不仅因为她们时常没有性别角色身份（如母亲、妻子、恋人）、没有女性的身体，更重要的是因为她们名为"新女性"却不具有这一性别群体独特的精神立场。女英雄们性别身份的缺席也为日后卷土重来的男权规约留下了"可乘之虚"。1980年代以来文化象征系统正是不惜复制、挪用各种男权传统的性别文化象征来填充这一虚空。

结 语

　　现代性民族国家想象实际上一直是被性别化了的，其所隐含的权力结构经过反复的叙事、经过一系列性别象征符码的遍述与解读，被自然化了，常识化了。我们的讨论正是要敞亮有关民族国家主体知识生产中的性别政治的真实状况。这里实际上不仅仅指涉性别问题，还可能成为一个切入点，抵达百年文学现代性表述中更加错综复杂的权力机制。西方启蒙精神的特点就是把人类与自然界、人与宗教等理解为主体与客体的关系。因为只有把自然界和其他力量作为客体与自身对立时，人才可能摆脱并征服它们，从而成为占有、克服外在客观世界的具有主人意识的角色。人的认识能力和道德实践能力被置于至高无上的地位，人的注意力被导向对客体的控制，这也同时导致作为人类自我控制的社会组织、经济、政治组织和国家机构的日益严密，正是在这个基础上形成现代国家，即民族国家。"民族国家既是启蒙的产物，也是'朝向以征服自然为目标的、对社会、经济诸过程和组织进行理智化'的过程的一部分。"[①] 总之，无论是现代个人主体（自我）还是民族国家主体都依赖低一级的客体性、"他者性"来确立自身。这便是作为现代性核心的主体理性的实质，即现代主体源自一个主客体二元对立的权力结构。而作为表达权力的最基本的途径与场所，性别渗透到一切权力的概念和构成之中。因此，在中国文学的现代性想象中，现代／传统、进步／落后、公有制／个体经济、新／旧、自为／自在、公共领域／私人领域、政治生活／日常生活、灵魂／肉体、精神／物质、中心／边缘……这些二元对立权力结构与男性气质（manhood 或 masculinity）／女性气质（womanhood 或 femininity）的性别权力秩序之间实际上具有潜在的同构性。

（原载《南京大学学报》2006年第1期）

[①] ［美］艾恺：《世界范围内的反现代化思潮》，贵州人民出版社1991年版，第18页。

第三章　另类现代性：时间、空间与性别的深度关联

我们知道，现代性首先是进化论的时间价值诉求，而在中国这样后发现代性国家中，这种时间价值则被空间化了，即将现代与传统、新与旧、进步与落后、文明与愚昧这样一些现代性的时间范畴深刻嵌入西方与中国、外与内这样的空间范畴中，对时间化的空间或者空间化的时间的体验成了中国人深刻而独特的现代性经验。"娜拉出走"就是对这一独特现代性经验的经典表述，即女性由内向外空间位置的变迁（出走）见证了历史进步的脚步。"女性"实际上是这种空间化的时间体验的重要支点。当这样的现代性经验被诉诸文学形态时，"外来者故事"[①]模式便应运而生。这个"五四"以来近百年中国文学中反复出现的叙事模式大致有着这样的固定情节：有着现代文明背景的"外来者"来到一个闭塞的传统空间，冲突由此展开。外来者境遇有两种：第一种，不为环境所容——或遭遇进入"无物之阵"的尴尬，或遭受排挤放逐；第二种，成功进行启蒙、唤醒、解放闭塞、落后空间中的蒙众。有着现代文明背景

[①] 本章所讨论的"外来者故事"与中国现代文学中经常被论及的"还乡叙事"是两种在外延和内涵上既重叠又有很大差异的叙事形态。首先，"外来者故事"中的"外来者"是现代知识分子或有着现代文明背景的人物，而"还乡叙事"中的还乡者则不一定具有现代文明背景。其二，"外来者"与"内在"空间的疏离、对立，是一种异质性的文明冲突，是时间上新与旧、现代与传统、进步与落后之间的差异，叙事呈现出明确的进化论时间指向。而"还乡叙事"中的许多作品恰恰更关注空间，抵抗时间，以记忆中的故乡否定眼前的故乡，叙事指向对时间的伤逝、对世事无常的哀婉，比如1930年代京派作家的还乡叙事。其三，呈现在"还乡叙事"中的空间地点一定是返乡者的故乡——乡村/小镇，而呈现在"外来者故事"中与"外"相对的"内"在空间则不一定是"外来者"的故乡，也不一定是乡村、小镇，只是个封闭、保守的空间，可以是乡村、小镇，也可以是都市中某一特定空间。

的"外来者"都是男性，而传统空间中的生存被表述为一种女性化的生存，包括女性、孩子抑或被去势的男性，她们被专制、落后势力囚禁在封闭传统空间中亟待启蒙、救赎，完成由内而外、由传统到现代的时空转变。不难看出，这个叙事模式包含着时间、空间与性别三者之间的复杂关联性，这种关联性在"外来者故事"模式近百年的绵延、变异中被赋予怎样不同的表现形态？这其中又包含怎样不断变化的现代性经验？这正是本章要讨论的。

一 "外来者故事"的原初形式

鲁迅在《呐喊·自序》中讲述的那个著名的"铁屋子寓言"也许可以算是"外来者故事"最早的雏形，那个大嚷起来唤起铁屋子中"较为清醒的几个人"的人就是"外来者"，"铁屋子"正是传统中国的象征。这个寓言已然奠定了"外来者故事"基本的结构原型。此后这一结构原型被不断复制、丰富，成了启蒙叙事最重要的结构模式。完全吻合或多少包含这一结构模式元素的作品不胜枚举，当然，鲁迅自己的小说以及柔石的《二月》无疑是最具代表性的。

《二月》的主人公现代知识分子萧涧秋来到闭塞的南方小镇——芙蓉镇，他很快陷入对穷苦的青年寡妇文嫂的人道主义同情和与新女性陶岚的爱情纠葛中。小镇流言骤起，文嫂自杀，萧涧秋愤然离去。尽管萧涧秋在芙蓉镇逗留时间总共不到两个月，但这个来而复去的"外来者"却在芙蓉镇激起轩然大波。他的到来首先唤醒了陶岚被小镇的保守、封闭氛围所压抑着的热情，而这样的热情一旦苏醒便喷薄而出，反过来对萧涧秋的颓唐、软弱构成一种覆盖、拯救。这使萧涧秋对陶岚心存疑惧，一方面，在芙蓉镇，陶岚是他唯一的知音，他需要通过与陶岚的对话和共谋来避免陷入失语状态，来确认自己截然不同于庸众的现代主体身份；另一方面，与陶岚交往又使他的启蒙者身份一直处于虚设、悬置状态，因为他无法通过陶岚来实现启蒙、引导、救赎这些启蒙者的基本功能。于是，贫苦的底层劳动妇女文嫂和她七岁的女儿采莲的出现就成为叙事的必需。这两个形象可以看成对陶岚形象必要的补充，她们弥补了陶岚形象所欠缺的，而又是启蒙叙事所期待于女性的角色功能。通过对文嫂的无私救助、对采莲的悉心教诲，萧涧秋完成了自我角色期待，超越了内心深处因自我认同的障碍而导致的失落、空虚。一直被虚设、悬置的启蒙者身份也落到了实处。同时也正是通过共同救助文嫂、采莲，陶岚由萧涧秋的对话者渐渐演变为他忠实的追随者。尽管萧涧秋最后难逃失败的命运，但"铁屋子"中三位女性的存在却使他作为一个启蒙者的身份得以明确确立。

这恰恰是鲁迅笔下的"外来者"们无法做到的。在《故乡》、《祝福》中，"我"同样面对封闭传统空间中的女性人物——杨二嫂和祥林嫂，但她们并没有与知识者"我"构成两性情爱关系域。杨二嫂不仅没能成为启蒙信息的接收者，而且还自作主张用"三房姨太太"、"八抬大轿"等一大堆传统文化信息来对"我"的身份进行误认。在这样的误认面前，"我"根本就陷入失语中，更遑论对她进行启蒙。而祥林嫂虽然主动请求"我"指点迷津，但"我"却支支吾吾，无力教导。无论是"故乡"还是鲁镇都比芙蓉镇更具"铁屋子"的象征意味，但唤醒和救赎的行动却先期流产，先觉者根本无缘体会萧涧秋式失败的悲壮就先期退场。这无疑反映了鲁迅对启蒙理想的绝望。鲁迅一生对启蒙最激情、诗意的讲述出现在《伤逝》中，尽管在这篇小说中启蒙理想最后也没能逃脱"无主名"杀人团的天网，但涓生毕竟成功引领了子君的出走。事实上在"五四"语境中，关于启蒙的激情讲述几乎都离不开两性关系域，启蒙者最成功的事业便是引领娜拉出走，此外启蒙的言行几乎都很难奏效。即便是面对孩子，启蒙者的困境也在所难免。《在酒楼上》、《孤独者》中的吕韦甫、魏连殳在孩子那里遭遇到的冷漠、仇视，无疑宣告了启蒙者"救救孩子"理想的幻灭。爱情成为启蒙可行的必要前提和唯一有效的叙事场域，这就是为什么"出走的娜拉"会成为启蒙叙事最最重要的文化符码。

而鲁迅恰恰并不热衷于这个特殊的叙事场域的营造,他虽然也经常将女性人物设定为传统空间中蒙众的代表,但她们极少与启蒙者构成情爱关系,《伤逝》算是唯一例外,然而,子君、涓生的悲剧还是终结了启蒙在两性关系域中的有效性。且不说涓生所操持的那套启蒙话语自身的抽象与空疏,子君的勇敢与回应也不过是涓生一厢情愿的幻念。既然性爱关系域是启蒙唯一有效的叙事场域,那么,启蒙在这一场域中有效性的终结无疑是非常致命的,这就是为什么鲁迅比他同时代人更能体味启蒙的虚空与绝望。

显然,"五四"启蒙叙事的惯例悄然规制了"外来者故事"的性别秩序。有着现代西方文明背景的"外来者",代表着新、现代(并启示着未来)、进步、文明,这个角色一定是由男性来承担,而女性则作为蒙众的代表,她们生活在旧的、传统(时间指向上属于过去)、落后、愚昧的空间中,亟待启蒙、引导、救赎,同时也是启蒙唯一(抑或最先)的回应者。正是娜拉的出走,即女性由内而外的空间位置变迁,见证着进化论历史时间的脚步,也成就了启蒙与回应、导引与跟随、施救与被救的二元对立,进而建构出一个崭新现代主体(男性)身位。这种隐含了深重的性别政治的时间化的空间逻辑正是"外来者故事"的基本叙事原则。

二　延续与变异

如果我们对文化原型的理解不局限于荣格所谓"自从远古时代就已存在的一种普遍意象",而将原型看成一定历史时期某一社群的一种普遍性的心理经验模式,那么,"外来者故事"无疑就是凝聚着20世纪中国人普遍现代性经验的一种叙事结构原型,它作为一种潜在的无意识进入创作中,执着地寻求表现,在"五四"以来中国文学的不同历史时段中顽强绵延,绵延的过程并非简单的再现,而是随着社会文化语境的变迁而不断变异。

  1940年代丁玲的《在医院中》正是表现了"外来者故事"叙事原型在革命语境中的变异。毕业于上海一家医科学校的陆萍，来到根据地延安偏僻、闭塞的乡村医院。她的现代医学知识、工作热情与这所医院的无知落后、冷漠狭隘产生激烈的冲突。这样的情节看起来似乎是"五四"语境中"外来者故事"的翻版，但"外来者"的性别身份却发生了变化，这个变化并非无足轻重，而是意义重大，它导致叙事结构关键环节相应的变化。尽管和许多"外来者"一样，陆萍在格格不入的陌生环境中也很快找到一个异性知己——外科大夫郑鹏，但她并没有成为郑鹏的启蒙者、引导者，他们只是平等的对话者、同路人。陆萍似乎并不胜任启蒙、引导这样一些"外来者"角色的功能，相反的，她自己最后反成了被启蒙、引导的对象。一个完全不计个人荣枯的异性长者对她的耐心教育，使她心悦诚服地主动放弃自己的立场，离开医院。这样的结局也与启蒙语境中萧涧秋、吕韦甫们无奈的"来而复去"完全不同。当然，这其中更有性别之外的原因。

  尽管《在医院中》所呈现的城市—乡村、外—内空间对峙完全符合"外来者故事"所坚守的时间化的空间逻辑，这一逻辑在革命语境中也依然有效。但革命却改写了特定空间地点的时间属性，城市与乡村、外与内空间对峙中原本承载的文明与愚昧、进步与落后、现代与传统、新与旧的对立不再成立，而是恰恰相反，城市／外面的世界是堕落、反动的，因而也是落后的，代表着中国的过去；乡村／内在的空间则是纯洁、革命的，因而是进步的，代表着中国的未来。这样一来，"外来者"陆萍行为的时间合法性就显得相当可疑，这必然要使这个"外来者故事"面临叙事危机，因为进化论的时间逻辑一直是"外来者故事"的内在叙事动力。而让陆萍心悦诚服地放弃与环境的对立则可以使叙事重新回到进化论时间轨迹中。但叙事者对叙事危机的苦心修复，依然无法避免人们对陆萍的指责。陆萍成了进步（时间合法性）的革命共同体中名副其实的

"外来者"、异端、他者,①这也是知识分子在革命共同体中的位置。这样的位置恰恰与女性这个性别在父权文化中的处境相似,因此在对陆萍的批评中实际上隐含了对她"知识分子"、"女性"双重异质身份的指认,这使批评显得格外苛刻。

其实,《在医院中》还隐含了另一组更重要的空间对峙,那就是陆萍的出发之地——学校与她的到达之地——革命机关之间的对峙。这一组空间地点的对峙所承载的意识形态意味在"讲述话语的年代"是不言自明的,而类似的空间对峙十多年后再次出现在《组织部新来的年轻人》中。这篇小说的主人公和陆萍一样,也是从学校出发来到党的心脏机关——市委组织部,也与新的空间中的人、事不可避免地发生了抵牾。叙事的合法性危机实际上早在小说空间位置的设定上就被宿命般预定了。如果说,"空间里弥漫着社会关系;它不仅被社会关系支持,也生产社会关系和被社会关系所生产"②,那么,《在医院中》、《组织部新来的年轻人》的叙事危机无疑意味着由于社会关系的变迁,诞生于启蒙语境的"外来者故事"模式对空间的形塑已经严重不适应新的社会关系中新空间生产的原则,它必须进行一定的变更才能保证这一叙事模式在新的语境中的合法性。

1950—1960年代先后出现的三部名噪一时的电影——《柳堡的故事》、《白毛女》和《红色娘子军》,实际上存在隐秘的关联性,即都在不同程度上隐含着"外来者故事"的结构因素。这三个作品中都有一个从外面世界来到闭塞、落后乡村的"外来者"——《白毛女》中的大春是回到自己故乡,《红色娘子军》中的洪常青和《柳堡的故事》中的李进都

---

① 这里需要特别说明的是,"五四"启蒙语境中的"外来者故事"是以"外来者"/启蒙者/知识分子视点为本位,代表着进化论时间进步逻辑的"外来者",并非他者,而恰恰是"自我"。封闭传统空间中的落后、蒙昧生存才是这一叙事视点之他者。但在延安时期这一叙事逻辑产生了变化,"外来者"/知识分子成了他者/异端,而根据地土生土长的工农干部则是"自我",不论年龄大小都被尊称为老干部。

② [法]列斐伏尔:《空间:社会产物与使用价值》,王志鸿译,包亚明:《现代性与空间生产》,上海教育出版社2003年版,第48页。

是因执行战斗任务来到吴琼花和陈二妹的村寨;"外来者们"也同样有着现代文明的背景,也同样对闭塞传统空间中的女性人物喜儿、吴琼花和陈二妹进行启蒙、引导、拯救。但值得注意的是这三个故事中"外来者"所来自的空间地点,不再是城市、学校这样的现代空间,而是另一类现代空间——革命军队,这就带来"外来者"社会身份的变化,不再是掌握现代科技文化知识的知识分子,而是红军指挥员、八路军战士,他们操持的是另一套现代文明的话语。而这又带来了他们对女性人物启蒙、施救的方式、过程乃至结果都与"五四"语境中的"外来者"们大不相同。正是这些变化保证了"外来者故事"叙事模式在新的社会语境中的合法性。

当然,尽管存在这些变化,但维持这个叙事模式稳定性的基本成分还是不变的。这个不变的基本成分就是人物的功能。正如俄国形式主义者普罗普在考察民间故事的结构时所说的:"人物的功能在故事中起着稳定恒常的成分的作用,不管它们是由谁和怎样具体体现的。它们构成一个故事的基本成分。"[1]然而,普罗普似乎没有注意到人物功能的性别差异性。不同性别身份的人物显然有着不同的功能,而这种性别分工才是构成"外来者故事"中"最稳定恒常"的"基本成分"。这三个故事中的人物功能的性别分工与"五四"语境中的"外来者故事"保持严格的一致性,男人与女人分别扮演拯救者与被拯救者、启蒙者与被启蒙者、导引者与被导引者的角色。正是这一"最稳定恒常"的"基本成分"支持着这个叙事结构的完满运作和被广泛的认同。其实在1950——1960年代,包含"外来者故事"模式的革命/解放叙事比比皆是。"外来者"(革命者)来到一个反动/落后势力统治的空间,传播真理的火种,启蒙、引导民众起来革命,这是那个年代的红色叙事最常见的结构模式之一。但是所有这些作品的社会反响都不如《白毛女》、《红色娘子军》和《柳堡

---

[1] 转引自[美]罗伯特·休斯《文学结构主义》,刘豫译,生活·读书·新知三联书店1988年版,第98页。

的故事》这三部作品。

上面的分析告诉我们,在"外来者故事"的绵延过程中,有些因素是要随着社会语境的变化而变化的,比如关于城市、乡村、外、内等空间地点在线性时间坐标上的位置、"外来者"的社会政治身份等;而有些因素是不容变更的,比如作为这个叙事模式的基本成分的人物功能的性别分工,它保证了这一叙事模式的完满运作并被广泛认同。《在医院中》和《组织部新来的年轻人》这两个"外来者故事"恰恰违背了这个"变"与"不变"的原则,它们一方面继续维持"五四"语境对城市、乡村、外、内这些特定空间地点在线性时间坐标上的位置设定;另一方面却改变了人物功能的性别分工这个最不容变更的基本成分,让女性知识分子和女性化的知识分子(在这两个文本的时代,"知识分子"所表征的就是一个女性化的暧昧、边缘、弱势的文化身位,两者之间常常被重叠编码[1])来担当具有时间进步性、道德优越性的"外来者"的角色,叙事的危机当然就在所难免。

1970年代末到1980年代初的政治变动使知识分子由社会身份体系的边缘走向中心。这个群体终于摆脱了长期以来的女性化的身位,再一次胜任启蒙、引导、拯救的"外来者"角色功能。新时期文学将"文明与愚昧冲突"设置为自己的基本主题,而再也没有比"外来者故事"这一叙事模式更能完满地展现这一时代主题的了:现代文明的信息同样通过男性带到偏僻的乡土,他们是下乡知识青年或从外地接受现代文明熏陶后返乡的当地青年。《爬满青藤的木屋》(古华)中的李幸福、《小月前本》(贾平凹)中的门门、《鸡窝洼的人家》(贾平凹)中的禾禾、《远处的划木声》(蔡测海)中的水生、《西府山中》(朱小平)中的海成……而处身"铁屋子"内的乡土芸芸众生中最渴盼也最先感受、回应"外来者"文明召唤的几乎全是单纯而富有幻想的农村青年女性。《爬满青藤的

---

[1] 有关这一历史时期文本中知识分子与女性身份的互相指涉的论析可参见戴锦华《〈青春之歌〉:历史视域中的重读》,唐小兵:《再解读:大众文艺与意识形态》,牛津大学出版社(香港)1993年版,第151页。

木屋》中的盘青青、《小月前本》中的小月、《鸡窝洼的人家》中的烟烽、《远处的伐木声》中的阳春、《西府山中》中的麻叶儿……她们追随"外来者"走出愚昧的传统空间,奔向文明的现代世界。

从"五四"启蒙语境到革命语境再到新时期语境,"外来者故事"中男性人物的社会政治身份、文化处境显然在不断变化,从"五四"时期的现代知识分子到革命时代的革命军人再到改革开放时代有文化、有知识的青年;但女性人物的社会身份、文化处境却几乎没有什么变化:无论是祥林嫂、文嫂,还是喜儿、吴琼花、陈二妹,抑或盘青青、小月们,事实上并没有质的差异,都是在"铁屋子"中亟待启蒙、解放、引导的客体,现代文明信息的回应者、接受者。性别政治作为我们文化中最普及、最古老、最不易觉察的政治形态,无疑是一种最深刻的意义原型,它渗透在"外来者故事"的结构原型中,支持着这个结构原型的完满运作、持久绵延。

三 女性"外来者":时间叙事的颓圮

如果说,"五四"以来,无论是启蒙叙事(包括新启蒙叙事)还是革命叙事,事实上都是典型的现代性时间叙事,以延续不断不可逆转的线性时间为基本特征,那么,1980年代中期寻根文学对仿佛亘古不变的民间生存方式、地域色彩、文化样态的关注,已然表明一种自足的空间逻辑的出场,从而使文学叙事持续良久的清晰的进化论时间指向变得驳杂、模糊起来。而随后出现的先锋、新写实、新历史、个人化写作等叙事倾向则进一步质疑、解构了线性时间观念,以对理性的颠覆、对经验的整体性、连续性的中断,对碎片化的历史场景、自在日常生活、私人经验、个体身体的迷恋,将空间从线性时间的侵蚀中剥离出来,回到一种自在的、循环往复的状态中。"外来者故事"模式作为"五四"以来现代性时间叙事的一种最重要的呈现方式必然面临挑战。这样的挑战率先指向

"外来者"的性别身份，因为性别秩序一直是维持"外来者故事"模式稳定性的基本成分。

在寻根代表作《老井》中，携带现代文明信息的"外来者"不再是男性而是到外面世界、现代都市闯荡回乡的年轻姑娘巧英。而与《在医院中》不同的是，《老井》叙事自始至终都没有认同女性"外来者"巧英的视点。叙事所要认同的恰恰是以孙旺泉为代表的生生不息的民族传统生存方式：打井的成功靠的是孙旺泉们九死不悔的民族精神，而现代化的打井技术只是辅助性的工具而已。这不难让人想起世纪初的"中学为体，西学为用"的现代性蓝图。在这样的现代性蓝图中，在"体"、"用"层面全面接受现代文明的巧英，成了老井村这个具有明确隐喻的空间的名副其实的"外来者"/异类/他者，也就是说，巧英不仅是空间位置上，同时也是文化内涵上的外来者，为了强调这一点，叙事刻意在巧英与异类狐狸精之间不断换喻，巧英最后的离去隐喻了老井村族群秩序对异己、他者的放逐。《老井》的叙事逻辑已然表明，在现代中国的空间想象中，女性的空间位置是变动不居的，既可以是"内"亦可以是"外"。而不变的是这一性别作为主流价值主体之他者的身份。这恰恰体现了现代空间生产的结构性特征，无论是"内"还是"外"，单个空间地点是没有意义的，只有在与另一个空间地点的相互关系中才能获得明确定义。重要的不是谁居"内"、谁居"外"，而是"内"与"外"的关系，即来自西方的现代文明与本土文明之间的主次、优劣关系，正是这个关系建构起"内"、"外"空间之间不断变动的等级秩序。而性别等级秩序却不随着空间等级秩序的变化而变化，性别等级秩序始终是不变的。女性无论是处于"内"还是"外"，总是处于次一级的空间位置上。

如果说，《老井》叙事以本土文化的价值优越性质疑了西方—中国、城市—乡村等空间范畴与新—旧、进步—落后、文明—愚昧等进化论时间范畴之间的同构性，那么，也正是这样的质疑使《老井》叙事将代表现代文明的"外来者"的性别身份指认为女性。既然叙事不再以"外来者"视点为本位，外来者不再是"自我"而是他者，那么，再也没有比女性更适合这个角色的身份了。

　　被认为是新历史主义代表作的苏童的《妻妾成群》其实是一个非常独特的"外来者故事"。受过现代大学教育的新女性颂莲被抬入一个旧式家庭——一个幽闭、阴森恐怖的传统空间中，成为陈府老爷的第四房姨太太。尽管颂莲是自愿嫁入陈家，但她还是很难融入这个与她成长背景迥异的空间，她孤独而绝望地守护着自己的内心。在这个陌生的空间中她也找到了一个异性知己——同样有着现代文明背景的大少爷。叙事对颂莲与大少爷空间位置的处理是意味深长的。不断游走的姿态似乎使从小生长于陈府的大少爷看起来比陈府的外来者颂莲更像"外来者"。叙事在不经意之间将两人的空间位置作了调换，外／内、男人／女人、施救／被救这一"外来者故事"的叙事成规其实一直是小说叙事的一种潜在可能性，大少爷的确有过带颂莲远走高飞的想法。但这种可能性终究没能兑现，私奔／弑父的情节到底没能发生。而其中不仅仅因为父的淫威，还因为大少爷一直害怕女人，有明显的同性恋倾向。这是陈家男人世代孽债的报应。这样的细节至少包含两层文化隐喻：其一，大少爷实际上根本无法摆脱陈家的罪孽，真正成为陈府空间的"外来者"，这是他的宿命。而颂莲才是陈府秩序真正的"外来者"身份。其二，身体作为一种空间性的存在不再配合进化论的时间逻辑来成就启蒙叙事最经典的私奔、弑父的主题，[①]弑父成了杀子，进化论时间逻辑在此深受质疑。其实，这样的质疑恰是这篇小说基本的叙事立场，因为，如果说"五四"以来，是女性由内而外的空间位置的变迁（娜拉出走）见证了历史进步的脚步，那么，新女性颂莲由外而内的空间走向所隐含的意义就不言自明了。

　　另一个新历史主义代表作刘恒的《苍河白日梦》则是又一个著名的

―――――――
　　① 新时期小说中凭借现代文明引导女性出走的"外来者"总是被赋予强悍的性力，以保证私奔、出走的爱情主题的完满，身体逻辑显然被纳入强悍的进化论时间逻辑中。而1980年代后期到1990年代初的小说则弥漫着普遍性的男性身体焦虑（性无能），如《妻妾成群》、《伏羲伏羲》、《废都》、《苍河白日梦》等，以此传达现代性的挫败感。这实际上表达的是一种专属男性的独特的现代性经验，却一直以中性面目出现。参见王宇《性别表述与现代认同》，上海三联书店2006年版，第208页、第214—215页。

"外来者故事"。故事发生在清末一个南方小镇上。曹家二少爷曹光汉从法国巴黎带着造火柴的技术、设备回来,准备在家乡办火柴公社。但火柴总是造不出来,他改造炸药行刺满清官员,行动败露被绞死。二少爷与周围的一切格格不入,但却也拥有一个异性知己——上过洋学堂的二少奶奶。故事的每一个细节都有着不言自明的隐喻:小镇/曹府——铁屋子、闭塞落后的传统空间,二少爷/"外来者"——现代文明的播火者,巴黎——现代文明的发祥地,造火柴——照亮蒙众——盗火给造反的奴隶。这无疑是"五四"启蒙语境中标准的"外来者故事",但故事的发展却与我们的阅读经验大相径庭。启蒙与回应、导引与跟随、施救与被救的固定情节不仅没有出现在二少爷与二少奶奶之间,而且二少爷的性无能还导致二少奶奶与他自己从巴黎带回来的洋技师大路私通,生下一个蓝眼睛的男婴。作为曹府/小镇这个传统空间的"外来者",二少爷原本是要极力超越这个空间中的一切俗世性存在(启蒙者一向只重视时间的维度),但他却无法超越自身"身体"这个俗世性的空间存在。身体的耻辱在他死后仍在继续。他的尸体漂浮在浑浊的苍河水面上,在烈日暴晒下丑陋变形,散发着恶浊的气味。这是对启蒙最残酷、最狡诈的解构,也是空间对时间最无情的狙击与颠覆。空间(身体)对时间的狙击还指向更深的层面:如果说,曹府是一个充斥着宿命般身体焦虑的空间——老爷为了强身健体终日吞食各种稀奇古怪的物件,大少爷长年累月绞尽脑汁生不出儿子……那么,不管表面上看起来二少爷与这个空间是多么格格不入,多么热衷于自己的外来、异质的身份,尽力要把自己从这个空间秩序中剥离出来,但身体的困境却无情地昭示了他与这个空间的不可分割性。当乖张、阴郁而羸弱的二少爷被置于快乐、雄强的大路和朝气蓬勃的二少奶奶之间时,叙事实际上已经表明谁才是弥漫着死亡气息的曹府空间真正的外来者。叙事所表征的已不仅是"话语所讲述的年代"启蒙者身份的危机,还是"讲述话语的年代"第三世界男性知识分子性别与种族身份的双重危机。

其实,无论是"五四"启蒙语境还是后来的革命语境、新时期语境的"外来者故事"中,"外来者"的失败都在所难免,这无损于坚定的进化论时间逻辑。所有的失败,甚至作为新生事物自身的弱点、缺陷,都不影响"外来者"之于落后传统空间的"外来"身份,这一空间位置,意味着现代对传统、新对旧、进步对落后、文明对愚昧的时间优越性,并最终指向一份道德和审美上的优越感。而《苍河白日梦》却以身体的逻辑不经意间泄露了"外来者"的"外来"身份不过是一个自欺欺人的幻象,一道一厢情愿的风景。

无论是《妻妾成群》还是《苍河白日梦》,事实上都在不经意之间以"身体"这个曾经长久被忽略的空间动摇了"外来者"男性性别身份、反击进化论的时间逻辑,从而泄露了作为"外来者故事"结构最稳定恒常的基本成分的性别秩序的脆弱与可疑。这点在1990年代中期以后出现的"外来者故事"中似乎得到微妙的回应。

1990年代中期直到21世纪初年的文化语境中,反复出现一些叙述进城受到现代都市风习浸染的农村青年返乡遭际的小说,[①]这些小说实际上在不同程度上都包含了"外来者故事"的结构元素。考察这新一茬的"外来者故事",我们会发现"外来者"绝大多数是年轻女性。例如,《九月还乡》(关仁山)中的九月、《小姐回家》(听风堂主)中的阿莲、《奔跑的火光》(方方)中的英姿、《歇马山庄的两个女人》(孙惠芬)中的李平、《小姐们》(艾韦)中的大姐和众小姐、《湖光山色》(周大新)中的暖暖等。"外来者"性别身份的变更已然成为"外来者故事"在新的社会语境中的最重大的变异,这个变异又将带来什么?

无论从叙事结构还是从叙事主题而言,1990年代中期名噪一时的《九月还乡》都可以算是一个典型的"外来者故事"。主人公九月是个文化水平不低的乡村姑娘,却在城里从事"小姐"行当。"小姐"生涯不仅

[①] 这类小说是大规模涌现的从乡村到城市的"外来者故事"(有学者将它概括为"乡下人进城叙事")的伴生物。从乡村到城市的"外来者故事"中所包含的丰富的文化意蕴,对于我们民族的心灵史、文化史研究都是非常有意义的,也正在吸引着越来越多的学术资源。但由于本章预设的论域以及篇幅的限制,这一类"外来者故事"将不在我们的讨论范围内,我们要讨论的是与我们的论题更密切关联的进城务工乡村知识分子从城市返乡的"外来者故事"。

使她积攒下一笔丰厚的存款，还积攒下一些现代观念、都市生活方式等无形的资本，这一切注定了她还乡后之于贫穷、闭塞的乡土的"外来者"身份。但也正是凭借这些从城里带回的有形无形的资本，九月才得以发挥对贫穷、闭塞乡土的启蒙、拯救功能。她在城里所长的见识每每生成家庭、村社事务的良策，她的存款用来开发土地，甚至她在城里训练有素的身体也可以为村里换回 800 亩被强征的土地。对乡土的拯救同时也是一种自我救赎，九月渐渐摆脱耻辱的过去，纯洁如初。叙事预示着历经都市历练而又纯洁如初的九月将成为一代新型的乡村主体，也预示着乡村将吸取都市的精华去其糟粕来成就自己的现代性。然而，对乡村现代化前景如此激情诗意的讲述却建立在一个脆弱的细节上，村支书为九月保守着在城里当"小姐"的秘密，村里人包括她的未婚夫在内无人知晓这秘密。那么，一旦这秘密泄露（这完全可能，村支书保守这个秘密的动机本来就相当暧昧），九月是否还能被乡土所接纳去共创乡村的美好未来？尽管时间政治与性别政治再一次联手共谋，但叙事致命的漏洞却足以让叙事者苦心经营的时间政治一败涂地。

而类似的故事在《歇马山庄的两个女人》（孙惠芬）中获得全然不同的讲述。主人公李平与九月有相似的经历，但她并没有像九月那样成为乡土的启蒙者、引导者、拯救者，她始终是歇马山庄一个名副其实的"外来者"、他者。尽管在这个格格不入的空间中她也找到一个知己——一个同性知己，但却与启蒙、引导等细节都无关，只是一份姐妹情谊，以此来抵挡歇马山庄的入侵，盛放另一个空间——城里的秘密。但歇马山庄古老的生活原则轻而易举地瓦解了这份姐妹情谊，城里的秘密被泄露出来，李平只好再次逃离乡土。原本是都市的拒绝与盘剥使她选择返乡，但返乡的李平却再次被乡土所放逐。乡村可以接受女性用身体从都市交换来的种种资源，因为这是乡村的现代化转型所必需的，但乡村却拒绝接受这个身体本身，因为这个带着都市印记的身体标记着乡村的耻辱。对于乡村女性而言，现代化所带来都市与乡村、外与内之间的空间移动并不一定指涉历史进步的脚步，似乎更指涉要承受来自都市与乡村的双重盘剥。她们可能既不属于都市也不属于乡村，既不属于现代也不属于传统，而处于二者之间晦暗不明的地带。这样的经验已然逸出了城市与乡村、现代与传统、文明与愚昧、进步与落后等 20 世纪经典的二元对立范畴。一直为"外来者故事"提供叙事动力的进化论时间逻辑在这里变得不再有效。类似的情形一再出现在近年来的《小姐回家》《奔跑的火光》《小姐们》等女性"外来者故事"中。

如果说，性别秩序是维持"外来者故事"结构模式稳定性的基本成分，那么，从 1980 年代中期以来，"外来者故事"中的"外来者"性别身份的游移、变更，已然使这一绵延近百年的叙事模式渐渐偏离进化论的时间轨迹，其意义诉求正在走向驳杂、多元。

结　语

通过考察"外来者故事"在近百年的诞生、绵延、流变，我们似可以得出这样的结论：正是进化论的时间逻辑催生了"外来者故事"模式，时间化的空间逻辑抑或空间化的时间逻辑已然是"外来者故事"最重要的叙事逻辑。这意味着将新与旧、现代与传统、进步与落后、文明与愚昧这样一些二元对立的现代性时间范畴嵌入"中国与西方"、"外与内"、"都市与乡村"等空间范畴的建构中，而这样的嵌入还悄然指向另一对空间性范畴，即男性与女性（性别身份也是一种空间性的存在）。在中国现代性历程中，女性由内而外的空间位置变迁（娜拉的出走）一直在见证现代性的时间逻辑，而女性由内而外的空间位置变迁源自男性的启蒙与导引，于是，男人与女人之间的启蒙与回应、导引与跟随、施救与被救的性别分工构成"外来者故事"模式最稳定恒常的基本成分。一旦这一成分产生变动，叙事的运作就会出现缝隙，现代性时间的逻辑也会变得可疑起来；反之亦然，一旦现代性时间逻辑遭遇质疑，"外来者故事"模式中的性别秩序同样面临危机。时间的政治无疑是现当代中国的宏大政治，而这种宏大政治实际上一直在寻求我们文化中最古老、最普及而又最不易觉察的"微观政治"——性别政治的支持，并隐蔽地为它提供新的存在基础，两者结成牢靠的共谋。但是，这么说并不意味着随着坚硬的进化论时间政治的式微，性别政治也会走向自己的黄昏，恰恰相反，如果说寻根文学以来中国传统的时间修辞方式正在渐渐被修复，那么，一同被修复的还有同样具有中国传统特色的性别政治。

（原载《学术月刊》2009年第3期）

第四章 20世纪中国电影中的"外来者故事"

——以《小城之春》、《早春二月》、《爬满青藤的木屋》、
《大红灯笼高高挂》为例

浏览20世纪中叶以后的一些著名的中国电影,不难发现一个反复出现的叙事模式——"外来者故事"。有着现代文明背景的外来者来到一个闭塞的传统空间,冲突由此展开。外来者都是男性,而传统空间中的生存被表述为一种女性化的生存,包括女人、孩子以及被去势的男性,她们被专制、落后势力囚禁在封闭传统的空间中亟待启蒙、救赎,完成由内而外、由传统到现代的时空转变。不难看出,这个叙事模式包含着时间、空间与性别三者之间的复杂关联性,这种关联性在不同时代的"外来者故事"中被赋予怎样不同的表现形态和文化内涵?这其中又包含怎样不断变化的现代性与性别的纠葛?本章通过讨论《小城之春》(1940年代)、《早春二月》(1960年代)、《爬满青藤的木屋》(1980年代)、《大红灯笼高高挂》(1990年代)这四部20世纪中国不同历史时段的著名电影来展开上述的命题。

我们知道,现代性首先是进化论的时间价值诉求,而在中国这样的后发展现代性国家中,这种时间价值则被空间化,即将现代与传统、新与旧、进步与落后、文明与愚昧这样一些现代性的时间范畴深刻嵌入西方与中国、外与内这样的空间范畴中,对时间化了的空间或者空间化的时间的体验成了中国人深刻而独特的现代性经验。当这样的现代性经验被诉诸文艺形态时,"外来者故事"模式便应运而生。而这种空间化时间体验或者说时间化空间体验又和另一个20世纪中国更经典的现代性叙

事模式密切相关,那就是"娜拉出走",即女性由内向外空间位置的变迁(出走),见证了历史进步的脚步。于是,很多外来者故事同时也是一个"娜拉出走"的故事。

一 留守的娜拉:《小城之春》的家国隐喻

费穆的《小城之春》[①]被公认为20世纪中国电影的经典之作。影片所讲述的故事发生在抗战胜利后的江南小城。影片一开始银幕上便出现这样的画面:女主人公提着菜篮子在颓败的城墙上寂寞地行走,荒草在逶迤残破的城墙上摇曳,青石板的小桥散发出灰白的光,镜头转向一个被战火与岁月剥蚀得颓败不堪的花园,假山、游廊、花厅百孔千疮,花朵在残垣断壁间寂寞地开放。青春的女主人公周玉纹就是在这里守着病入膏肓的丈夫戴礼言,过着死水般的日子,没有爱情、没有希望、没有生气。她每天的工作就是早上把一天的菜以及丈夫的药买回来,然后坐在房里绣花。在买菜回来时沿着城墙上的小路走一走就是她最大的快乐。女主人公"没有勇气活",而丈夫却"没有勇气死"。就在这时,丈夫多年前的同学、青年大夫章志忱从上海来看望丈夫,这个外来者的到来仿佛一石激起千重浪,搅乱了死水般的生活,尤其是女主人公的内心世界。原来章志忱曾是她多年前的恋人,但丈夫戴礼言并不知此事。他真诚热情接待了这位老同学。章志忱的意气风发、朝气蓬勃更衬托了戴礼言的颓唐消沉、形容枯槁,章志忱周身散发出现代气息,更衬托了戴礼言的落伍暮气。周玉纹内心苦苦挣扎,章志忱内心同样不平静。他还爱着周玉纹,一次次冲动着想带她走,离开这坟墓一样的家,但又一次一次否定自己。当戴礼言知道这一切之后,尽管内心非常痛苦,但还是真诚挽留章志忱多住几日,因为这样妻子就会有多一些的快乐,这是他自己不

---

① 1948年6月由上海文华电影公司拍摄,费穆导演,李天济编剧,同年9月在上海公映。

能带给她的,其实在内心深处他一直觉得对不起妻子,不愿看到她陪着自己过着坟墓一样的日子。戴礼言最终服用大量安眠药想以此来成全妻子和老同学。周玉纹、章志忱深为触动并自责。最后,章志忱独自离去,周玉纹留下来与丈夫相守。

周玉纹身上原本颇带娜拉式的新女性色彩,在章志忱到来的九天里,她的内心无时不在挣扎。几番主动找章志忱表达爱情,一次次涌起走的冲动,又一次次放弃,一次次鼓起爱的勇气,又一次次压抑自己。学者钱理群在论述1940年代女性形象时谈道:"40年代的中国作家所关注与歌颂的女性形象已不再是二三十年代的西方型的'时代女性'(如茅盾的梅行素、章秋柳、孙舞阳、曹禺的繁漪,丁玲的梦珂、莎菲女士等),而是具有传统道德美的东方女性(经常举出的典型有老舍《四世同堂》里的韵梅、孙犁笔下的水生嫂以及曹禺的愫芳、瑞珏等)。""二三十年代作家努力发掘的是女性形象中的'女人性'……而40年代的作家却在努力发掘'母性'。"[1]这种母性形象对战争的百孔千疮是一种抚慰和救赎。周玉纹最终没有出走,而是超越爱情,以责任、大爱留在这个家里。从而完成了由"时代女性"向"东方女性",新女性向母性的转变。费穆的叙事已然是对"娜拉出走"这一经典故事模式的解构。

整个故事具有浓厚的象征意义。戴家废园中的假山、游廊、花厅、耳房,构成具有浓郁中国传统文化色彩的空间,象征中国的古老传统,曾有过昔日的辉煌,但如今却百孔千疮,灰败颓圮,时间仿佛在这里停滞了,日出日落,只意味着一种重复、轮回,没有任何的意义。而戴礼言俨然是这个凝固的传统空间的化身,病入膏肓、暮气沉沉,喝着中药,顶着戴家长子的名分,守着颓败的祖业,终日在假山、游廊、花厅间枯坐、叹气。戴家空间中的生存已然被表述为阴性化的生存,包括女人(周玉纹)、孩子(戴礼言的妹妹),以及被去势的男性(病入膏肓的戴礼言、垂老的男仆)。外来者章志忱的闯入,将时间带入到这个凝固的空间

---

[1] 钱理群:《拒绝遗忘》,汕头大学出版社1999年版,第200页。

中。章志忱的身份——西医医生，他所来自的地方——上海，而且坐着火车前来，这些鲜明的现代性标识，与章志忱所拥有的生机勃勃的男性身体互相隐喻。现代与传统、男性与女性（包括被去势的男性）、上海与小城、轰鸣的火车与死寂的废园，这些二元对立项之间彼此同构，互相表达。现代给传统带来强烈的撞击，引发一场情感地震，几乎葬送这个传统世界，但现代最终给传统带来生机、救赎。章志忱给戴家这个坟墓般的世界带来勃勃的生气，踏青、划船、生日宴会、笑声、歌声，在这个外来者到来的短短几天里，戴家天翻地覆，才像一个活人的世界。周玉纹、天性活泼的小妹自不待言，即便是暮气沉沉的戴礼言也因此看到了活下去的希望，现代拯救了传统，而传统容纳了现代。两者固然有冲突，但很快达成融合。女主人公并没有逃离那个禁锢她的传统空间，而是留了下来，协助精神和身体状态都有好转的丈夫守护（也预示着改造）这个空间——古老的民族文化传统。影片的结尾，章志忱独自离去，周玉纹搀着丈夫走出戴家花园，走上城墙，朝着章志忱离去的方向远眺。象征着封闭的传统空间向现代敞开的可能性。凝固的传统空间欣然接纳了现代性的时间逻辑。

影片俨然不是一个关于个人情感的故事，而是一个战后的家国寓言，一个升起于战争废墟之上的关于女人与民族传统之间关系的寓言。

二　空间化时间叙事：从《早春二月》到《爬满青藤的木屋》

1963年谢铁骊根据1920年代柔石的小说《二月》改编的电影《早春二月》，也讲述了一个来自上海的外来者与闭塞的江南小镇的故事。[①]

故事发生在"五四"退潮后的1920年代。主人公现代知识分子萧

---

① 《早春二月》由谢铁骊导演并编剧，北京电影制片厂1963年出品。

涧秋来到闭塞的江南小镇——芙蓉镇，本想在这个世外桃源似的小镇长久地住下去。但他的现代观念、进步思想与小镇的保守落后格格不入，唯一的知音便是辍学在家的女大学生陶岚。他与陶岚的爱情和他对穷苦的青年寡妇文嫂的人道主义同情招致小镇流言骤起，文嫂自杀，萧涧秋愤然离开芙蓉镇，投入时代洪流中。尽管萧涧秋在芙蓉镇逗留时间总共不到两个月，但这个来而复去的外来者却在芙蓉镇激起轩然大波。他的到来首先唤醒了陶岚被小镇的保守、封闭氛围所压抑着的热情，而这样的热情一旦苏醒便喷薄而出，反过来对萧涧秋的颓唐、软弱构成一种覆盖、拯救。这使萧涧秋对陶岚心存疑惧，一方面，在芙蓉镇，陶岚是他唯一的知音，他需要通过与陶岚的对话和共谋来避免陷入失语状态，来确认自己截然不同于庸众的现代主体身份；另一方面，与陶岚交往又使他的启蒙者身份一直处于虚设、悬置状态，因为他无法通过陶岚来实现启蒙、引导、救赎这些启蒙者的基本功能。于是，贫苦的村妇文嫂和她七岁的女儿采莲的出现就成为叙事的必需。这两个形象可以看成对陶岚形象必要的补充，她们弥补了陶岚形象所欠缺的、而又是启蒙叙事所期待于女性的角色功能。也正是通过共同救助文嫂、采莲，陶岚由萧涧秋的对话者渐渐演变为他忠实的追随者。尽管外来者萧涧秋对文嫂、采莲的救助、启蒙并不成功，但这不成功却深深感召了陶岚，彻底改变了她的人生。影片的最后陶岚不顾哥哥的阻拦，离家出走，追萧涧秋而去。陶岚追随萧涧秋，而萧涧秋追随时代、革命，这是20世纪革命叙事惯有的性别模式。影片建构了现代与传统、进步与落后、个人与时代之间的激烈冲突，当然，1960年代的文化语境致使编导以进步与落后、个人与大时代之间的冲突来覆盖原著中凸现的现代与传统的冲突，但同样以激进方式验证了历史进步逻辑的毋庸置疑。

《早春二月》同样不是一个关于个人的故事，而是一个关于时代、革命、知识分子成长的寓言。

整整20年后，1984年向霖根据古华同名获奖小说改编的电影《芙满青藤的木屋》①又是一个非常标准的外来者故事。这个故事的产生至少与这样两种时代语境密切相关，首先是与新时期文学"文明与愚昧冲突"的基本主题密切相关，外来者就是现代文明之光的传播者，他将现代文明的信息带入一个闭塞、愚昧的传统空间。因此，再也没有比"外来者故事"这一叙事模式更能完满地展现"文明与愚昧冲突"这一时代主题的了。其次，1970年代末到1980年代初的政治变动使知识分子由社会身份体系的边缘走向中心。这个群体终于能够再一次胜任启蒙、引导、拯救的外来者角色功能。

　　影片的故事发生在"文革"期间。知青李幸福因犯政治错误被农场领导发配到只有一户人家的绿毛坑劳动改造。绿毛坑守林人王木桶偕妻子以及一双儿女在这人迹罕见的深山老林中过着与世隔绝的生活。他们居住的爬满青藤的木屋，已然是一个前现代的空间意象。守林人的一家生存于这个前现代、封闭的空间中，"日出而作，傍黑上床"，日复一日，年复一年，木屋埋进土里那一截早就"沤得发黑，长了一层层波浪形花边似的白木耳"。时间被放逐于木屋之外。而外来者李幸福的闯入，将时间带入木屋中，深刻冲击了木屋内那种空间化的生存。木屋迅速分裂为两个分明的阵营，丈夫王木通作为木屋中最高统治者，偏狭专制、野蛮蒙昧，极端敌视现代文明。妻子盘青青与一双儿女小通、小青，虽然被权力、暴力禁锢在封闭空间中，混沌未开，但却对美好文明的生活有一种潜在、本能的向往，亟待启蒙与救赎。文明与愚昧、善与恶的对峙从此展开。这样的对峙同时也意味着两个男人之间对女人与孩子的争夺。李幸福用刷牙、打扫卫生、会唱歌的铁匣子、香胰子、雪花油、森林防火知识这样一些代表着现代文明的日常生活细节，丝丝缕缕照亮沉埋于黑暗中的"众数"，尤其是盘青青。这个在古老木屋中沉睡多年的女人渐渐被唤醒，以极大的热情来拥抱这一切。李幸福对她的友善、关心、尊重让她平生第一次感受到人的尊严和幸福，她爱上了这个外来者并热烈向往他带来的外面世界。

---

① 《爬满青藤的木屋》，向霖导演，陈敦德、古华编剧，峨眉电影制片厂1984年出品。

尽管在强大的蒙昧与野蛮势力面前，知青李幸福所代表的文明之光显得如此微弱，相对强壮有力"武高武大"的山大王王木通，"长相秀气"举止文雅的外来者李幸福显得十分羸弱。更何况王木通在绿毛坑所建立的秩序不仅依仗原始暴力、封建家长霸权，还有现实权力的保障（王木通身上兼有前现代封建专权和现代国家威权——农场党组织赋予他的权力）。[1]但这一切无济于事，知识就是力量，势单力薄的李幸福凭借现代科学文化知识的强大力量瓦解了王木通的秩序，成功地将盘青青从被囚禁的木屋中救出，带着盘青青逃离绿毛坑，奔向山外的世界。文明与愚昧、现代与传统之间激烈对抗，文明终于战胜愚昧、现代终于击败了传统，历史的脚步不容阻挡，线性时间逻辑毋庸置疑。

这个故事俨然充满1980年代特有的现代性想象的激情与梦想，当然，又是一个性别化的时代寓言。

三 "女性外来者故事"：《大红灯笼高高挂》

"外来者故事"无疑是凝聚着20世纪中国人普遍现代性经验的一种叙事结构原型，它作为一种潜在的无意识进入创作中，顽强绵延、执着地寻求表现，但绵延的过程并非简单的再现，而是随着社会文化语境的变迁而不断变异。从1940年代的《小城之春》到1960年代的《早春二月》，再到1980年代的《爬满青藤的木屋》，故事内容随着时代语境的变化不断变化，外来者的社会身份也不断变化，他们是医生、左翼知识分子、下乡知青，但维持这个叙事模式稳定性的基本成分却始终不变。这个不变的基本成分就是人物的性别身份及其功能之间的对应关系。俄国形式主义文论家普罗普在考察俄国民间故事的结构时提到，"人物的功

---

[1] 新时期主流话语基于自身的意识形态诉求，将"文革"极"左"话语指认为封建性话语，于是，现代性秩序内部两种现代性话语的冲突被误指为现代性话语与外在于它的前现代性话语之间的冲突。这一冲突构成"文明与愚昧"之间冲突的重要面向。

能在故事中起着稳定恒常的成分的作用,不管它们是由谁和怎样具体体现的。它们构成一个故事的基本成分。"①然而,普罗普似乎没有注意到人物功能的性别差异性。不同性别身份的人物显然在故事中具有不同的功能,而这种性别分工才是构成"外来者故事"中"最稳定恒常"的"基本成分"。男人与女人分别扮演拯救者与被拯救者、启蒙者与被启蒙者、导引者与被导引者的角色。正是这一"最稳定恒常"的性别秩序支持着这个叙事结构的完满运作和广泛认同。如果"最稳定恒常"的"基本成分"——人物功能的性别分工发生变化,即携带着现代文明气息的外来者不再是男性,而是女性,那么,这一叙事模式又会出现怎样的变异?在1990年代初,中国电影中就出现了一个"女性外来者"故事,这就是张艺谋根据苏童新历史小说代表作《妻妾成群》改编的电影《大红灯笼高高挂》。②

影片序曲过后,银幕上出现这样一个画面:一个白衣黑裙一身学生气息的少女拎着一个箱子,孤单地行走在旷野的一条土路上。这是我们耳熟能详的20世纪文化空间中一再出现的经典画面——"娜拉"出走,逃离封建传统的旧家,去争取婚姻自主、个性自由。然而,眼前这个少女的空间走向恰恰与娜拉完全相反。受过现代大学教育的新女性颂莲,自愿进入一个幽闭、阴森恐怖的传统空间中,成为陈府老爷的第四房姨太太。在苏童的小说中颂莲是由一顶小轿抬入陈府的,张艺谋更改这个细节,他让颂莲以一个新女性出走的姿态进入一个旧式空间中。这个细节的更改一如影片对小说的一些修改一样,显示了影片对小说的超越(当然,影片对小说的另一些修改又败坏了小说的意蕴)。

尽管颂莲是自愿嫁入陈家,但她还是很难融入这个与她成长背景迥异的空间,她孤独而绝望地守护着自己的内心。在这个陌生的空间中她

---

① 转引自[美]罗伯特·休斯《文学结构主义》,刘豫译,生活·读书·新知三联书店1988年版,第98页。

② 《大红灯笼高高挂》,张艺谋导演,倪震编剧,中国电影合作制片公司、年代国际(香港)有限公司1991年联合出品。

找到一个异性知己——大少爷。叙事对颂莲与大少爷空间位置的处理是意味深长的。不断游走的姿态似乎使从小生长于陈府的大少爷看起来比陈府的外来者颂莲更像"外来者"。叙事在不经意之间将两人的空间位置作了调换，外／内、男人／女人、施救／被救这一"外来者故事"的叙事成规其实一直是小说叙事的一种潜在可能性，大少爷的确有过带颂莲远走高飞的想法。但这种可能性终究没能兑现，私奔／弑父的情节到底没能发生。这不仅仅因为大少爷惧怕父亲的淫威，还因为大少爷惧怕女人，有明显的同性恋倾向。这是陈家男人世代风流孽债的报应。这样的细节至少包含两层文化隐喻：其一，大少爷实际上根本无法摆脱陈家的罪孽，成为陈府空间的"外来者"，这是他的宿命，而颂莲才是陈府秩序真正的"外来者"。其二，身体作为一种空间性的存在不再配合进化论的时间逻辑来成就启蒙叙事最经典的出走、私奔、弑父的主题，①弑父成了杀子，进化论时间逻辑在此深受质疑。其实，这样的质疑恰是这篇小说基本的叙事立场，因为，如果说"五四"以来，是女性由内而外的空间位置的变迁（娜拉出走），见证了历史进步的脚步，那么，新女性颂莲由外而内的空间走向则彻底消解了"娜拉出走"这一以女性为支点的空间化时间的叙事逻辑。

这个故事的出现有其深刻的时代渊源。我们知道，无论是启蒙叙事（包括新时期的新启蒙叙事）还是革命叙事，事实上都是现代性时间叙事，以延续不断不可逆转的进化论历史时间为基本特征。而1980年代末兴起的新历史小说恰恰是质疑、解构了这种线性时间观念，以对理性的颠覆、对经验的整体性、连续性的中断，对碎片化的历史场景、自在日常生活、私人经验、个体身体的迷恋，将空间从线性时间的侵蚀中剥

---

① 1980年代前期文学中出现大量的外来者故事。凭借现代文明引导女性出走的"外来者"总是被赋予雄强的男性身体、性力，以保证私奔、出走的爱情主题的完满，来彰显历史的进步，身体逻辑显然被纳入强悍的进化论时间逻辑中。而1980年代后期到1990年代初的小说则弥漫着普遍性的男性身体焦虑（性无能），如《妻妾成群》、《伏羲伏羲》、《废都》、《苍河白日梦》等，以此传达现代性的挫败感。这实际上表达的是一种专属男性的独特的现代性经验，却一直以中性面目出现。参见王宇《性别表述与现代认同》，上海三联书店2006年版，第208页、第214—215页。

离出来，回到一种自在的、循环往复的状态中。"外来者故事"作为一种非常典型的现代性时间叙事模式必然面临挑战。这样的挑战率先指向"外来者"的性别身份，因为性别秩序一直是维持"外来者故事"模式稳定性的基本成分。一旦这一成分发生变化，即外来者性别身份由男性变为女性，这一绵延已久的现代性叙事模式的惯有的意义诉求——现代性的时间逻辑就难以为继。这个叙事模式的意义诉求正在走向驳杂、多元。

结 语

通过考察20世纪中国电影中不断复现的"外来者故事"模式及其流变，我们似可以得出这样的结论：正是进化论的时间逻辑催生了"外来者故事"模式，时间化的空间逻辑抑或空间化的时间逻辑已然是"外来者故事"最重要的叙事逻辑。这意味着将新与旧、现代与传统、进步与落后、文明与愚昧这样一些二元对立的现代性时间范畴嵌入"中国与西方"、"外与内"、"都市与乡村"等空间范畴的建构中，而这样的嵌入还悄然指向另一对空间性范畴，即男性与女性（性别身份也是一种空间性的存在）。在中国现代性历程中，女性由内而外的空间位置变迁（娜拉的出走）一直在见证现代性的时间逻辑，而女性由内而外的空间位置变迁源自男性的启蒙与导引，于是，男人与女人之间的启蒙与回应、导引与跟随、施救与被救的性别分工构成"外来者故事"模式最稳定恒常的基本成分。一旦这一成分产生变动，叙事的运作就会出现缝隙，现代性时间的逻辑也会变得可疑起来；反之亦然，一旦现代性时间逻辑遭遇质疑，"外来者故事"模式中的性别秩序同样面临危机。透过这一20世纪中国电影反复出现的叙事模式，我们得以窥见现代中国时间、空间与性别之间的错综纠葛。

（原载《江苏社会科学》2012年第4期）

第五章 新时期之初的男子汉话语

——一个性别政治视角的考察

在20世纪70年代末到80年代初的文化空间中,曾发生过一系列"男子汉的事件",至今可能还让许多人记忆犹新。先是日本电影《追捕》引起巨大轰动,影片中男主人公的扮演者高仓健冷峻刚毅的男子汉气质让当时观众尤其是年轻观众沉迷不已。从此,"高仓健"成了人们心目中旷日持久的男子汉样板。这样的男子汉被认为在现实生活中极度缺乏。"奶油小生"一词正是在当时作为高仓健式硬汉的对立面应运而生并迅速流行。一时间,"男子汉缺失"、"男子汉绝迹了",成为街谈巷议。因为男子汉缺席,大批大龄女青年徘徊于婚姻的门槛,又成了一个广受关注的社会问题。于是,社会象征系统悄然掀起一场以缺失焦虑为动机的"寻找男子汉"运动。到了1986年,沙叶新剧作《寻找男子汉》的上演所产生的轰动,再次显示了这一象征活动持久的社会效应。由于文学叙事在新时期文化象征生产中的绝对中心地位,必然要成为这一象征活动的主要推动者。"男子汉"俨然成了新时期小说中仅次于"改革开放"的字眼儿。那么,关于男子汉的话语是怎么产生的?它与新时期文学占据主导地位的个人主体话语之间有着怎样的关联性,在这种关联性的背后又隐藏着怎样错综复杂的文化权力纠葛?

一 "寻找男子汉"的知识背景

新时期伊始,社会象征系统何以奇怪地陷入一种男子汉缺失的恐慌中?其实,从20世纪50—70年代,文化象征系统一直在塑造英雄形象。七八十年代之交的年轻人正是在这样的革命英雄主义的文化背景下成长的,为何到头来却痛感到男子汉缺失,竟要从一个异国的影片中去寻找男子汉的样板?这其实是一个非常意味深长的文化现象,它表明主导意识形态规制下的革命英雄与人们心目中的男子汉并不是一回事。革命英雄是集体主义、民族国家意识形态的产物,它强调的是个人超常的品质对民族国家集体主体的意义。革命英雄只能有一个身份,那就是民族国家、革命共同体的成员,此外任何其他身份都是非法的,包括性别身份。尽管在革命叙事中,革命英雄也常常能够获得革命与爱情的双丰收,但革命英雄作为个体男性的肉身总是在场缺席,个人世俗的幸福被置于无限的延宕中。如果说个人的性别身份是在身体以及与身体密切相关的日常生活中才得以实现和符号化,那么,在革命叙事中由于身体与日常生活的缺席,革命英雄的男子汉身份实际上一直是被悬置的"空洞能指"。尽管革命意识形态权威具有父性的特征,但作为个体的男性并不能在性别意义上分享这一权威。同时,男子汉气概作为个体男性自然性别身份的社会文化建构,是建立在性别差异基础上的,与女性气质相对的概念,并在与对方联系中才能获得意义。而性别差异恰恰是1949年以后文化空间的盲点。因此,革命叙事中那些沸沸扬扬、顶天立地的男英雄们,实际上不过是靠外在的主导意识形态符号能指支撑起的虚幻的男性主体镜像。一旦外在的意义资源枯竭,这样的男性主体便露出其空洞的本相。这就难怪"文革"结束新时期伊始,社会象征系统会奇怪地陷入一种男子汉缺失的恐慌中。

男子汉缺失的焦虑已然成为新时期文本的隐秘叙事动力。对光芒四射的男子汉形象的模塑,对以强悍的进攻性、竞争性为表征的雄性气质的张扬,实际上成了新时期文学讲述历史的创伤与介入当下变革现实的不可逾越的重要环节。伤痕、反思小说热衷于塑造历尽坎坷磨难、九死不悔的"苦难男子汉",改革小说则倾力打造强悍进取、大刀阔斧进行改革的"铁腕男子汉"。寻根文学执着于塑造理想的男性/父亲形象抑或父子场景……这些后来被称为"文化英雄"的男人们与传统革命英雄的最大不同在于,他们作为个体男性的性别身份得到格外的强调。而这样的强调往往有赖于女性表象的模塑来完成(在相当程度上,新时期文学中的女性表象一直在这个意义上被塑造、接受)。性别认同构成个人认同的基本内容,新时期文学沿着"人性关怀"、个人发现的路线必然要将男性、女性性别身份的表述纳入自己的脉络。但是由于新时期人道主义话语要修复的是长期以来被压抑的人的自然属性,因而,在这一路线上浮现出的性别关怀很容易导致对男性/女性自然性别的本质化模塑。换句话说,在人性的视角下男人/女人类的差异性得到了前所未有的张扬,但作为个体的差异性却再次被忽略,性别群体成为同质性的整体。

文化象征系统对男子汉气概的狂热,正是这种本质化的性别话语的典型表现。其背后的权力动机是不言而喻的。"男性气质可以被看作在一个已经承认了男女平等的世界上男性优势的最后的意识形态防御。""男性气质是一种男人特殊的社会性别身份,它造成了他们在权利、资源和社会地位要求上的特权。"[①]这一特权诉求在新时期的语境中却有着强大的现实与历史的合法性。

首先,20世纪80年代是一个二元论世界观复兴的时代,几乎所有的文化想象都在急切地建立一种二元论世界图式。对男性、女性性别差异的本质化建构,显然是这种二元论世界图式的一个重要组成部分。因为性别作为权力的源头与表达权力的基本途径,渗透到一切权力的概念和构成中。男性/女性的二元对立实际上与诸如文明与愚昧、现代与传统、灵与肉、精神与物质、人与自然、理性与感性等这样一些80年代著名的二元对立范畴具有同构性,其中所隐含的权力机制,在讲述话语的年代是"不见"的。这无疑是"寻找男子汉"这一象征活动的基本前提。

更重要的是,"寻找男子汉"的话语还契合了新时期文学主导话

---

① [英]约翰·麦克因斯:《男性的终结》,黄菡,周丽华译,江苏人民出版社2002年版,第83、67页。

语——个人主体话语的现实与历史逻辑。在中国现代文学的开端，虽然"我是我自己的"这个关于现代个人主体、自我的最明确、强有力的表白出自一个追求恋爱自由的少女之口，但这并不能改变这个历史性出场的"现代个人"实际上是具有启蒙知识分子身份的男性个体这个事实。我们知道，"自由恋爱"作为个性自由的重要面向已然成为"五四"启蒙话语表述现代个人、自我的核心能指。但无论是恋爱自由还是个性自由实际上都是性别化了的。那也就是说，"自由恋爱"并非一个完整的概念，它会因为性别变量的介入而产生歧义。这样一些歧义却是启蒙话语的盲点。虽然，妇女解放是"五四"启蒙话语瓦解旧的家庭伦理道德的突破口，但在这一话语主体的视阈中，知识的生产仍然极少包含女性的经验。以普遍化、中性化面目出现的现代个人、自我实际上有着明确的性别。同时，启蒙叙事将自由恋爱作为表述个人主体的核心能指，还意味着现代个人、自我的认同一开始就被置于两性关系域中，并在这个关系域中获得有效性。尽管"五四"之后公共空间风云变幻，但两性关系域作为现代个人（男性）主体认同的最初场域，事实上一直在保证这一认同在私人空间的有效性。但这样的有效性在1949年之后，随着国家意识形态权威对私人领域的渗透（以妇女解放的面目出现的妇女的政治化正是这种渗透的有效途径）而日益受到严重侵蚀并最终被中断。被压抑的过去终将会作祟于现在。在新时期文学中，当"个人"、"自我"开始浮出历史地表，并被日益张扬之际，这个以中性面目出现的"个人"所隐含的性别身份无形中就会受到格外的关注。

  因此，"寻找男子汉"实际上是对一种被迫中断的历史的再续与重建。而这又再一次吻合了新时期文学的话语逻辑。新时期文学的话语动机本身就来自对被中断的历史刻骨铭心的记忆，以及想要延续、重建的欲望。①

---

  ① 20世纪80年代的新启蒙主义思潮把改革前的中国社会主义现代化实践比喻为封建主义的传统，从而在传统与现代的二分法中获得一种自我认定与现代性价值的重申。这种重申必然被理解为是对被中断的"五四"现代性历程的再续，因而其文化实践就产生一种重回"五四"的冲动，"延续"与"重建"的话语欲望油然而生。

"这份真实的恐怖的中断,又使人分外地想连续,想从中断的地方找到未断的东西,想有个与现在相关的历史或过去。"①这种"重建"与"延续"的话语欲望中还包含了对另一段历史的断裂和清算,与其划清界限。新时期人道主义话语所针对的是极"左"意识形态,它在一定程度上将1949年以后的妇女解放话语指认为是极"左"意识形态的产物。1949年以后的妇女解放话语被认为是导致男性性别身份中断的渊薮。因此,对男性/女性性别身份的本质化建构,并以此来反抗20世纪50—70年代"无性化"、"非人化"的文化现实,显然具有毋庸置疑的意识形态意义。

正是基于上述原因,对男子汉身份的狂热在新时期文学语境中是非常顺理成章的,被隆重纳入文学叙事逻辑中。下面我们选择新时期一些极具代表性的著名文本来讨论这一叙事逻辑在具体文本中的延展。

二 "大写的人"的性别

如果说,20世纪50—70年代文学通过个人的献祭来维护民族国家作为绝对、神圣现代主体的地位,那么,在新时期文学中,个人因再次被还原为民族国家崛起的积极因素而受到普遍的张扬。个人主体总是内蕴着明确的民族国家意义承担,正是这份承担赋予个人主体以意识形态合法性。与个人主体的建构密切相关的男子汉气概同样必须与民族国家的神圣意义相关联,才能获得叙事的合法性。因此,在伤痕、反思、改革小说中,作为男子汉气概象征的性别专权常常被有意无意地假以民族国家意义的包装。例如,《乔厂长上任记》中就有这样一个细节:改革英雄乔光朴走马上任机电厂第一天,突然对众人宣布他已和该厂女总工童贞结婚(而童贞对此竟一无所知)。这样的行为被指认为这个改革英雄大刀阔斧、雷厉风行的精神作风的重要组成部分。而这种作风正是民族国

---

① 孟悦:《历史与叙述》,陕西人民教育出版社1998年版,第68页。

家现代化建设所必需的。到了张贤亮《男人的一半是女人》，则将男人的自然性别身份和民族国家的承担明确挂钩。章永璘因政治压抑导致性功能障碍，跳入洪水中抢救国家财产便可以治愈这种障碍。而一旦他治愈这种障碍，他立即获得担当民族国家重任的资格，不仅重新拿起笔来，而且开始筹划一次意义深远的政治出走。此前，尽管他一直怀有政治抱负，但没有资格去践行，因为他的男性身份相当可疑。叙事甚至明确地将政治"菲勒斯"化，"政治的激情和情欲的冲动很相似，都是体内的内分泌。它刺激起人投身进去：勇敢、坚定、进取、占有，在献身中获得满足和愉快"。1986年莫言的《红高粱》干脆将抗日保家卫国植入强悍粗野的"菲勒斯"欲望框架，巅轿、高粱地里的野合、嗜酒甚至杀人越货，这一切与伏击日本人的汽车并没有本质的不同。民族国家主体被内蕴于男性个体"力比多"强力的汪洋恣意中。这无疑标志着新时期文化精神的极致，获得巨大的社会认同效应。从此，类似这样的对男性性别的表述蔚然成风。

也是在1986年，沙叶新轰动一时的剧作《寻找男子汉》将男子汉气概与民族国家之间的关联性更加明白无误、直截了当地凸显了出来。剧本以一个执着地寻找男子汉的未婚大龄女青年发自内心的"自语"的方式沉痛指出："如果男人庸俗，没事业心，没理想，我们的民族就会平庸，就会失去生存能力。妇女半边天，男人的那半边才真正是天。""周期性的政治疟疾，长久的压抑、扭曲，男子汉的脊梁骨缺钙，棱角磨平了，阳刚之气消失了。我担心整个民族素质的降低。"

从《乔厂长上任记》到《男人的一半是女人》再到《红高粱》、《寻找男子汉》，这条大致以时间顺序演进的语义链背后隐藏了一个重要逻辑推论，那就是将被看作民族国家崛起的积极因素而获得大力褒扬的个人主体完全等同于男性的个人主体。张承志的获奖小说《北方的河》（1984）虽然没有像上述文本那样名噪一时，但却在评论界、知识界引起持久的关注。因为正是这个作品以极具象征性的细节具体呈现了男子汉气概与个人主体建构的完满融合。

《北方的河》已然是一个性别化的时代寓言。叙事所张扬的雄性勃发、一往无前的"北方精神"不仅来自北方大河，更来自征服北方大河的男主人公"他"的形象。"他"身上那种进攻性、竞争性、征服欲以及舍我其谁的担当意识，被公认为时代精神的强烈写照。同时，《北方的河》也被公认为是新时期文学有关个人意义、个体生命价值的最强音。"他"正是一个充满着理性和激情的诗意化的人文主体、一个拥有无限可能性和创造性内涵的个体性"大写的人"的象征典范。叙事将个人主体的内涵置放在"人与自然"、"人与人"、"个人与民族"等关系层面上展开。这也是构成20世纪中国现代性语境中个人认同的最基本的层面。在第一个层面上，"他"凭着自己广博的人文地理知识和强悍的力量把握、征服了桀骜不驯的北方大河，并从大河中汲取强大自我的力量。而第二个"人与人"的关系层面主要在"他"与"她"之间展开。"他"以自己的特立独行超越了"她"的平凡与庸常，以飞翔的姿态将"她"远远地甩在了后面。而"她"的平凡与质朴，则衬托了"他"的伟岸与炫目，"她"对苦难的坚忍、对命运的包容也使"他"得到丰富与补充，摄影记者的职业身份又使"她"成为"他"艰苦卓绝征程的忠实见证者与记录者，这是"她"的存在的全部意义。一旦"她"越出这个意义界限——不愿意再继续作为"他"的衬托与补充，也想获得自己事业的成功（发表自己的摄影作品），这个形象便立即黯淡了下去。"他"义无反顾地离开了"她"，因为"他"需要的是"心甘情愿地跟着我从一条河跑向另一条河"的"她"。正是通过摄取和扬弃他者，"他"完成了自我主体性的飞跃。而在文本接受层面，与"他"的形象所获得的一片赞扬相反，"她"的形象被普遍地指认为"计较眼前利益"的"苟安者"。①

现代性的核心便是二元对立，现代主体只能在一个二元对立权力秩序中产生。任何一个要素要想成为主体就必须首先设定一个客体、他者，营造一个二元对立结构。在现代文化的开端，自然和女性就被看成

---

① 参见贺兴安《青年搏击者的壮美诗篇》，《文学评论》1984年第3期。这样的观点在当时针对《北方的河》的评论中极具代表性。

客体性、他者性的象征。这样的编码在这篇小说中同样有效。当然，同时被置放在客体、他者位置上的还有散落在文本众多小镜头里的和"她"一样平凡普通的人们——小屋里默默无语的母亲、湟水边悄然活着又悄然死去的老汉、黄土窑里与蓝花花婆姨相厮守的红脸后生、忙于生计的弟弟和同学以及那个热衷于"支持和扶助艰难中的女性"的庸人徐华北……而"她"无疑作为这些客体性存在的代表在叙事中被凸显了出来，性别权力原本就是表达权力的最基本的途径与场所。正是这些客体性的存在构成了一个二元对立结构，借此，"大写的人"的主体位置才得以确立。

在"个人与民族"关系层面上，叙事着意展开的是主人公与作为民族传统精神象征的黄河之间的关系。在"他"心目中黄河与其他的北方大河不同，后者只是激起他征服欲望的自然存在，而黄河作为民族的象征更多的是引发他深刻的皈依感。这种皈依感被叙述为子对父的认同。"寻父"是这篇小说又一个重要的象征意蕴。"他"将黄河视为自己的父亲——为此，叙事不惜独出心裁，将这条民族的母亲河更改为父亲河，《北方的河》实际上开启了新时期文学面向民族传统"象征之父"的寻根之旅。

如果说寻根就是寻找"深植于民族传统文化土壤"中的"根"，而正如西美尔所言，"人类文化可以说并不是没有性别的东西，绝对不存在超越男人和女人的纯粹客观性的文化。相反，除了极少数领域，我们的文化是完全男性的"[1]。那么，寻根无疑就意味着对"菲勒斯"传统的寻访，以重建现实的"菲勒斯"秩序（"根"在汉语中原本就有"男根"的隐喻），同时也在男性个人主体成长的心理层面上，填补因意识形态"象征之父"的式微而导致的"无父"的结构性空白，从而完成对男性主体身份的深度建构。这正是寻根（寻父）话语对个人主体表达的意义。

《北方的河》的主人公"他"，无疑以强悍雄健的男子汉气概、对现

---

[1] ［德］西美尔：《金钱、性别、现代生活风格》，顾仁明译，学林出版社2000年版，第141页。

代科学知识的掌握（"他"还有一个准研究生的身份）、对民族传统精神之父的皈依全方位地契合了讲述话语的年代对"大写的人"、个人主体的设计。显然，这个个人主体不仅有明确的性别身份还有明确的社会身份——知识分子。事实上，新时期文学中个人主体身份在很大程度上被表述为知识男性的主体身份。

三 知识男性的主体身份

对知识男性个人主体身份的模塑，一方面是基于新时期文学"延续"与"重建"的话语欲望，正如前文提到的，在中国现代文学的开端，觉醒的"个人"原本就是具有知识分子身份的男性个体；另一方面也是对现实的介入，意识形态的变更使知识分子从社会权力结构的边缘走向中心，成为社会的引导者、代言人、民族国家大业的中流砥柱。[①]那么，知识男性的个人主体身份的建构当然就至关重要。而这样的建构首先被置于两性关系领域中，这不仅因为两性关系在现代中国个人主体的建构中所具有的特殊地位，还因为也恰恰是在这个领域，知识男性有着惨痛的被中断的创伤性记忆，最能表达"延续与重建"的话语欲望。

在20世纪五六十年代流行的爱情叙事中，知识男性在爱情竞争中总处于劣势。《三里湾》中漂亮中学毕业生范灵芝在同学马有翼与没文化的农业合作化积极分子王玉生之间，踌躇再三，终于选择后者；《创业史》中的徐改霞将高中生郭永茂的求爱信看成对自己的侮辱，这位漂亮又有文化的姑娘喜欢的恰是"无知无识的村干部"梁生宝；《艳阳天》中的回乡知青焦淑红拒绝能写会算的会计马立本的热烈追求，选择文化程度远不如自己的村支书萧长春；《青春之歌》中林道静离开学究余永泽追

---

① 与20世纪50—70年代小说相比，新时期"小说正面人物的构成发生了质的变化。有知识、有文化、有思想、有良知的人们，负载着作家主要的审美理想。知识分子的形象在作品中占压倒优势"。参见季红真《文明与愚昧的冲突》，浙江文艺出版社1986年版，第159页。

随卢嘉川、江华（他们俩是已经完全工农化的知识分子）。《在和平的日子里》中的女技术员韦珍拒绝男技术员常飞，而把爱情献给思想先进的工人刘子青……正是基于这种创伤性的记忆，新时期之初的著名的爱情想象中，具有知识分子身份的男性，虽蒙冤受辱，穷困潦倒，但总会拥有出色女性的膜拜与献身，甚至还能在激烈的爱情角逐中击败工农对手。罗群虽因被打成右派而失去宋薇，但冯晴岚却为他奉献自己的一切，包括生命，冯晴岚死后年轻姑娘周瑜珍马上表示要继承"晴岚姐姐的遗志"（《天云山传奇》）；名记者伊汝被打成右派后与新婚三天的农村妻子妞妞诀别，从此杳无音信。22年后，出现在官复原职的伊汝面前的是纯洁如故的妞妞和一个22岁的女儿，还有妞妞亲手为他缝制的22双布鞋（《月食》）；深山老林里美丽的瑶家阿姐盘青青冒死逃出"大老粗"丈夫的牢笼，追随下放知青李幸福出走（《爬满青藤的木屋》）；高考落选的高加林穷困潦倒，可高家沟最漂亮的姑娘刘巧珍却拒绝方圆几百里有权有势的求婚者毅然投入他的怀抱（《人生》）；而在张贤亮的叙事中，落难知识分子不论是在监狱中还是在劳改农场，都能独占花魁。

不难看出，新时期文学最动人的爱情故事骨子里却是性资源的重新分配。如果说，权力意味着对资源的占有，社会权力结构的调整意味着社会资源的重新分配，那么，知识分子从社会权力结构的边缘走向中心必然也由性资源占有的劣势上升为优势。正是在性资源占有的优势中，知识男性作为社会主体、权力中心的位置得到了确认。因为性权力正是社会权力的最基本成分，性资源既是一种物质资源又是一种象征资源。

如果说，女性形象作为一种性资源，成就的是知识男性在社会权力结构中的优越位置，那么，底层劳动妇女的形象同时还作为"人民"能指——一种政治资源，使这种优越位置获得意识形态的合法性。这在张贤亮的叙事中表现得最突出。拯救章永璘的是马缨花，而苦尽甘来踏上红地毯的章永璘要感谢的却是遍布在大江南北的"绿化树"——"人民"，因为只有"人民"才与脚下的红地毯密切相关。这正是讲述话语的年代知识男性重要的身位伦理（这也是新时期文学热衷于讲述知识男性与底层劳动妇女之间爱情故事的重要原因)。这种身位伦理有其深厚的历史渊源。

"五四式的个人观总是与民族、国家及社会的观念密不可分"[1]，在中国的现代性语境中，个人与社会、国家、民族及其他群体的复杂关系构成个人、自我认同的重要内容。民众，特别是那些社会底层的工农大众，以"人民"的面目构成民族国家集体主体、现代性社会运动的承担主体，而"五四"觉醒的"个人"是具有知识者身份的个体。那么，知识分子与底层民众之间的关系，作为个人与民族国家群体关系的另一种表达方式，实际上就成了现代中国的个人、自我认同所无法回避的问题。知识分子与民众的关系问题一直是20世纪中国文学挥之不去的情结。从鲁迅的《一件小事》，郁达夫的《春风沉醉的晚上》、《薄奠》、《迟桂花》，柔石的《二月》到50—70年代表现知识分子与工农相结合的作品，再到新时期文学中的描写受难知识分子(无论是右派还是知青)在底层经历的作品，无不表现出对"人民"的强烈认同。只有经由"人民"这条路径，知识分子才能获得明确的身位。而既然在中国现代文学的开端，两性关系是个人主体表述的最有效场域，是社会关系网络中自我与他者(包括民族、国家、群体、他人)最基本的关系单元。那么，将公共领域中知识分子与人民的关系、个人与民族国家群体的关系纳入两性关系域中，衍化为男人与女人的关系，便成了20世纪文学一个普遍性的叙事策略。从郁达夫《春风沉醉的晚上》、柔石的《二月》到五六十年代知识分子以婚姻形式与工农相结合的作品，再到80年代初知识男性与底层劳动妇女的爱情故事，无不显示这一叙事策略历久弥新。

当然，由于时代不同，这一叙事策略对性别秩序的安排也不相同。在五六十年代的文本中，理想的爱情总是发生在知识女性(至少是有点文化的女性)与没什么文化的工农干部之间。知识女性无不虔诚敬慕这些工农干部；而新时期文本中，动人的爱情故事却总发生在知识男性与没文化的底层劳动妇女之间，马缨花、盘青青、刘巧珍等这些目不识丁

---

[1] 刘禾：《语际书写》，上海三联书店1999年版，第42页。

的底层劳动妇女无不对文化、文化人顶礼膜拜。七八十年代之交，知识分子与工农原有的边缘与中心的位置已发生了戏剧性的易位，但男人—中心、女人—边缘的性别权力阶序并没有改变，知识男性主体身份正有赖于这个中心—边缘的二元对立的权力阶序才得以确立。

正如我们前面提到的，新时期文化想象热衷于呈现二元对立的世界图式，这一二元论世界图式的基本特征被归纳为"文明与愚昧的冲突"。而"文明与愚昧冲突"的主题总是获得一种性别化的呈现模式：现代文明的信息由男性带到偏僻的乡土，他们是下乡知青，或从外地接受现代文明熏陶后返乡的当地青年，如下放到绿毛坑守林的知青李幸福（《爬满青藤的木屋》）、从县城高中毕业回乡的高加林（《人生》）、有文化、见过世面的门门（《小月前本》）、禾禾（《鸡窝洼的人家》）、进山修建水电站的技术工人水生（《远处的划木声》）……而愚昧落后的乡土中最先感受、回应现代文明召唤的几乎全是单纯而富有幻想的农村青年女性，如《爬满青藤的木屋》中的盘青青、《人生》中的刘巧珍、《小月前本》中的小月、《鸡窝洼的人家》中的烟峰、《远处的划木声》中的阳春……文明与进步的召唤同时也是爱情的召唤，女人们离开愚昧而无爱的世界，奔向爱情同时也奔向文明。她们因为爱情而获得救赎，或者说爱情是她们获救的唯一途径。借此，她们得以被启蒙、被导引、被救赎，得以逃离黑暗、落后的传统世界，奔向文明、进步的现代生活。小月丢下恪守土地的才才，跟着敢想敢干的门门撑着竹筏，顺着奔腾不息的河流奔向山外世界；烟峰离开木讷古板的回回，投入脑筋活络、有文化、有技术的禾禾的怀抱；盘青青被李幸福从闭塞愚昧的绿毛坑中救出，远走高飞；阳春抛下老实憨厚的未婚夫桥桥到山外去寻找造高楼的水生……文明终于战胜了愚昧，历史的脚步不可阻挡。

女人尽管被赋予种种新鲜的命名，但依然只在爱情的意义上被书写，假如没有了爱情，她们便无从拥有通往文明、现代生活的入场券，只能被留在愚昧的黑暗中。《黑骏马》中的索米娅在白音宝力格走后独自走向草原妇女古老的宿命；《人生》中刘巧珍也因高加林的离去重又返回了传统生活方式中。文明与愚昧的冲突被叙述成了男人与女人之间启蒙与被启蒙、施救与被救的故事，甚至是一次代表着文明与愚昧两种力量的两类男人间对女人的争夺。女人被先在地派定在被动的、客体的位置上，通过自身空间位置的变更来标示男人在新与旧、现代与传统时间序列中的位置，使他们获得或文明、进步或愚昧、落后等不同的命名。在这样的叙事中，对女性成功的启蒙与救赎（同时也是拥有）无疑有力地建构了有文化、有知识的男人作为现代文明的传播者、启蒙者、古老大地上的新生力量等优越的社会主体身份。一旦男人与女人之间启蒙与被启蒙、施救与被救的环节出现故障，男性的现代主体身位就模糊不清，例如，高加林和白音宝力格作为启蒙者、现代文明的传播者的面目就相当暧昧，而《人生》与《黑骏马》显然也偏离了"文明与愚昧冲突"的这一时代主题。不难看出，"文明与愚昧的冲突"这一新时期经典话语的运作离不开性别政治，这一话语已然成为知识男性主体身份建构的重要资源。

结 论

如果说，新时期文学中"个人"、"自我"因被还原为民族国家崛起的积极因素得到了张扬，那么，这样的张扬实际上被落实到一个非常具体的位置——对男子汉身份的建造上。或者换句话说，新时期文学中以普遍化、中性化面目出现的个人主体实际上是男性主体，"大写的人"实际上是有性别的男人，对男子汉气概的模塑与个人主体的建构是合二为一的。同时，"大写的人"还具有明确的社会身份——知识分子。个人主体建构在相当程度上是知识男性主体身份的建构。而女性表象无疑为这样的建构提供了极其有效的符码。这便是新时期文学中个人主体话语的真相。这个真相似乎先在地决定了这一话语在80年代后期无可避免地衰弱。因为，"一个人不能基于他的自身而是自我，只有在与某些对话者的关系中，我才是自我……自我只存在于我所称的'对话网络'中"[1]。即自我认同主要体现为对自我价值和对他者的意义、地位的接受，而如果说，两性关系是自我与他者最基本的关系域，那么，性别政治已然严重侵蚀了现代认同所必需的平等"对话网络"的建立，造成自我对他者意义接受的障碍，并最终导致现代认同的危机。

（原载《文艺研究》2006 年第 5 期）

---

[1] ［加］查尔斯·泰勒：《自我根源：现代认同的形成》，韩震等译，译林出版社 2001 年版，第 50 页。

第六章　20世纪文学日常生活话语中的性别政治

20世纪80年代末以来，随着日常性日益成为文学叙事的重要特征，"日常生活"渐渐被作为文学/文化研究的一个重要范畴。新世纪以来关于"日常生活审美化"的争论还一度成为学术界持续良久的热点话题。显然，"日常生活"已成为透视中国文学/文化现代性的重要命题。但迄今为止，却很少人在关注这个命题时引入"性别"这个文化变量。许多人总以为性别的问题仅仅关涉男人与女人之间的关系，其实不然，性别的问题实际上从根部与一个时代文化精神的走向以及作为其根基的知识谱系的建构相纠结。因为"绝没有一种真理的模型不指向某种形式的权力，也绝没有一种知识或科学在行动上不展现或含括某种操纵中的权力"。[①] 而性别权力正是权力的源头与最基本的形式。因此，性别视角无疑为我们提供一个介入中国现代性一些基本命题的另类路径。本章拟从这一视角来审视百年文学有关日常生活的话语（即对日常生活的表述）及其相关的知识背景，以图抵达文学现代性意义诉求的纵深处。

一　日常生活与非日常生活二元对立中的权力机制

所谓的日常生活，指以饮食男女、生老病死、交往言行为主要内

---

① ［法］吉勒·德勒兹：《德勒兹论福柯》，杨凯麟译，台北麦田出版公司2000年版，第163页。

容，与公共社会活动、精神生产相对的私人活动领域。A. 赫勒将它界定为"那些同时使社会再生产成为可能的个体再生产要素的集合"。它在整个社会结构中居于十分重要的地位。因为"个人只有通过再生产作为个人的自身，才能再生产社会"。"自我再生产成为社会再生产的原动力。"[1]因此，日常生活的缺席将使社会结构空洞化、现代主体陷于"无家可归"的缺失焦虑中；但同时由于日常生活是以传统习俗、经验、血缘关系、自然情感等自然主义、经验主义因素为其立根基础，这又使它成为阻滞社会自觉文化因素生长、造成社会长期停滞的力量。尤其是在中国这样一个有着强大的农业文明传统的文化中（农业文明在本质上是个自在的日常生活世界）。[2]因此，在现代性焦虑中伸展着的百年中国文学，事实上始终纠缠着对日常生活的超越与回归的双重向度。

我们知道，中国现代性起源以来，知识精英接受西方思想的影响是由国家、民族层面最终迁延到个人生活的层面。对于"五四"启蒙主体而言，"成为认识和身份源泉的是经验，而不是传统、权威和天启神谕。甚至也不是理性。经验是自我意识——个人同其他人相形有别——的巨大源泉"。[3]正是对经验世界、世俗人性、感性生活的守护奠定了"五四"启蒙主体面对礼教的基本立场。但就总体而言，启蒙主体却并非一个经验主体，启蒙叙事用以对抗封建礼教的"自由恋爱"在很大程度上只是一种与感性肉身无涉的抽象观念。"五四"启蒙原本就是一场思想观念的启蒙，并没有深入到作为文化根基的日常生活层面。当这样的观念性启蒙遭遇到日常生活的阻击时，启蒙主体不是选择对日常生活的批判、重建，而是将日常生活全面唾弃。丧失日常生活实践性支撑的启蒙必然遭遇挫折、失败，而这样的失败更加重了启蒙主体对日常生活的否定。在"五四"启蒙主体的视阈中，日常生活其实并没有获得叙事的合法性。鲁迅的《伤逝》即是一个典型的例子。而《伤逝》所昭示的私人性日常生

---

[1] [匈] A. 赫勒：《日常生活》，衣俊卿译，重庆出版社1990年版，第3—4页。
[2] 参见衣俊卿《回归生活世界的文化哲学》，黑龙江人民出版社2000年版，第235页。
[3] [美] 丹尼尔·贝尔：《资本主义文化矛盾》，赵一凡等译，三联书店1989年版，第137页。

活的琐碎、凡庸以及对现代主体生命的磨损已然构成此后文学中有关日常生活话语的强大前文本。

从"五四"启蒙叙事中，琐碎、凡庸的日常生活对先觉的现代个体精神的扼杀；到左翼文学"革命+恋爱"叙事中，恋爱对革命的瓦解；再到20世纪40年代钱锺书的《围城》所启示的人生辗转于"城里"、"城外"的无谓；乃至在50—70年代的文学中，对日常生活的遗忘、拒绝成了历史主体成长的必要前提和道德完善的重要标志；直到新时期，文学叙事还在大量制作埋头科研，不谙日常生活的"愚汉"式知识精英的形象（例如徐迟《哥德巴赫猜想》中的陈景润）。可以说，20世纪文学有关日常生活的话语实际上预设了日常生活与非日常生活的二元对立及二者之间的等级关系。而将这种等级关系与性别阶序挂钩，似乎成了一个普泛性的话语策略。

在日常生活与非日常生活的二元对立中，即对日常生活的超越与滞守的二元对立中，超越的向度始终被指派给了男人，而女人天生就是日常生活的滞守者。无论《伤逝》中终日沉埋于阿随和油鸡们的子君还是《围城》中工于日常心计从不关心"人类事务"的孙柔嘉，"穿新鞋走老路"的她们显然根本无法超拔出日常生活，甚至本身就是日常生活的一部分。而即便那些投身社会解放的一代革命女性似也很难摆脱在公共领域依然演绎着私人性日常生活领域中性别角色定规的命运。茅盾在《幻灭》中写道，在大革命时期武汉国民革命政府机关，在男革命同志的眼里，女革命同志不过是恋爱的对象，仅此而已。"单身女子若不和人恋爱几乎罪同反革命——至少也是封建思想的余孽。"因此，孙舞阳、章秋柳们进行革命的最重要的场地只能是自己的身体。左翼文学"恋爱+革命"的叙事模式中，女性也总是沉湎于日常的琐碎而成为男性继续前进的负担，甚至因此消解男性的革命意志，例如丽嘉之于韦护（丁玲《韦护》）、金佩璋之于倪焕之（叶圣陶《倪焕之》）。至于20世纪50—70年代的文学中，那些与男英雄们一样投身于革命事业的"新时代的女性"们，她们的存在也不过是以自己所携带的些许的日常生活气息给男英雄们提供一个机会,一个通过自我克制来证明对日常生活拒斥的道德力量的机会,因为历史主体的道德完善是要以排除全部的日常生活为代价的。例如《创业史》(柳青)中的改霞之于梁生宝,《野火春风斗古城》(李英儒)中的银环之于杨晓冬,《红日》(吴强)中的华静之于梁波,《艳阳天》(浩然)中焦淑红之于萧长春,《千万不要忘记》(丛深)中的丁少真之于季友良……

而这一时期文本中那些杰出的女英雄形象则从相反的方向证明这一点。女英雄们的精神性与她们作为女性的日常生活经验是水火不相容的,样板戏女英雄的塑造就是通过完全封闭后者来突出前者。那也就是说女性人生的日常性经验是不能导出精神性内涵的,女性必须彻底地去性化、祛除独特的生命经验才有资格问鼎精神生活、公共领域。也许基督教有关圣母马利亚的叙事能帮助我们理解这一针对女英雄的修辞策略。基督教"强调马利亚无沾受胎的说法表明,将马利亚的精神性与作为母亲而被程式化了的日常经验和生殖功能区分开来具有神学重要性"。[①] 同样的,在20世纪50—70年代女英雄的成长叙事中,女英雄最后的成长,即神性的获得,也是以对女性日常性生存经验的彻底封存为前提,脱胎换骨的成长历程同时也是她们不断摈弃性别化日常生活的过程。

其实,"摆脱和逃避日常生活就像私奔一样,一开始就决定了,一定会回到原先的出发点"。[②] 作为对50—70年代文学的反动,新时期伊始,文学就以对世俗日常生活的回归来确立自己人道主义的精神立场。在80年代早期的现代性想象中,日常生活的物质现代化一直是相当重要的方面,甚至被当成是现代性诉求的全部内容。"漏斗户主"陈奂生刚刚吃饱肚子有了一点余钱,便"精神面貌和去年大不相同了"(高晓声《陈奂生进城》)。冯幺爸有了隔夜的口粮,才能挺起做人的腰杆(何士光《乡场

---

① [英]布赖恩·特纳:《身体与社会》,马海良、赵国新译,春风文艺出版社2000年版,第17页。
② [德]霍克海默、阿多尔诺:《启蒙辩证法》,洪佩郁、蔺月峰译,重庆出版社1990年版,第133页。

上》)。黑娃卖兔毛得了几块钱，马上就萌发了照一张相这样自我确认的精神欲求（张一弓《黑娃照相》）。乡村姑娘香雪对美好未来的所有向往都清晰地聚焦于一只自动开合的塑料铅笔盒——象征知识与高层次现代精神文明的"宝盒"上（铁凝《哦，香雪》）。在"文明与愚昧的冲突"这个时代主题的呈现中，战胜愚昧的文明之光总是从非常物质性的细节开始，刘巧珍以坚定不移的刷牙、清理环境卫生来响应高加林文明的召唤（路遥《人生》），李幸福正是凭借收音机、搽脸的香油、小圆镜等物件召唤起蒙昧木屋中的盘青青对文明的向往（古华《爬满青藤的木屋》），门门、禾禾给小月、烟峰带来呢绒衫、碾米机，同时也给她们打开了一个现代文明的世界（贾平凹《小月前本》、《鸡窝洼的人家》）……正如当时的评论家所指出的那样，"农村经济政策的调整、生产的发展、农民物质生活的改善，使他们的精神发生了深刻的变化，愚昧、卑屈、猥琐的精神状态正在被文明、自尊、自信所代替"。[①]

从这些例子不难看出，在20世纪80年代早期最经典的现代性叙事中，物质性日常生活变迁被当作精神觉醒的必要前奏，对丰裕物质生活的向往被看成精神复苏的重要标识，但这也同时意味着，物质性日常生活只有在能激起精神的苏生时才获得叙事合法性，才显得格外诗意盎然。这恰恰反映了这一时期文学对日常生活的潜在的双重态度：一方面对物质性日常生活表现出前所未有的信任，坚信日常生活对精神觉醒的意义。另一方面，处于现代性焦虑中的话语主体又对自然、自在状态的日常生活心存戒备。于是，日常生活又成了桎梏精神乃至导致落伍、庸俗甚至堕落的罪魁，刘心武的《穿米黄色大衣的年轻人》、《醒来吧，弟弟》，陈建功的《飘逝的花头巾》都表现了这样的意向。而在那些表现人文主体（具有知识分子身份的男性个体）[②]精神成长历程的叙事中，主体

[①] 季红真：《文明与愚昧的冲突》，浙江文艺出版社1986年版，第162页。
[②] 新时期文学中以普遍化、中性化面目出现的"个人主体"实际上是男性主体，"大写的人"实际上是有性别的男人，对男子汉气概的模塑与个人主体的建构是合二为一的。同时，"大写的人"还具有明确的社会身份——知识分子。个人主体建构在相当程度上是知识男性主体身份的建构。参见王宇《新时期之初的男子汉话语》，《文艺研究》2006年第5期。

总是对自然、自在性的日常生活保持足够的警觉：在《男人的一半是女人》（张贤亮）中，章永璘刚刚填饱肚子就立即反省，"难道生活仅仅是吃羊肉吗？"同样的，一旦他借助黄香九的身体满足了自然的欲望，便要迅速超越这一欲望，投身于非日常性的公共领域，"在我又成为正常的人以后，我开始拿起笔来"。并最终离弃黄香九，"到更广阔的天地中去倾听人民的声音"。《黑骏马》（张承志）中的白音宝力格拒绝像索米娅和奶奶那样自然、自在的生存状态，远走高飞去追求"更富有事业魅力的人生"。《北方的河》中的"他"（研究生）终于放弃"她"（女摄影记者）的爱情，独自踏上寻找北方大河的漫漫英雄路……在这些文本中，女性无疑象征着一种停滞、凡庸的日常生活状态，虽然温馨却终究要窒息英雄飞翔的翅膀……这样的叙事已然将女性悄悄放逐于日益觉醒的"个人主体"之外。

不难看出，"五四"以来对日常生活的超越与滞守的二元对立中所隐含的等级关系及其与性别阶序之间的对应，在这些80年代早期最著名的文本中再次复现。女性人生对日常性的守护在带来文学久违了的"人在家园"诗意感觉的同时，也在本文中构成一种对立，超越与滞守、现代与传统、精神与物质、文明与愚昧、灵与肉……正是这些二元对立成就了现代个人（男性）的主体性飞跃，也成就了新时期文学经典的意义空间。

二 现代性历史时间之"他者"

如果说，20世纪80年代早期，文学一方面对物质性日常生活表现了前所未有的信任，坚信日常生活对主体精神成长的意义，另一方面，又对自然、自在状态的日常生活心存戒备，认为日常生活终会销蚀精神意志，那么，随着80年代后期激进的现代性实践的受挫，日常生活所承载的精神性的因素日益剥落殆尽。"新写实小说"将日常生活叙述为导致主体精神失落、认同危机的渊薮。①女性人生对日常性的守护也剥蚀了先前的"人在家园"的诗意,显露出其粗俗的面目。在《单位》、《一地鸡毛》、《已婚男人杨泊》、《离婚指南》、《艳歌》以及出自女作家之手的《懒得离婚》、《烦恼人生》(创作主体的女性身份并非一定能生成一种女性视域)等作品中,女性人生完全沦落为庸常、琐碎的日常性物质生活的异质同构体,"老婆孩子"成了每一个心仪人文理想的男性主体深陷其中,无以超越的一种纯粹客体化的存在。正是这样的日常生活话语将主体与女性深刻地区别开来。女性人生在磨损男性生命质地的同时也使自己堕入深渊。"新历史小说"将"新写实小说"的现实空间移至历史中来呈现深渊中的女性情境——偷情、恋物、争风斗宠、他虐与自虐,永恒的宿命与轮回……在这样万劫不复的沦陷中,救赎几乎是不可能的。苏童的《妇女生活》中,娴、芝、萧三代女人的宿命是任何外部的力量都无法改变的。作为女儿一代的芝虽然全身心投入公共生活领域,成为工厂现代化技术革新能手(一种20世纪典型的现代性标识),照片都上了《解放日报》的头版头条,但这一切无从改变她对母亲命运的轮回。而在苏童的另一著名"新历史小说"《妻妾成群》中,有着现代教育背景的女大学生颂莲,其人生的轨迹与陈家其他妻妾毫无二致。

"新写实小说"与"新历史小说"对女性人生的书写已然有着深刻的互文性。由于日常生活是以传统习俗、经验、血缘关系、自然情感等自然主义、经验主义因素为立根基础,因而具有重复性、自在性。"新写实小说"将女性人生看成日常生活的异质同构体,本身就包含了指认其存在的自在性、重复性,即女性人生永恒的宿命与轮回,而这也正是"新历史小说"所着力表现的。这样一来实际上取消了女性在现代性历史时间向度中存在的可能性。因为现代性首先是一种时间意识,一种直线向前不可重复的时间意识,以此来代替循环的、轮回的或者神话式的时间

---

① 当然,与此同时,"新写实小说"也显示了日常生活不可缩减、不容忽视的自在的力量。实实在在的日常流程构成了"新写实"作家对现实、对存在的体认,但这种体认多少有些无奈甚至愤激。

认识框架。在这种直线的、不可重复的时间中的存在,显然是自为的、主体性的存在。因为自为的、主体的存在总是不断超越自身,超越自己的过去、现在、已然状态去面向未来。而女人被排斥在进化论的历史时间之外,成了一种空间化的,自在的非主体性存在。本质性的女性存在就此成了现代性之绝对"他者"。因而,无论是《妇女生活》中芝所获得的"技术革新能手"身份还是《妻妾成群》中颂莲所受的现代大学教育,都无法改变这一绝对的"他者"本质。

二元对立作为现代性基本的逻辑形式,既是一切现代象征的基础,也是现代性话语的基本框架。任何一个要素要想成为主体就必须首先确立一个客体,即造出一个处于弱项的他者才能证实自己作为主体的存在。如果说20世纪80年代早期的叙事中,女性人生以其自在日常性激发男性个体自为的精神超越,以此来完成一个关于现代人文主体的浪漫想象,那么,"新写实小说"的日常生活书写依然沿用这种二元对立话语框架,但却呈现了对日常生活超越的不可能性,以此来宣告曾经激扬飞越的人文主体的低迷和委顿。这种"不可能性"恰又与叙事对女性人生作为庸俗日常生活异质同构体的尖锐指认密切相关。而"新历史小说"中女性人生永恒的宿命与轮回,俨然也是特定历史时期现代主体现实困境的一种转喻——传达的是经历"当下"的现代性创伤经验的主体,对现代性历史时间的不信任。而这种时间观念在新时期之初的文本中曾具有不容置疑的权威性。

如果说20世纪90年代的到来,意味着一个更加平易、日常性时代的来临,文学叙事对非日常性社会历史场景的撤离,对日常性私人领域的大面积回归,将男人与女人放置于同样琐碎、同样凡庸的生存状态中,那么,这是否意味着一种男性与女性"同一地平线"状态的到来?作为90年代文学最重要代表的晚生代写作[①]其实已经为我们提供了答案。当

---

① 笔者不同意许多90年代文学论者将陈染、林白等人的创作也归入晚生代写作的流行观点,因为她们的写作与被作为晚生代写作的典型代表的朱文、韩东们的写作具有完全不同的精神立场。

晚生代的写作将个人主体所曾拥有的关涉社会历史"宏大叙事"的一体化、统一性的价值立场，完全移至纯粹的私人性经验世界时，叙事主体的精神性色彩剥落殆尽，赤裸裸的感性欲望便成了叙事主体（同时也是体验主体，在晚生代叙事中这二者常常合二为一）确认自我身份的唯一、最后途径。于是，欲望的满足与受挫直接导致自我认同的实现与焦虑。而欲望实现的途径便是金钱和女人。女性客体化、欲望化的程度也就成了直接标示男性欲望主体身份的筹码，于是，对女性客体化、欲望化的书写便呈现出中国现代文学以来前所未有的程度。而在主体概念尚具人文内涵的80年代前期，虽然也肯定人的日常性欲望，但日常性欲望的满足是无法直接导致主体的诞生的（日常欲望主体是非法的），只有对日常性欲望的超越才能成为主体——人文主体。换句话说，在80年代前期的语境中，现代主体的核心是具有诗意人文精神内涵的"个人"，而在90年代，现代主体的核心则是日常化、欲望化的"私人"。

与此同时，20世纪90年代以来女性主义话语对日常化、私人化的书写则呈现出相当复杂的样态。众所周知，90年代的女性主义写作以呈现为主流中心话语所忽视和无视的女性边缘性生存经验，来追问、解构男权文化主流、中心化价值的意义，其对女性生存状态的呈现虽然也滞守于私人空间中，但这种"私人生活"恰恰是对受男权文化传统习俗、经验和常识所宰制的日常活动图式的反抗与决绝，直接从女性的生命经验中升华出一种精神飞翔的姿态，女性的"私人生活"俨然成了性别主体成长的飞地。但我们也不能不看到这样的一种极致意义上的反抗是以放弃公共空间为前提的，在拒绝父权传统家庭角色的同时也拒绝了社会角色。"如果说自我在本质上说是个关系性的东西，那么，缺乏构建这种关系的可能性必然会阻碍自我力量的发展。""直到最近，仍然缺乏任何公开的、公共的、富有冒险性的关系领域供妇女们去发展和展现足够的自我力量。"[①]幽闭的精神空间终究是要窒息性别自我的。有关"私人生

---

① ［美］凯瑟琳·凯勒：《走向后父权制的后现代精神》，［美］大卫·雷·格里芬：《后现代精神》，王成兵译，中央编译出版社1998年版，第111页。

活"的写日益使得女性主义话语陷入与自身建构女性主体性的文化目标南辕北辙的境地。更有甚者,女性写作中的日常生活话语还大面积下滑、歧变为"小女人话语":津津乐道于梳妆打扮、养尊处优、恋爱性事,对女性琐碎的生存经验的书写不仅丧失了边缘性所应具有的批判与解构的立场,还衍化为对主流日常生活话语中所隐含的性别政治的自觉领受。

三 现代性反思伦理的诡计

其实,日常生活与非日常生活的二元对立中所隐含了等级关系及其与性别阶序之间的对应、同构,其思想根本在于现代文化二分规则。西方现代文化一直支持女性激情、男性理性这样的父权制文化二分规则,"尽管父权制独立于资本主义生产模式,作为一种特定的权力分配,资本主义社会通过提供理性与欲望在公共领域与私人领域之间的空间分布系统地阐明了这种划分,这种划分被家庭和经济之间的分离制度化。"[①]那也就是说,西方现代资本主义生产模式使父权制的文化二分原则制度化。男性被认为是理性的,女性则是情感的,而理性化是现代文明史的主题,整个现代文化被技术理性所统治着。这样一来,男性对女性的支配,也就被技术的生产组织合法化。现代社会的理性化与其主流性别意识形态实际上密切相关。

显然,这种文化的二分规则在中国现代文学以来的日常生活话语中得到或隐或显的贯彻,尤其是20世纪八九十年代以来,整个文化象征系统对女性的想象愈来愈拒斥公共领域而滞守日常性私人空间。与此同时,女性自在、自然的生命形式、处于现代性历史时间之外的"他者"化存在状态,还获得了看似正面性的价值认定,被设置为一种对现代性

---

① [英]布赖恩·特纳:《身体与社会》,马海良、赵国新译,春风文艺出版社2000年版,第97页。

的反思视角，为日益膨胀的现代主体理性提供一个反思性价值参照。也许，90年代莫言的《丰乳肥臀》和张宇的《疼痛与抚摸》这两部名噪一时的小说可以帮助我们更好理解这一文化倾向。《丰乳肥臀》为我们展现这样的叙事情境：在20世纪漫长的风云际会中，男人们在非日常性场景中忙着征战、杀戮，缔造着历史；而母亲和她的八个女儿则在一种完全封闭的、自在的日常情境中沉湎于性爱、生育，延续种群。与《丰乳肥臀》相似，《疼痛与抚摸》实际上也将男人与女人分别置于社会学与生物学两个系统中来表现，男人们在社会历史场景中荣辱沉浮，而"女人理想的彼岸永远是一只床的意象"。"女人的能耐就是如何使用这张床。"如果说，《丰乳肥臀》主要表现一种原始的母性的话，那么，《疼痛与抚摸》则主要表现女人的性爱本能，或者说是一种妻性。女性以自然、肉体的形象呈现，甚至只是一种自然性征的人格化。这样的肉体除了作为男性欲念的对象外，还是盛载苦难的能力无限的容器，但就是无法成为现代"肉身主体"（现代哲学的转型使先验的思辨主体为肉身主体所替代，即灵魂的肉身化），而只能为现代性进程中日益焦虑的主体提供一种想象性的抚慰。这种抚慰同时也是一种文化反思与救赎，以原始母性生育本能、性爱的本能来拯救日益沦陷的男性文明：男人因为身上附着许多社会的东西，很污浊，很多时候失掉了自己，而女人因为是作为一种生物性的存在，远离社会，反而活得很本真。

  这一文化倾向在20世纪90年代日常生活话语中具有相当的普泛性，它实际上也是90年代以来女性主义写作的重要价值诉求之一。这一文化倾向的思想资源是多方面的，而主要的思想资料无疑来自西方现代思想中的一种批判、反思现代性的理论流脉。[①]马尔库塞、舍勒、西美尔都特别强调女性作为更感性、更接近自然、大地的一种存在，对现代父权制资本主义社会的拯救功能。舍勒说得更加明确，"在历史变易性之

---

① ［英］布赖恩·特纳：《身体与社会》，马海良，赵国新译，春风文艺出版社2000年版，第97页。

界限内，女性类型的任何变化从来没有改变下述事实：女人是更契合大地、更为植物性的生物，一切体验都更为统一，比男人更受本能、感觉和爱情左右，天性上保守，是传统、习俗和所有古旧思维形式和意志形式的守护者，是阻止文明和文化大车朝单纯理性的和单纯'进步'的目标奔驰的永恒制动力"。①这样一种对女性看似肯定的价值定位，实际上更强化父权制文化二分规则以及建基其上的刻板的性别象征结构，即男性——非日常性公共领域，女性——日常性私人领域，男性——精神、意志，女性——肉体、情感，"男人以头脑为中心，女人以子宫为中心"等。但正如这一思想流脉的代表人物西美尔所言，"我们的文化是从男人的精神和劳动中产生，确实也只适合于评价男人式的成功"。②当现代文化尚未将肉体与情感纳入自己的演进逻辑时，人类生活依然受组织化、理性化原则操纵，那么，被指认为纯粹的肉体和情感性的女性存在无疑只能永远被排斥在现代性这挂"文明和文化大车"之外，那她又何以能够"制动"这挂风驰电掣的大车？不过是上演一出出螳臂挡车的悲剧或喜剧罢了。这正是这一脉现代性反思伦理的荒谬之处。

不难看出，这样一套现代性反思伦理明确导向对女性存在的本质主义指认，将男权文化对女性的角色定位（例如生育角色、性角色）表述为所谓女性存在的全部生命本相、人性本质，以此来寻求自身逻辑的合法性——再也没有比为一种意识形态提供生物学的支撑更能证明其合法性的了。但正如布莱恩·特纳所言，"妇女的从属地位并非本质的生理结果，而是因为文化把女人的繁衍性阐释为与自然的牢不可破的联结性。当然，'文化'与'自然'的差别本身也是文化的产物，正是这种分类图式把妇女归入低级的'自然'范畴，把男人归入高级的社会范畴。"③女性主义学者艾德丽安·里奇（Adrienne Rich）

---

① ［德］马克斯·舍勒：《资本主义的未来》，曹卫东译，三联书店1997年版，第89页。
② ［德］西美尔：《金钱、性别、现代生活风格》，顾仁明译，学林出版社2000年版，第141页。
③ ［英］布莱恩·特纳：《身体与社会》，马海良、赵国新译，春风文艺出版社2000年版，第190—191页。

在《女人所生》(*Of Women Born*)一书中，提出母性作为制度、意识形态和作为经验的区分，质疑那种将性别角色看成生物本能的说法。① 母亲也好、妻子也好、情人也好，任何一种性别角色身份都只是一种社会建构的要求、一种性别经验。将局部的女性人生角色经验（哪怕这种经验为绝大多数女性人生所拥有）指认为唯一普世性的"生命本相"、"人性"，进而演化为一种制度、知识形态，不仅控制文化象征系统中的性别表述，还最终支配日常性别意识。这正是知识生产中的霸权机制的完整运作过程。一如福柯所言，"权力产生知识，这不单是因为知识为权力服务而鼓励它，或是由于知识有用而应用它；权力和知识正好是互相蕴含的；如果没有相关联的知识领域的建立，就没有权力关系，而任何知识都同时预设和构成了权力关系"。②

结　语

日常生活话语中的性别政治实际上指涉了百年文化现代性进程中一个一直被忽略然却又对我们的文化结构至关重要的问题：如果说，在前现代语境中，女性的性别内涵是通过女性在亲属制度、日常生活中明确的角色定位来确定，那么，当现代性的推进对传统的性别角色造成强大的冲击，使越来越多的女性介入公共空间、非日常生活领域之时，在文化层面，应该怎样从家庭之外的角度来重新定义、表述女性这一不同于男性的性别内涵？女性这一性别之于公共文化空间到底具有怎样不同于男性的独特的意义？显然，这个问题在百年中国的现代性文化实践中一直悬而未决，文化象征系统对女性角色定位总是徘徊于两个极端，要么

---

①　参见［美］罗思玛莉·佟恩《女性主义思潮》，刁筱华译，台北时报文化企业出版有限公司1996年版，第148—149页。

②　转引自［法］阿兰·谢里登《求真意志——米歇尔·福柯的心路历程》，尚志英，许林译，上海人民出版社1997年版，第181页。

是对公共空间中男性性别角色的简单仿制——"男女都一样";要么就是将父权家庭中的女性的性别角色功能延伸至公共领域——只限于让女性承担一些社会性母职功能等。当日常生活无法获得叙事合法性之时,文化象征就偏向第一个面向来模塑理想的女性形象,例如20世纪50—70年代的女英雄形象;当日常生活获得叙事合法性之时,文化象征又偏向于第二个面向来模塑理想的女性形象,例如,八九十年代以来的女性形象。

当然,我们并不否认私人空间、日常生活的回归对当代文化的意义,但属于私域的日常生活事实上也以其重复性、自在性为具有稳固性、惰性的传统文化提供根基。现代性首先意味着日常生活的转型,即批判、重建。而众所周知,这样的批判、重建在百年文化空间中事实上一直没有充分展开,二十世纪八九十年代以来,文学对日常生活秩序的接纳在相当程度上省略了这个重要的环节。在这样的情形下,将属于私域的日常生活领域作为文学想象女性的主要场域,无疑为男权意识形态提供了新的立根基础。同时,性别政治也严重干扰了日常生活书写主体经由对日常生活的正视和体验、批判和重建来抵达文学现代性的精神实质。

(原载《学术月刊》2007年第1期)

第三编

女性写作的知识谱系梳理

女性主义作为一种知识形态，已经被越来越多的人接受，并渐渐渗透入我们的文化生产/文学教育中，这是30年来女性主义文学实践最令人鼓舞的成绩，现在，也许也是我们回溯30年来女性主义文学实践的恰当时机，这样的回溯当然要从最原初的时刻开始。

第一章　新时期之初的女性话语及其知识背景反思

　　女性主义作为一种知识形态，已经被越来越多的人接受，并渐渐渗透入我们的文化生产/文学教育中，这是 30 年来女性主义文学实践最令人鼓舞的成绩。现在，也许也是我们回溯 30 年来女性主义文学实践的恰当时机，这样的回溯当然要从最原初的时刻开始。事实上，新时期文学的序幕甫一拉开，女性话语[①]就开始浮出历史地表。诗歌方面，1979 年 4 月《诗刊》发表了舒婷两年前写的《致橡树》，紧接着，便有《惠安女子》(1980)、《神女峰》(1981)；小说方面，1979 年 11 月，《北京文艺》发表张洁《爱，是不能忘记的》，紧接着，便有张辛欣《我在哪儿错过了你》(《收获》1980 年第 5 期)、《在同一地平线上》(《收获》1981 年第 6 期)，张洁《方舟》(《收获》1982 年第 2 期)、胡辛《四个四十岁的女人》(1983)等，这批文本呈现出完成不同于传统意义上女性文本的面貌，朦胧或清晰、自觉或不自觉地表达了女性这个性别一直被忽略、遮蔽的独特境遇与经验，形成新时期女性主义写作的第一浪潮。对这一浪潮中的女性主义话语的梳理与反思，在近年来的研究中并不鲜见。但却很少人将新时期之初女性话语的浮现与这段历史时期另一个重要的文化现象挂起钩来，那就是新时期之初的文化象征领域的"寻找男子汉"热潮。本章力图以此为突破口，来介入新时期之初的性别文化语境，从而对中国当代女性主义话语最初缘起的知识背景、思想文化资源做一个尽

---

　　①　这里的"女性话语"是个狭义的概念，特指具有女性独特性别立场的话语，即女性主义话语，而不泛指一切出自女作家的话语。

可能详尽的考察。这样的考察可能会有助于我们理解这一话语潮流后来的发展轨迹、表现形态及其内在思想根源。

一 寻找男子汉与寻找女人："女性气质"的提出及其本质化

在20世纪70年代末到80年代初的文化空间中，曾发生过一系列非常有趣的"男子汉的事件"，至今可能还让许多人记忆犹新。先是日本电影《追捕》轰动一时，尤其是其中男主人公杜邱的扮演者高仓健冷峻刚毅的男子汉的气概受到青年人的热烈追捧。此后"高仓健"俨然成了人们心目中旷日持久的男子汉样板。这样的男子汉被认为在现实生活、文化空间中都是极度缺乏的。[1]一时间，"男子汉缺失"、"男子汉绝迹了"，成为街谈巷议。于是，社会象征系统又悄然掀起一场以缺失焦虑为动机的"寻找男子汉"运动。到了1986年，沙叶新剧作《寻找男子汉》的上演所产生的轰动，再次显示了这一象征活动持久的社会效应。[2]我们知道，男子汉气概/男性气质作为个体男性自然性别身份的社会文化建构，是建立在性别差异基础上的，与女性气质相对的概念，并在与对方联系中获得意义。而性别差异恰恰是1949年以后文化空间的盲点。于是，与

---

[1] 其实，从20世纪50—70年代，文化象征系统一直在塑造英雄形象。70、80年代之交的年轻人正是在这样的革命英雄主义的文化背景下成长的，为何到头来却痛感男子汉缺失，竟要从一个异国的影片中去寻找男子汉的样板。这其实是一个非常意味深长的文化现象，它表明主导意识形态规制下的革命英雄与人们心目中的男子汉并不是一回事。革命英雄是集体主义、民族国家意识形态的产物，它强调的是个人超常的品质对民族国家集体主体的意义。革命英雄只能有一个身份，那就是民族国家、革命共同体的成员，此外任何其他身份都是非法的，包括性别身份。参见王宇《新时期之初的男子汉话语》，《文艺研究》2006年第5期。

[2] 与"寻找男子汉现象"相伴生的是，由于"男子汉"缺席，大批大龄女青年徘徊于婚姻的门槛外，成为当时一个相当严重的社会问题。当时中共中央总书记胡耀邦还曾就这个问题作过专门讲话、批示。反映这一社会问题的话剧《寻找男子汉》的演出轰动一时，这些都足以说明这个问题受到社会关注的程度。

"男子汉缺失"、"男子汉绝迹了"相映成趣的是当时的人们对长期以来的"女性雄化"现象的深恶痛绝,社会象征系统在开始"寻找男子汉"的同时或更早就开始了寻找女人。而无论是寻找男子汉还是寻找女人,都非常吻合新时期之初文学人性书写的逻辑。

在20世纪中叶相当一段历史时期,对马克思主义关于人的本质"是一切社会关系的总和"论述的庸俗社会学的理解,导致对"人"的理解仅只限于其社会性而忽略了其自然性,人性所有的内容都被历史填满,在个人与历史之间根本没有自由的间隙。人被架空为缺少本能、缺少血肉的抽象人,最后酿成对人的尊严、价值的践踏。出于对这种走向非人化偏执激进话语的反拨,新时期文学人道主义话语对人性的理解偏向于非历史的、自然的属性。张扬长期被压抑的人的自然本性、给人的食色之欲恢复名誉,成了新时期文学人性描写最重要的内容。在人性关怀的线路上,文学对性别的理解更多的是基于自然的生理、心理的差异上,倾向于建立二元对立的本质化性别差异。"20世纪80年代曾经是一个二元论世界观复兴的时代,现代新儒学和康德哲学在当代中国的兴起都是这一思想潮流的反映。那些最敏感的知识分子把专制主义理解为一元论世界观的结果,并进而在理论上划分出实然与应然、主体与客体的界限,建立一种二元论的世界图式。"[①]建立在心理、生理科学基础上的、对男性、女性性别差异的本质化建构,显然是这种二元论世界图式的重要组成部分。用这种二元对立的性别理念来反思50—70年代"男女都一样"的一元化性别理念,批判"无性化"、"非人化"的文化现实。

再者,新时期人道主义话语所针对的是极"左"意识形态"革命伦理",因此,这一语境中的性别关怀话语,很容易将1949年以后的妇女社会解放话语指认为是极"左"意识形态的重要组成部分,从而导致对妇女社会解放话语的全面唾弃。于是,在强调女性的生命本体价值的同时,相对忽视女性作为社会历史中的人价值。其实,作为历史中存在的

---

① 汪晖:《死火重温》,人民文学出版社2000年版,第98页。

人，其社会身份的组成部分来自一系列的范畴，"社会身份这个概念，作为多重互不相同甚至互相对抗的文化结构（如种族、族裔、阶级、自然、性别、宗教、移民的原籍等）的交叉点，表示的是某种多因素所决定的多重主体位置。在这样的一种文化结构中自我并不是单一的，而是复合的。它所占据的位置包含很多种地位，其中每一种地位又会由于同其他地位的交叉而产生某些微妙的变化"。[1]如果说过去用政治、阶级身份遮蔽、压抑性别身份，用社会存在遮蔽自然存在，而无法建构作为性别主体的女性自我，那么，现在，将女性的自然性别存在当成女性存在的全部现实，已然又从相反的方向再次跨入这一谬误。

众所周知，20世纪80年代新启蒙主义的思想资源不再是苏联化的马克思主义，而是从青年马克思的思想，或者直接从早期的法国启蒙主义和英美自由主义中汲取灵感，依"托古改制"的方式，呈现为一种马克思主义式的人道主义思想面貌。西方启蒙主义中的科学精神或科学主义的价值观成为80年代文化建设的重要资源。科学主义成为一种普泛性的世界观。因此，西方现代文化从心理科学、生理科学的角度对性别的表述为新时期文学的性别关怀提供知性前提。当时，涌现了许多阐述女性特点的科学书籍，其思想资源往往来自19世纪末20世纪初西方心理、生理科学理论对女性的论述（以弗洛伊德理论为代表）。例如，认为男人来自火星，女人来自金星；女性重感情、擅长形象思维、更带有主观性，而男性重理性、擅长抽象思维、更客观性；女性是肉体的、温柔的、依赖的，而男人则是精神的、勇猛的、独立的；等等。西方现代主流文化中固定化的男性、女性二元对立的刻板模式规范正是建立在这样的"科学论述"的基础上。这些以科学的面目、知识的形态出现的关于男性、女性的论述貌似客观的而实际隐含着深重的男性中心霸权机制。"我们受权力对真理的生产的支配，如果不是通过对真理的生产，我们就不能实

---

[1] [美]苏珊·弗里德曼：《超越女作家批评和女性文学批评》，王政、杜芳琴：《社会性别研究选译》，三联书店1998年版，第431页。

施权力。"①"在西方中世纪以来一直把这种权力的效应赋予科学以及从事科学话语的人。"②以科学的面目出现的关于性别差异的话语所构筑的正是曾经桎梏欧美妇女精神生长的"女性奥秘"。③英美主流社会性别意识形态的输出显然深刻影响了20世纪80年代初中国文化文本中的性别表述。这也是全球化时代第三世界文化的重要特征。当然，这样的影响也是基于上面我们提到的"文革"后本土文化语境对性别差异的强烈期待。

　　这里还应该提到不太被人注意到的历史背景。20世纪的50—70年代，虽然在文化层面上消弭了性别差异，但有关性别差异的信息还是可以通过医学知识传达出来。例如50年代初《中国妇女》、《中国青年报》等杂志上断断续续地开展的青春期生理卫生、发育、健康、生育、体育等知识的介绍、传播。④当然，这一时期科学领域中的性别知识并没有获得恰当的文化表述。这样一来，无形中科学领域性别知识就成了人们对性别的全部理解。这实际上也为当性别差异重新得到强调的新时期之初，文化象征系统将性别差异看成一种与生俱来的本质化生理特性提供了一个不为人觉察的潜在知识背景。

　　综上所述，如果说正是对人的存在的生理现实的重视导致了性别差异在新时期文化语境中的浮现，那么，也正是这样的浮现路线先在地、宿命般地决定了新时期文本表述性别的本质化路径。而这一切又与世界妇女运动、女性主义理论的错综复杂的思想脉络密切相关。

---

　　① ［法］福柯：《权力的眼睛》，严锋译，上海人民出版社1997年版，第228页。
　　② 同上书，第220页。
　　③ 20世纪二三十年代以来以真理、知识的面目出现的英美主流文化关于女性性别本质化的定义曾招致英美女性主义者的猛烈抨击，例如，60年代贝蒂·弗里丹的《女性的奥秘》、70年代凯特·米利特的《性的政治》都是其中相当有影响的著作。60年代美国自白派诗人西尔维亚·普拉斯自传体长篇小说《钟型罩》就是揭露所谓的"女性奥秘"对女性精神自由的桎梏、绞杀，这本书问世以来在西方读者中反响巨大，被誉为"女性的《麦田守望者》"。
　　④ 如《新中国妇女》（即1949—1955年间的《中国妇女》杂志）1951年1月号上开始开辟"妇女卫生知识讲话"专栏，1952年1月号上发表《注意锻炼身体，做一个健康的新妇女》，1953年8月号上发表《健康第一，反对束胸》等文章。

二 "女性意识"：一个尴尬的能指

在世界妇女运动中实际上一直存在"求同"、"求异"两种倾向。求同一派认为妇女运动的目标就是要争取与男人一样的权利、做与男人一样的事；求异的一派则强调男女的差异、去争取妇女特殊价值的实现，而不仅仅是男女平等。这一派承认妇女的特性，同时给予这个特性以正面的、积极的评价。尽管两种观点常常共时性地存在，但从世界妇女运动发展趋势而言，早期的妇女运动偏向求同，而 20 世纪 70 年代以来的西方妇女运动偏向后者。60 年代美国女权运动对性别"生理决定论"猛烈冲击曾导致完全无视性别形成的生理因素的倾向，因而 70 年代后半叶一些西方女权主义者开始从正面强调女性的生理特质，推崇建立在此基础上的女性文化和价值观。这一思潮带有明显的本质主义倾向。这一思潮在 80 年代初的英美世界是很有影响的，80 年代后期开始受到后结构主义女权主义的有力颠覆。不难看出，这两种思想倾向隐藏着两种妇女解放的歧途。第一种抹杀性别差异，追求与男人一样、以男性为标准（实际上是类男人、准男人），使女性丧失有别于男性的主体意义。第二种，对性别差异的过分强调乃至本质化，又极易造成传统女性角色意识的借尸还魂，致使女性再次沦为客体。与这两种歧途相对应的是男权中心文化对女性这一性别的两种模塑："或者是被排除在权力机制之外，或者是被同化在男性的阴影里，妇女独特的价值一直难以实现。"[1] 不幸的是，这两种歧途、两种模塑在 20 世纪后半叶中国的性别语境中也宿命般地接踵而至。50—70 年代的妇女解放运动走的是求同的路径，而 80 年代以后的女性主义话语实践则陷入求异、本质化的局限中。

---

[1] 李银河：《女权主义围绕性别气质问题的论争》，《中国女性文化》（第 2 辑），中国文联出版社 2001 年版，第 16 页。

通过上面的分析我们可以看出，20世纪80年代前期，人道主义语境中的女性主义话语实践（无论是理论实践还是创作实践），根本无法对"性别差异"做出知性的表述，而到了80年代中期以后，虽然大量引进的西方女性主义理论取代人道主义成为女性主义话语的主要思想资源，但是，80年代以来的文化语境恰恰又决定了我们对西方女性主义理论的接受很大程度上都是在本质主义的思潮框架内（比如埃莱娜·西苏、伊瑞格芮的理论对中国女性主义话语的广泛、深刻的影响），[①]性别本质主义的思想倾向在80年代以来的中国性别文化语境中是极易找到生长的土壤的。正是在这样的知识背景下，"女性意识"这个概念应运而生。这个概念的诞生无疑是有意义的，它敞亮了长期以来被"男女都一样"这一主导意识形态妇女解放话语所遮蔽的女性独特的性别经验、生存状况。"女性意识"在这个概念的提出者那里也有着明确的所指，即"女性作为一个独特性别群体的社会主体意识"。这对建立作为性别主体的女性自我无疑至关重要。但是，把"女性意识"作为女性主义话语的"核心能指"又必然导致将性别差异作为这一话语的根本基点，那么，陷入我们上面提到的第二种歧途似乎就在所难免。加上80年代以来的文化语境对"女性意识"这个概念的特殊期待，终于使这个概念不仅日益丧失其产生之初针对男权文化的同化、遮蔽的反抗力量，而且其能指也与其原初的所指分裂，在男权文化的期待视野中渐渐滋生出负面意义。"女性意识"更多地被理解成"对自然性别差异的意识"。"女性意识"中的社会主体意识渐渐被抽空，而性别的独特性获得前所未有的强调，并被本质化。"女性意识"渐渐等同于本质化的"女性气质"，甚至被窄化、矮化为"女性气质"、"女人味"、"做女人"等。而"女性气质"、"女人味"、"做女人"这些在80年代新鲜出笼的"能指"与传统男权秩序对女性的角色定位之间到底是一种怎样的关系，这个问题并没有得到及时的反思，相反的，

[①] 在20世纪80年代以来强调差异的背景下，feminism一词被翻译成"女性主义"，而不是像"五四"时期那样翻译成"女权主义"。

前者在相当程度上挪用、复制了后者的一些文化表象，比如在许多文化想象中，"女性气质"被等同于男权文化对女性的角色规约。女性的独特性（差异性）得到了强调的同时，对差异性的文化表述中所隐含的权力等级关系也不断升级。[①]

20世纪80年代的性别语境就是这样的吊诡，"80年代文化强调差异，事实上是男权文化得以重建并复权的开端，但它同时成为女性群体得以获得自我意识和群体意识的契机。只有当女性作为一个差异性的群体重新聚集、浮现出来的时候，我们才有可能返身去考察'平等'的表述之下掩盖着的不平等的现实"。[②] 于是，一方面，"女性意识"、性别差异成为建构作为性别主体的女性自我的核心能指。另一方面，"女性意识"、性别差异由于其"所指"的含混，又重新"询唤"着传统女性的性别角色。

而这一切与社会象征系统对男子汉气概的强烈诉求形成深刻互动，抑或正是社会象征系统对男子汉气概的强烈诉求造就了"女性意识"这一概念的所指暧昧化、含混化。因为只有借助本质化的女性，才有可能塑造本质化的男子汉，只有借助客体化的女性才能"重续"、"重建"被革命、国家意识形态中断已久的个体男性的主体身份。[③]

三 女性主义话语最初的困惑

从上面的讨论中我们知道，20世纪80年代以来，在社会象征系统中，新的性别秩序悄然重构，这样的"重构"在当时的语境中已然具有了强大的历史与逻辑的合法性（"重续"、"重建"一直是新时期文学最重要的话语动机），在人性人道主义思想脉络上萌生出的女性主义话语根本

---

① 参见王政《"女性意识"、"社会性别意识"辨析》，《妇女研究论丛》1997年第1期。
② 戴锦华：《犹在镜中》，知识出版社1999年版，第179页。
③ 在50—70年代的文化空间中，尽管国家意识形态、革命意识形态具有父性的特征，但作为个体的男性并不能从性别的意义上来分享这一威权。因此，从这个角度而言，男性的性别身份实际上是被中断了。参见王宇《新时期之初的男子汉话语》，《文艺研究》2006年第5期。

不可能去质疑这样的重构（犹如人不能抓住自己的头发离开地球），甚至这一时期的女性主义话语自身也在不期然间为这样的重构提供重要的象征资源。

被称为中国女性主义文学第一只报春的燕子的《致橡树》，事实上就是以言说性别差异来建立自己的性别精神立场，"你有你的铜枝铁干／像刀、像剑／也像戟／我有我红硕的花朵／像沉重的叹息／又像英勇的火炬"。"像刀、像剑，也像戟"的橡树与满树"红硕花朵"的木棉象征着建立在差异前提下的男女平等，这样的性别理念对于"文革"刚刚结束、还徘徊于长期以来无视性别差异的男女平等的惯性中的读者而言，其新鲜的意义就可想而知了。同样的，张辛欣《我在哪儿错过了你》、《在同一地平线上》，张洁《方舟》等这些在新时期文学中最具女性主义色彩的小说文本，也不约而同地表现性别差异，她们还敏感到性别差异／女性独特性与女性主体性诉求之间无法重合的困惑，但这种困惑并没有导致叙事对本质化的传统性别模式的质疑，叙事只是自发、不自觉地表现了传统刻板的性别模式对女性个体精神自由的宰制、压迫，这被叙述为（同时也被读解为）做人与做女人两难的冲突。

《我在哪儿错过了你》中的"我"是一个主体意识强烈的女性，但这种主体意识并非性别主体，而是无性化的主体，是长期以来无视差异的男女平等话语的产物。一个偶然的机会，"我"结识了一个被"我"认为是"真正的男人"的"你"，并爱上了"你"。"你"对"我"敬佩、尊重，但不喜欢"我"身上过多的男性气质——一个准男人。作为一个"真正的男人"，"你"喜欢的是"真正的女人"。于是，"我"开始按照"你"的期待来塑造自己，放慢走路的节奏，降低说话的音调，和"你"说话时压抑自己的个性，尽量使自己变得温柔、体贴、含蓄、文静……这一切全是为了"做一个真正的女子"，以博得"你"这个"真正的男人"的青睐。但在关键时刻，"渗入我天性中不肯轻易低头的血性冒了上来"，致使"我"终于错过了"你"。"我"为这样的错过而深深地忏悔。小说正是一篇女性冗长而感伤的内心忏悔。主人公实际上面临女性身份的双重镜像：社会所要求中性化的主体——类男人、准主体，男人所要求的"真正的女子"——客体、男权文化对女性的角色期待。一种镜像意味着一种性别主体的迷途。主人公最终选择第一种镜像，拒绝了第二种镜像——成为一个男人所要求的"真正的女子"，并因此而错过了自己心爱的男人——"你"，为此感到深深遗憾。可见，在主人公和叙事者的心目中实际上也认为存在一个本质化的女人的标准。虽然主人公最后放弃践行这个标准，但还是认同这个标准，并根据这个标准判定自己不是一个"真正的女子"。小说的感伤基调不仅仅源自"我"错过了你，也源自"我"无法成为一个"真正的女子"的遗憾。

　　同样的遗憾也存在于张洁颇具反响的中篇《方舟》的女主人公身上。梁倩对千娇百媚的钱秀瑛又恨又羡慕。内涵丰富、事业有成的梁倩所以对浅薄、依附男人的钱秀瑛产生怨羡心理，是因为梁倩认为钱秀瑛才是真正的女人，而自己不是，她觉得这是自己生命中的缺憾。

　　与此相对应的是这些女性主义文本对当时文化象征系统所认可的模式化的男子汉气概的认同。《我在哪儿错过了你》中"我"所心仪的"你"，既不像黄云的丈夫那样实惠、会过日子，也不是像李克那样四平八稳、毫不强悍。而是从内心到外表都是一个标准的男子汉。身上有一股"强悍、坚实的力量"，目光内含"自信和威慑力量"，"敦实的身材，宽宽的肩，短短的平头，一张线条饱满的脸"。就连"你"所钟情的事业也是充满阳刚气的航海事业。只有这样的男人才能代替离去的父亲给"我"依靠。《在同一地平线上》的女主人公虽然厌恶"孟加拉虎"似的男主人公弱肉强食的生存哲学、将妻子"绑在他的战车上"的霸道，但却不得不承认他的男子汉气概，这是她的另一个追求者、体贴细致的亚光所无法企及的，也正因此，她虽然一再被伤害却总也无法摆脱对"孟加拉虎"式的男子汉气概的依恋。相比之下，《方舟》中的真正男子汉形象似乎更加完美，老支部书记安泰不仅德高望重、气度非凡，"有一种威慑力量"，同时还非常痴情，年逾花甲依然执着追求爱情。

　　对性别的本质化建构，其实是男权文化的一个诡计。它支持了对女性僵化、低劣的文化定位并使这种定位获得科学支持——再也没有比为一种意识形态提供生物学的依据更能证明其合法性的了。克里斯蒂娃指出，"过分地强调'男'、'女'之分是近于荒谬的……虽然我承认凸显女性的身份可以作为一种手段，但我还是要指出：较深入地来看，'女性'终究并不是一个本质性的存在，它与其他事物之间有着彼此联系、互相影响的关系"。① 事实上克里斯蒂娃就是在强调女性的多重主体位置及其彼此之间的互相关联性，反对将女性的性别身份非历史化、本质化。对性别身份的本质化建构，同样不利于男性，"在男女间界定一条鲜明的界限会加剧男性对被看成有女性味的恐惧，而这无益于改变现状，因为它强化了男人对男性刻板模式的迎合"。② 这样的迎合对男性主体的成长同样是一种桎梏。

当然，这并不意味着我们无视性别的解剖现实，"生物性固然事先规范出若干事实，但这些事实受到什么样的诠释，毕竟是社会根据它自身的目标来决定的"。③ 性别、性别差异只是生理现实的社会建构。我们承认作为性别群体的男性、女性之间的差异（否则，将无法实现女性这一性别的独特价值，重又回到"男女都一样"的时代），即通常所言的性别差异，但也要承认性别共同体中每一个个体的差异，即男人与男人之间、女人与女人之间由于其他种种社会身份而导致的差异。不能把性别群体性间的差异绝对化、本质化，从而成为宰制个体行为的霸权模式。福柯主张用谱系学方法研究局部知识来对抗整体统一的总体性知识的意义正在于此。

---

① Julia, kristeva, "An interview with Tte Quel", in New feminisms. eds. *Elaine, Marks &Isabelle*, de Courtivron.Amherst: University of Massachusetts Press, 1981, p.157.
② 王政：《"女性意识"、"社会性别意识"辨析》，《妇女研究论丛》1997 年第 1 期。
③ [美] 罗思玛莉·佟恩：《女性主义思潮》，刁筱华译，台北时报文化出版企业有限公司 1996 年版，第 375 页。

结语与余论

通过上面三个部分的讨论我们可以得出这样的结论：一方面，新时期之初，文学沿着人性关怀的路线必然延展至对性别差异的关注，女性独特的境遇、经验历史性地出场，营造出第一波女性主义话语浪潮。但另一方面，这样的出场路线又先在地、宿命般地决定了中国当代女性主义话语与生俱来的具有本质主义化的潜在倾向。尽管构成20世纪80年代中国第一波女性主义话语潮流主体的张洁、张辛欣的文本敏感到本质化的刻板性别模式／制度对女性个体精神自由的宰制、压迫，但没有相应的知识背景让她们去进一步质疑、挑战这种刻板的性别模式／制度。到了80年代中期以后，虽然西方女性主义理论取代人道主义成为中国女性主义话语的主要思想资源。但是，中国当代女性主义话语原初的宿命以及这一话语所置身的80年代以来的本土性别文化语境，恰恰又决定了它对西方女性主义理论的接受在很大程度上更倾向于接受本质主义即求异派的思想观念，甚至一些并不具有本质主义倾向的西方女性主义理论也被进行了本质主义式的误读。80年代中叶以后的女性写作格外强调女性的独特性、差异性，以"异端"、"他者"的形象来挑战男权文化，如翟永明《女人》组诗中的"黑夜"意象（这一意象后来广泛出现于女性主义文本中），90年代初陈染、林白、海男等人的私人化的写作、身体写作等。但是，女性自诩、自塑的"异端"与"他者"形象与男权文化所定位的"异端"与"他者"两者之间到底是一种什么样的关系，这个问题一直没有得到很好的反思。在女性的自我表述与被表述中，这两者常常被有意无意地混为一谈。这样一来，原本在西方女性主义语境中具有挑战性、解构性、批判性的性别精神内涵的"异端"、"他者"形象，便迅速堕落、畸变为男权文化对女性的他者化、客体化的角色定位。90年代女性文化空间中充斥的小女人散文、"宝贝"式的身体写作，正是这方面的典型例子。平心而论，这类写作除了商业噱头之外，在相当程度上是知性认识上的含混。这样的消极倾向在90年代中叶以后有所改观。1995年北京世妇会前后，80年代后期以来流行于欧美女性主义学界的核心概念"gender"①一词被引入中国的女性主义学界，它被翻译成"社会性别"②，用来取代中国女性主义的核心概念"女性意识"。"gender"一词带有反本质主义意味，抵制性别身份的生理决定论，更强调性别身份的社会文化建构。这个概念很快被史学界和社会学界接受，文学界由于"女性意识"的惯性，对这个概念的接受相对滞后，但到了90年代末尤其是进入新世纪以来，性别研究越来越多地进入文学界女性主义话语的理论实践中，女性文学研究也开始向性别文学研究转型，本质主义倾向得到有效的遏制，女性主义话语的理论实践进入一个崭新的时代。但在女性主义话语的创作实践中，本质主义的倾向却依然在蔓延。当然，对其中原因的探究，那已是另一篇文章的主题了。

（原载《首都师范大学学报》2009年第5期）

---

① "gender"一词指"由社会文化形成的对男女差异的理解，以及社会文化形成的属于女性或男性的群体特征和行为方式"，参见谭晶常、信春鹰主编《英汉妇女与法律词汇释义》，中国对外翻译出版公司1995年版，第145页。

② 考虑到汉语构词的特点，一些学者采用"性别"这个词作为"gender"的汉语对应词，但也是在"社会性别"意义上使用"性别"这个概念，其所指与"社会性别"完全相同。笔者就采用这种方法。

第二章 主体性建构

——对 20 世纪八九十年代的女性主义叙事的一种理解

尽管 20 世纪 80 年代以来泛滥于大陆文坛的女性主义写作呈现出一种非常丰富、芜杂的态势，以致评论界的诠释也陷入众声喧哗中。但我以为不管怎么说中国当代女性主义写作并非空穴来风，它生成于中国当代社会独特的历史语境与西方女性主义文学思潮这一他者话语的互动关系中。这就决定了其总体的价值指归不仅只是解构，更具有建构的向度、即在解构男性霸权的同时确立女性崭新的性别身份，寻找建构迥异于男性主体性的女性自我。填补 20 世纪大陆文学话语的"空白之页"。这一价值指向在女性主义叙事文本中有着较为清晰的踪迹，并呈现阶段性演进的态势。即第一阶段以 80 年代初张洁《方舟》、张辛欣《在同一地平线上》为代表，第二阶段指涉 1985 年前后王安忆的"三恋"、铁凝的《玫瑰门》、《麦秸垛》等小说文本（尽管当时两位写作女性都不特意标榜自己的性别立场），第三阶段则指 90 年代以来林白、陈染所代表的一大批自觉以女性主义为写作立场的女作家们的文本实验。而王安忆发表于 1995 年的长篇力作《长恨歌》则可以看成第三阶段女性主义写作在另一维度上的深化。当然，这三个阶段并非呈现单一线性推进，常显示出反复与交叉的状态。本章拟将考察三个阶段女性主义小说代表性文本，清理女性主体性成长的大致脉络。这种清理，对新世纪的女性写作应该不是没有意义的。

一 角色意识与性别意识：1980年代前期的性别主体探寻

女人是什么？争取人格独立，张扬个性自由的"五四"姐妹们除了一声声女人也是人的呐喊外，并没有说出女性历史存在的独特性（作为新文学话语资源的西方近代人文主义实际上只是男性人文主义）。新文化话语浪潮中也曾有过女性性别自我孤独的言说，但终被淹没。女性性别历史及经验成为新中国文学的盲点。如果说"性别历史传统及经验的匮乏，这是女性成为性别主体道路上不可逾越结构性的空白"。[①] 那么，80年代初，当张洁们在现实的切肤之痛中拍案而起时，她们实际上并无可坚守的性别精神立场。正由于知性立场的匮乏，带来她们的文本叙事的种种矛盾。比如，二张率先把女性性别生活中一个极为触目的异化现象——"女性雄化"带入文学中，但文本叙事在对"雄化"的反讽、否定的同时又把"雄化"当成反抗男权物化女性，寻求女性自我发展的唯一途径。把美好的女性气质等同于依附、以媚邀宠等旧式女子依附性的人格基质。这种知性迷误在当时的文化语境中具有相当的普泛性，它源于我们文化体系中女性性别意识的缺乏。

在父系文化体系中，"男性所自喻和认同的并不是女性的性别，而是封建文化为这一性别所规定的职能"。[②] 中国传统文化中的妇女是没有性别意识的，只有角色意识——居于不平等二元对立文化秩序中弱项的角色意识即女儿性、妻性、母性。当然性别意识的某些特征往往会被弱化，甚至被异化，包裹在角色意识中表现出来。比如，女性在漫长历史岁月中出于对生命的孕育、呵护而滋生的柔性，往往异化、蜕变为作为

[①] 孟悦、戴锦华：《浮出历史地表》，河南人民出版社1989年版，第19页。
[②] 同上书，第21页。

父权文化指定角色的孝女、贤妻对父亲、丈夫的柔顺。"男女间最明显的差异，我们能肯定的唯一永恒的差异是主体的差异，这一差异一直被用来证明一种性别有权控制另一种性别的借口。"①因此，觉醒的女人不敢也不愿正视这差异。而中国的妇女解放运动又一直未能深入到性别觉醒这一层面，"时代不同了，男女都一样"便是我们的妇女解放运动典型的话语方式。这样觉醒的女人们在抛弃传统女性角色时便面临女性性别意识的真空。自然，在寻找新的社会角色的路途中很容易走上与"男人一样"的雄化道路。

其实，人从降生这一刻起，便先天预示了他（她）不同的性别道路，并因此造成各不相同的行为方式和心态结构。"两性之间毕竟存在着本质性的生理差异，毕竟在文明中经历了两种不同的进化轨迹，在今天的男女平等或男女趋同的社会活动中断然裂开一道性沟。"②漠视"性沟"，离开性别差异，女性自我将丧失主体性存在的价值。而正视性别身份前提下确立女性独特自我，又必须有一个对性别文化身份批判性认同的知性前提。这在当时的文化语境显然无以产生。便导致二张叙事对性别意识与角色意识的不加甄别，进而把旧女性角色意识与新的社会角色意识之间的冲突当成女性性别意识与新的社会角色意识之间的冲突，最终陷入"做女人与做人"两难的怪圈中无法自拔。

这种知性认识的匮乏，还典型体现在二张叙事对两性关系的描写中。她们一方面反对男性性别专制，强调女性主体性；另一方面又规避甚至否定作为性爱主体的女性自然生命的感情欲求。《爱是不能忘记的》中柏拉图式的精神之爱到了《方舟》中成了一句断喝，"女人是人不是性"。这固然是对物化女性的男性性专断的抗议，却殊不知作为性别个体的现实人（无论男人、女人）的感性生命是与其性欲求分不开的。而张辛欣叙事通常在连篇累牍全方位书写女性在两性生活中的心理经验时唯独对

---

① ［英］玛丽·伊格尔顿：《女权主义文学理论》，胡敏、林树明、陈彩霞译，湖南文艺出版社1989年版，第410页。

② 李小江：《性沟》，三联书店1989年版，第3页。

女性性心理闪烁其词，讳莫如深。二张叙事不约而同地陷入追求爱情否认性爱的怪圈，这最终必然导致对爱情的否定。《祖母绿》、《最后的停泊地》正是通过对两性之爱的彻底摈弃来为浓雾重锁的女界人生指点迷津。在把男人彻底逐出理想国的同时，女人也就泯灭了作为性别主体而存在的人在人世间的感性欲求。女人在抑闭自我中升华出一种高尚、神圣的自我图腾。相对于父权文化对女性的异化——物化，这实际上是另一种形式的女性人格异化——神本化，这无疑堵死了女性作为性别主体的"自我"成长道路。

这以后二张转向无性别立场写作。第一阶段女性主义叙事终于走向沉寂，这是其沿着自己文化逻辑演进的必然结果。

二 生命与文化：1980年代中后期的性别主体建构

也许不仅只是偶然。1985年前后，王安忆"三恋"恰正是通过女性作为一个性别主体的人的生命的感性欲求的张扬中开始女性主体性成长的再度喧嚣。

《小城之恋》中当男人与女人一同被欲望驱使堕入深渊无以自救时，女人怀孕了：

> 她从没有这样明净、清澈的心境，多少年来折磨她的那团烈焰终于熄灭。在那欲念的熊熊燃烧里，她居然生还了。她认为这是两个孩子的帮助，对她们无比感激，无比的恩爱。

这绝不同于父权话语惯例中叛逆女性因着神圣的母性感召而迷途知返、回归秩序的故事。而是启开女性幽闭已久的生命之门，展现生命孕育、生产，之于女性所具有的灿烂意义。正是在这种对生命的顽强持守中，女人从原欲的深渊中救赎了自己，僭越了男人。

　　那生命发生在她的身上，不能给他一点启迪，那生命里新鲜的血液无法与他交流，他无法感受到生命的萌发与成熟，无法去感受生命交予的不可推卸的责任与爱。其实，那生命的一半是他的，然而，他尚需间隔肉体去探索，生命给予的教育便浅显了……从这一刻起，他被她超越了。

　　……

　　这生命是怎么回事？意味着什么，要把他们怎么样？ 他真是害怕极了，那不期而遇的生命在他的眼里变成巨大的危险的鸿沟……

　　正是这种对生命的漠视、恐惧，甚至仇视，表现出男人对自然生命的超越，又正是这种超越使男人在社会文化中争得优越的地位。但男人终究未能摆脱自己的自然性别身份，因此，"他注定得不到解救，注定还要继续那股烈焰对他的燃烧"。

　　生命与文化总是互相楔入、缠绕，形成牢固而久远的关系。如果说《小城之恋》中作者更多的是以男人为参照物，对女性生命形态进行本体的观看和质询，那么，《荒山之恋》和《锦绣谷之恋》中这种观看便同时具有了生命与文化双重的意义——通过对女性隐秘的性爱心理（正是文化圈内在结构转化为个人心理结构）的书写，展露女性深层生命体验和精神生长。两个女人同时爱着一个其实根本配不上她们那样挚爱的男人。"可是，女人爱男人并不是那男人本身的价值，而往往只是为了实现自己的爱情理想。她们奋不顾身，不惜牺牲。"

　　《锦绣谷之恋》一开始作者就强调"我想说一个故事，一个女人的故事"而不是一个爱情故事。男人在叙事中故意被弄得面目模糊。他的存在不过为女主人公提供一方施展的舞台。她并不真爱现实生活中的男人。她爱的只是自己的爱情，她实际上是自己和自己谈恋爱，并在这种自恋式的精神漫游中复苏自己作为性别主体的全部激情，拯救在庸常中日益沉沦的精神自我。"爱你，是为了我活下去（翟永明《绝对爱情》）。"

男人在叙事中成了一个符号，一个女人借以精神自新之物，一个"空洞能指"，而这一向正是父权文化传统指派给女人的一贯身份。

文明史表明女性权力的丧失是由性权力丧失而失却的，那么，以女性为本位的两性关系的书写，无疑彰显女性权力的复归，对作为性别主体的女性自我的建构具有极大意义。对主体性成长更具有意义的是"三恋"叙事标示着一种女性叙事视点的转折——女性对自我的认识开始由第一阶段女性主义叙事中对外部处境、命运的关心探索，位移到从人性（生命本体与文化造就）意义上对女性灵魂的深层叩问——一种女性本体觉醒所必不可少的内省意识。

这种内省在铁凝那里俨然是一种在文化与生命双维度上展开的严酷的女界自审。《麦秸垛》中普通农妇大芝娘在和城里当了干部的丈夫办了离婚手续后又追上去要求与丈夫"再好一次"。"我不能白做一回媳妇，我得生个孩子。"几十年以后，在这块土地上，女知青沈小凤对并不爱自己却与自己有过一次性关系的男知青提出同样的要求，从而使自己处女代价的付出不至于落空。母性行为再次成为女人自我实现的唯一途径。这种古老的妇女性态度、性行为的轮回无疑有它滋生的文化温床——端村仿佛亘古未变的古老，落后生存方式、价值观念（四川女人花儿的悲剧至今仍在端村温情地上演）。与此同时，铁凝还把笔触伸向女性人性深层——女性生命中母性原欲心理，对生命顽强的持守与热忱（这是女性生命本体的内在欲求而非父权文化的角色意识）。母性本能像空气一样弥漫在叙事中。那"从喧嚣的地面勃然而起，挺挺戳在麦场上"的麦秸垛所具有的明显的象征意味，那由电影《沂蒙颂》所引发的黑沉沉的端村原野上一声声"乳汁"、"乳汁"的呼唤。

正是这种生命中母性原欲使得女人把自己从另一种原欲中剥离出来，升华自我，僭越了男人（《小城之恋》）。也正是这种母性原欲使女人在万劫不复的生命轮回中重复自己的悲剧命运。这便是女人的宿命！这无疑是女性人性探寻的一次深入抵达。

而在《玫瑰门》中铁凝则加重了文化批判的向度。司漪纹在粗粝、鄙俗的生存中，在历史的重负与现实压力纵横交错挤压下，美好人性、女性本质一点一点被扭曲、撕烂。巨大生存本领异化为机关算计，投机奉迎，旺盛生命力被用于没完没了的盯梢、窥视和疯狂的报复。在染上丈夫传染给她的梅毒又奇迹般生还后，她选择公公做对象，酝酿并成功地实施一次惊心动魄又令人反胃的性复仇行动。"文革"期间，当她得知寡居的儿媳与进住庄家大院的街道主任贫农罗大妈的儿子大旗的私情后，导演又一出同样惊心动魄的捉奸闹剧，并以此要挟当权的罗家。

两次复仇，使用的却是同样一件武器——男权社会女人唯一所有物——女人的血肉之躯，司漪纹自己的身体和儿媳宋竹西的身体。发人深省的是操纵这武器的恰是女人自己。文化压抑的外在律令被成功地转换成女性内在的自觉性。正如福柯所言："用不着武器，用不着肉体的暴力和物质的禁制，只要一个凝视，一个监督的凝视，每个人都会在这一凝视的重压下变得卑微，就会使他成为自身的监视者，于是，看是自上而下的针对每个人的监视，其实是每个人自己加以实施的。"[①]叙事在无情解构父权文化体系的同时，也犀利解构了体系内女性主体的再生产，以及女性对这种再生产独特的消化与接纳。生命就在这种消化与接纳中畸变、扭曲。

性别身份的认同实际上是一种文化身份的认同。第一阶段女性主义小说虽然率先擦亮了长期被遮蔽的女性生存本相，但只是从经验出发在现实政治经济层面上展开性别冲突，完成女人作为与男人一样人的身份的确认。由于缺乏性别文化反思的知性立场而无法真正进入性别文化身份确认这一层面。第二阶段的王安忆、铁凝恰正是在文化与生命双重知性视角下进行女性历史传统、现实经验的书写，并通过这种书写探寻女性作为性别群体历史存在的特殊性，女性作为类存在的生命本相，从而开始了对女性性别文化身份的辨识。

对性别文化身份的认同，并非重新回到父权制文化体系中认同不平

---

① 转引自李银河《女性权力的崛起》，中国社会科学出版社1997年版，第127页。

等男女二元对立差异,而是一种批判性的认同。这种认同既包含文化的解构又包含文化建构。如果说铁凝更倾向于对父权制文化系统及系统内对女性主体的再生产的双重解构,那么,王安忆似乎更倾向于建构,以男人为参照物言说女性独特生命与文化意义。

三 身体与日常生活:1990年代的性别主体建构

王安忆在"三恋"中所进行的女性独特生命与文化意义的建构在1990年代以陈染、林白为代表的女性主义小说文本中,则表现为对作为性别个性的女性自我生命的形态与意义的追寻。由于1990年代独特的社会历史语境使得这种女性个体的确认与1980年代初主流叙事系统(以男性写作为中心)中的个人主体价值的确认有所不同。后者只是在时代中心价值框定的个体生存意义、发展模式范围内,阐释个人生存意义的不同支撑点。而林白、陈染的写作恰是在这允诺之外,诗性表达女性个体生存的可能与局限。将"包括被集体叙事视为禁忌的个人性经历,从受到压抑的回忆中释放出来,我看到它们来回飞翔,它们的身影在民族、国家、政治集体话语中显得边缘而又陌生。正是这种陌生确定了它的独特性"。[①]

她们从非常私人化的,为小说叙事惯例所极为陌生的甚至绝对禁忌的领域:自我女性之躯,自我身体成长中一些极隐秘的经验,开始对作为性别个体的女性自我的深层考问。16岁少女肖蒙正是在与男人的性关系中发现自身与世界存在的秘密,领悟到自我最初的意义(《与往事干杯》)。童年的多米(《一个人的战争》)正是在那茁壮着的、发自生命本体的强烈欲望煎熬与解泄中,在对成年女性美丽肉体的迷恋与领悟中发

---

① 林白:《记忆与个人化写作》,《花城》1996年第5期。

现并认同自己的身体，成为自己并喜欢自己，滋生着强烈的性别意识。

对女性欲望无顾忌的抒写，对性爱场面大胆描摹，惊世骇俗，也许并非她们刻意的追求，而是女性真实境况本身惊骇的力量。当女人的肉体需要并未成为主体的一种需求，表明女人根本没有成为性爱主体。那么就在女性肉体的觉醒与狂欢中，女性本我剥离了父权文化的挤压、内化，悄然生长。

"女性欲望，妇女的要求在阳性中心社会受到极端的压抑和歪曲，它的表达成了解除这一统治的重要手段……躯体作为女性的象征被损害、摆布，然而却未被承认……躯体这万物和社会发展的永恒的源泉被置于历史、文化、社会之外。"① 那么把躯体带入文本，进而带向公共文化空间无疑具有了性别意识形态的意味。"身体写作"同时具有了解构建构双重向度。

但毕竟身体经验、性经验不是女性自我的全部，仅从女性之躯上寻找自我难免从另一个方向跨入男权陷阱，陷入自我的迷失。于是，林白、陈染们又企图在自我与男性世界对立中确立性别的精神立场。只是这种对立更多的只是在心理层面上被展开。无论是林白或陈染小说中的女主人公对现实男性权力秩序的破坏，更多的都只停留在心理层面上，采用心理幻想的方式（无止境的精神漫游、纵横交错的内心撕裂几乎成她们叙事的基本惯例）。在现实生活中她们多半是逃避、就范。

多米具有极强的性别主体意识，但在现实生活中却"一遇到麻烦就想逃避，一逃避就逃到男人那里"。黛二（《无处告别》）与男权社会格格不入，但为了生活独立，不得不一面"做着与自己本性相悖的努力"通过"谁谁"儿媳向谁谁贿赂，另一方面在雨夜的街上咀嚼着自己几年来积蓄的多种毁灭感，幻想着把"自己安详吊挂在树枝上，她那瘦瘦的肢体看上去只剩下裹在身上的黑风衣在晨风里摇摇飘荡——那是最后充满

---

① ［英］玛丽·伊格尔顿：《女权主义文学理论》，胡敏、林树明、陈彩霞译，湖南文艺出版社1989年版，第359页。

尊严的逃亡地"。而生存则意味着女性尊严一点一点地被剥蚀。全部的外部世界对她们而言都是充满危险的。倪拗拗(《私人生活》)甚至在幻觉中发现熙来攘往的人群竟是一群人形的狼,只有滞留在狭小、幽闭的空间、甚至只有退回自我意识深处才有安全感。

"如果说女性只能停留在自我内心世界才能反抗父权制象征秩序,那么,这种反抗方式是否意味着对男性/女性等级的重新默认?男性永远是外部理性秩序,女性永远是非理性的幻想之流。"[①]男性批评家的诘问兴许是一种必要的提醒。无止境的女性心理探寻、考问,固然显示出文本对男性宰制力的指控已深入到女性心理人格的内在层面,但却使女性自我的建构迷失在抽象与空疏的观念性中而无法具有物质实践性内涵。这种纯精神的主体性经常遭遇来自女性人生惨痛的现实生存经验的无情狙击、轰毁,而沦为感伤的"乌托邦"。

随着市场化深入,不仅主流话语中正统意识形态话语日益失去主导地位,新时期文化语境中另一个强大的话语发出者知识分子在文化中的影响力也日渐式微。在文化多元选择的趋势下,世俗文化蓬勃崛起,世俗价值悄然生成。一个更世俗化、更注重日常生活本身、更平易化的生活状态已然成为中国人的理想与现实。在这样的文化语境下,女性主义写作从陈染们纯粹的精神关怀悄悄走向《长恨歌》对女性个体生命世俗形式及意义的探寻和礼赞应该是一种必然。

《长恨歌》主人公王琦瑶是个旧时代过来的普通市民女子。尽管她有男人、有女儿、有父母;她给人打针、到工厂揽零活;但她的家庭或社会角色都相当模糊。文本叙事刻意彰显她秩序之外的独特的性别生存。刻意在新旧各种角色意识的层层剥离中显露其真正的女性性别意识,并在此基础上建构女性自我。相比于第一阶段女性主义小说角色意识与性别意识的混同,这种用心无疑是个知性认识上的飞跃。尤其小说颇有用心地安排了一个参照物——蒋丽莉。相对于王琦瑶处于秩序之外边缘性

---

① 陈晓明:《反抗与逃避——女性意识》,《文论月刊》1991年第11期。

的生存，蒋丽莉总是居于社会秩序中心地带，王琦瑶几乎处于角色真空，而蒋丽莉则在角色累赘中疲于奔命，王琦瑶从外表到内心的优雅、从容与蒋丽莉粗粝、浮躁，最后蒋丽莉在为别人终日奔走的疲惫、焦灼中患绝症而亡，而王琦瑶却以女性的"绵里藏针"小有滋味地经营着属于自己的日子。

这种对照不无深意，社会价值是否是估衡女性自我价值的唯一指标？在家庭日常生活中还存不存在女人自我价值实现问题？女性的觉醒是由职业等外在价值来衡量还是以观念意识认识程度来确定？这里我们显然看到写作女性深层自我体验对"妇女解放即妇女走向社会"这一主流中心话语及西方女权主义的性别对抗话语的消化与汇通，从而超越这一阶段其他女性主义写作经验的浮泛与焦灼。女性的性别生活经验真正成为生成女性文本经验的基质。一种新的女性美学理念已然来临。在对凡俗人生、民间本体的深深认同中，在对女性个体生命的现实关怀中，女性主体性滋生出更具实践性，世俗性的崭新内涵。对陈染们高蹈的精神叙事的拒绝，并不意味着《长恨歌》对男权叙事的回归，而是以对女人边缘、琐细的生存意义的展现和肯定来追问男权社会主流化、中心化生存的意义。从而对后者发生潜移默化"绵里藏针"式的消解与改写。这种解构兴许没有挑战文化禁忌的林白、陈染那样的激烈，却因具有了世俗化、物质化内涵而更能持久。

结　语

主体性不可能是一蹴而就的封闭、稳定的概念。从张洁、张辛欣"女人是和男人站在同一地平线上的人"到王安忆、铁凝对女人作为一个性别群体存在的独特性的探寻，到林白、陈染文本从个我隐秘的生活、心理层面对性别个体女性自我的追问，再到王安忆《长恨歌》在一种平易的日常状态中展现女性个体生命的世俗形式及意义，营造一个世俗、民间的女性自我。我们可以看到女性主体呈现出来正在不断变化、生成中的内涵。这个过程是这样的绚丽，又是这样的艰难，但毕竟女性主体的出场将是命运与历史重写的开始。

当然，这个过程远没有结束。90年代后期，虽然女性主义写作作为一种文学思潮已失去先前的猛健，但作为一种文化姿态却已经和必将被越来越多的写作女性所接受。在新世纪的历史场景中女性主体性还会滋生出更加丰富、崭新而又与前20年女性主体性成长脉络有着深刻潜联的内涵。

（原载《小说评论》2000年第6期，原来的题目是"**主体性建构：对近20年女性主义叙事的一种理解**"）

第三章　1990年代性别差异性文化想象的尴尬及其原因

性别差异性，构成女性的性别意识，所以性别差异性是女性主义理论一个基本范畴和研究视角。同时，对性别差异性的肯定或否定也构成女性主义理论长久以来关注与争论的焦点。性别差异性同样为我们提供了一个审视20世纪90年代具有自觉性别意识的女性写作的视角，这样的写作可以命名为"性别差异性文化想象"或"性别差异性文化书写"。我们将选择90年代富有代表性的女性文本来审视这一文化想象的样态。

一　性别差异性想象的种种形态

如果说"只有当女性作为一个差异性的群体重新聚集浮现出来的时候，我们才能反身观察平等掩盖下的不平等的现实"[①]，那么，正是对"差异性"的关注带来新时期女性性别意识的觉醒。但由于"男女都一样"这一关于男女平等的"宏大叙事"长期的覆盖，也由于20世纪80年代以来男权成功地利用差异性疯狂地反攻，"差异性"在80年代初的语境中身份十分暧昧，它在被带入文本的同时又常常遭遇否定。以张洁、张辛欣为代表的80年代早期的女性写作就常常陷入做人与做女人两难这一古老的悖论中不能自拔。

尽管20世纪70年代末那场人道主义启蒙思潮在与"五四"思想对

---

① 戴锦华：《犹在镜中》，知识出版社1999年版，第179页。

接时,有意无意地忽视了作为后者不可分割的组成部分妇女解放这一重要内涵,但毕竟随着人道主义话语的深入,人性的幽深与丰繁在文本中徐徐展开,对性别差异性的知性认同终于姗姗来迟,80年代中后期"三恋"、《岗上的世纪》、《玫瑰门》、《女人组诗》、《静安庄》等一大批女性文本正是基于这一认同的出色的文化想象。

20世纪90年代的文化语境如春风化雨喂养了更加缤纷芜杂的性别差异性想象。正是性别差异性奠定了女性作为独特的文化群体的类的本质,而这一本质又是女性作为一个相异于男性的性别主体的历史性出场所必需的。

从哲学层面而言,所谓类的本质是对某类人某类事物的抽象概括。"人的类的特殊性恰恰在自由自觉的活动中,通过实践创造对象世界,即改造无机界,人证明自己是有意识的类的存在物。"[1]妇女作为类的存在,其类的本质在千千万万的个体那里既有千差万别的一面又有普遍共同的一面。"人是一个特殊的个体,并且正是他的特殊性使他成为一个个体,成为一个现实的单个存在物。同样,他也是总体,观念的总体,被思考和被感知的社会自为的主体存在。"[2]那么,20世纪90年代女性个人化的写作正是在作为性别差异性的本质与女性个体生命独特性的对立统一中建构女性的主体性的。事实上,80年代王安忆、铁凝们的性别想象同样也包蕴这一内涵,只不过,90年代的女性写作呈现更加尖锐的个体的姿态。

作为姿态最鲜明的表现的无疑是以陈染、林白、海男、徐小斌等为代表的私人写作。她们以自我生命最隐秘的经验叩问作为性别个体的女性深层的意义。这是对20世纪80年代性别差异性想象的延展与深入。这种延展与深入在90年代获得一个完全崭新的想象空间——女性自我的生命之躯。"躯体写作"和性话语成了陈染、林白这一支脉女性写作确立自己独立性别精神立场的重要路径,但遗憾的是90年代的女性"躯体写

---

[1] 马克思:《1844年经济学哲学手稿》,人民出版社1979年版,第76页。

[2] 同上。

作"几乎普遍遭遇误读,成为男权文化消费的热点。

20世纪90年代出现的另一种性别差异性文化想象的景观是对一向为主流中心话语所忽视与无视女性边缘性琐碎生存经验的书写,《长恨歌》无疑是其中最出色的文本——以张爱玲式的"琐碎政治"来追问男权社会中心化生存的意义,从而对后者充满了"绵里藏针"的解构意味。但这一想象的空间在90年代的独特语境中也大量繁殖畸变为闲适平庸富态的小女人散文:津津乐道于闲妇们梳妆打扮,养尊处优,恋爱性事……女性琐碎的生存经验在这里不仅已然丧失了边缘性所应具有的个性与追问式的解构意味,而且还衍化为对男性把玩心理的一种潜在的迎合甚至召唤。

与这一流脉性别差异性相关联的还有这样一种性别书写——在对旧时代闺阁文学的重新的认同中想象性别差异性,这里固然有对性别历史经验的体认,也有对汉语写作的女性传统的自觉传承,却更有对繁复凄艳,慵懒娇憨千娇百媚的闺阁风情的仿制与复归。就在这仿制与复归中古老的父权文化规约得到又一次优雅的默认。

就这样,20世纪90年代的女性写作在以缤纷的态势丰富着性别差异性文化想象的天空的同时,也频频成为男权文化消费的热点与装饰。以建构与男权文化相抗衡的女性独特的文化价值为旨归的差异性文化想象,何以在纵情飞翔的同时又重新落入男权的藩篱,暗合父权秩序对女性的规约?这正是90年代女性写作的宿命。让人想起90年代初林白的谶语般的小说命名:"致命的飞翔。"

二 "身体写作"与"性别差异性"的困境

造成20世纪90年代女性写作尴尬的原因到底是什么? 除了一些文学之外的原因,是否女性写作本身就存在着内在的逻辑悖论? 女性主义文学评论界的解释一直十分暧昧,这就给男性话语霸权对这一写作姿态的非难留下了许多口实。实际上导致 90 年代写作尴尬的原因除了宿命般存在商业话语和男权话语这两个巨大的阴影外,更为内在的原因是知性认识的含混性。这种含混性几乎是西方女性主义漫长历程中的理论宿命。在这一理论话语本土化的过程中这种含混性一直没有得到很好的清理,势必影响到了创作。比如直接造成上述写作尴尬的原因主要是女性主义理论内部对两个基本概念的模糊认识。

首先是对"身体"这一概念的含混认识。以埃莱娜·西苏为代表的后现代女性主义躯体修辞学无疑对 20 世纪 90 年代女性躯体想象产生深刻的影响,陈染、林白们的躯体写作显然有很自觉的理论意识。后现代女性主义认为父权制文化秩序中女性的躯体只是用以建构男性主体性的场所,一种不是主体性的物的存在。因此尽管这一文化秩序有着无比丰富的关于女性躯体的代码系统,但这只是"空洞的能指",真正的女性躯体始终是历史与文化的缺席者,这也正是菲勒斯(phallus)得以统治的原因。"父权制文化秩序中躯体作为女性的象征,被损害、被摆布,然而却未被承认。躯体这一万物和社会发展永恒的源头被置于历史文化和社会之外。"[1]那么,由女性自己把躯体带入文本进而带向历史与文化的空间,无疑具有性别意识形态的意味。同时,身体写作在后现代女性主义看来也是别无选择的书写策略。因为,"现存的语言系统正是菲勒斯中心语言系统,妇女用这样的语言写作是无济于事的。妇女必须通过自己的身体来写作,她们必须创造无法攻破的语言,这语言将摧毁隔阂等级花言巧语和清规戒律"。[2]"写你自己,必须让人们听到你的身体,只有到那时,潜意识的巨大源泉才会喷涌,我们的气息才会布满世界……"[3]

由上面的引述我们不难看到,在以埃莱娜·西苏为代表的后现代女性主义的身体修辞学中,女性的躯体被看成与女性的主体具有统一性的。

---

[1] [英]玛丽·伊格尔顿:《女权主义文学理论》,胡敏、林树明、陈彩霞译,湖南人民出版社 1989 年版,第 359 页。

[2] [法]埃莱娜·西苏:《美杜莎的笑声》,张京媛主编《女性主义文学批评》,北京大学出版社 1992 年版,第 201 页。

[3] 同上书,第 194 页。

这显然受到德国哲学家梅洛庞蒂的《知觉现象学》对躯体认识的影响。"对于梅洛庞蒂来说，身体取代思想主体的认识论至上性，身体是我们在世界中存在的关键，是我们直觉被设定的关键。也是我们获取经验和意义能力的关键。身体代表着外在世界和我思得以发生接触的内在世界场所……所有的主体性都是一种被设定或被肉体化的主体性，因此是身体而非关于某个纯自我的科学构成开启了我们同对象及其他(肉体化)主体的关系样式……"① "人类的意义和审美的意义只有通过感性肉体的本体论中介才能得到自我揭示。"②

与此同时，后现代女性主义又深受福柯关于身体(body)理论的影响。比如，后现代女性主义者莱克勒克(AnmeLeclerc)在谈到身体快乐时说："我身体的快乐，既不是灵魂和德行的快乐，也不是我作为女性的这种感觉的快乐。它就是我女性的肚子，女性的阴道，女性的乳房的快乐，那丰富繁盛令人沉醉的快乐，是你完全不可想象的。"③正如特里·伊格尔顿所指出的那样："从梅洛庞蒂到福柯的转移，是作为主体的身体向作为客体的身体的转移。对于梅洛庞蒂来说，正如我们已经看到的，身体是有事情可做的地方，对于新的身体学来说，身体是有事情——观看铭记规定——正在做给你看的地方。"④这种对身体认知的理论暧昧无疑影响了20世纪90年代的女性躯体想象。即便90年代最严肃的女性文本的躯体想象中，我们也不难发现歧义与疑义。这种暧昧到了90年代末的一些女性书写中成了一种有意策略。这正为受众的误读和男性期待想象提供了绝好的素材。

另一个充满暧昧性的概念是性别差异性，这一概念对女性主义理论体系的意义已在前面提到过。长期以来女性主义理论界一直存在本质主义与反本质主义之争。性别差异性有时被当作父权文化对女性的规约而

---

① [美]理查德·沃林《文化批评的观念》，张国清译，商务印书馆2000年版，第171页。
② 同上书，第172页。
③ 转引自李银河《女性权力的崛起》，中国社会科学出版社1997年版，第128页。
④ [英]特里·伊格尔顿：《后现代主义幻象》，商务印书馆2000年版，第83页。

招致否定，有时又被看成足以与男性文化相抗衡的女性独特的文化意义而被强化与张扬，这种强化与张扬又时常导致对差异性的本质化。

事实上父权文化秩序所认同的并不是女性的性别（差异性），即性别意识，而是这一秩序为这一性别所规定的职能（对差异性的文化价值定位），即通常所谓的角色意识。比如封建时代的妇女根本没有性别意识，只有角色意识，为女、为妻、为母。当然，性别意识的某些基质往往会被畸变异化后包裹于角色意识中。例如作为女性合理的生命欲求的母性却异化为传宗接代的工具性。于是，面对性别历史经验，我们往往需要非常小心地加以甄别。这样的甄别过程几乎如履薄冰，歧路丛生，随时都可能在认同差异性的同时也认同父权文化对差异性的价值定位，即父权文化秩序的规约。我想，这正是20世纪90年代差异性话语遭遇尴尬的内在原因。其实在90年代最出色的性别差异性书写之一的《长恨歌》中，作者就颇具用心地甄别过女性的角色意识与性别意识，刻意将主人公的性别身份确认置于新旧种种女性角色意识的层层剥离中。[①]遗憾的是在对《长恨歌》的众多女性主义解读中，却鲜有注意到这一点的。

当然，在甄别角色意识与性别意识的过程中也可能导致将婴儿与脏水一同泼掉的结局。这也是西方从经典女性主义到后现代女性主义漫长的历史过程中经久不息的声音。国内的女性主义理论界越来越多的人开始呼应这种声音。

我们固然赞同波伏娃那个著名的论断："女人不是天生的而是后天变成的。"反对女性的本质先在性的预设，反对西方传统文化对男性／女性二元对立划分的刻板模式。但倘若不存在着普遍的女性本质，那么，女性主义理论的立足点又何在？女性的性别主体性何以建构？反本质主义并未使20世纪90年代女性写作摆脱尴尬，相反的，还将导致一个更致命的悖论。

---

① 参见王宇《主体性建构：对近20年女性主义叙事的一种理解》，《小说评论》2000年第6期。

"对性别差异性的更完整的女权主义理解不否认两性之间可能存在的深刻的差异,但它不假定这些差异是妇女处于普遍明显的不平等和从属地位的确凿原因",[1]经典女性主义认为不平等的两性关系的形成经历三个转变阶段。首先是从生理差异向社会差异的转变,然后是社会差异产生价值关系,价值关系引出不平等观念。比如,女人生孩子,男人不能生孩子。这是最明显的生理性别差异(sexual difference)。既然女人能生育哺乳就适合于家里照管抚育孩子,男人外出干活,这便导致社会性别差异(gender difference)或者说社会分工。在这种社会分工中,男人所承担的工作被认为是重要的,而女人所承担的部分则是次要的、附属的。这便导致价值差异,最终导致不平等。这便是传统自由女性主义的社会性别差异论(gender theory)的理论基础。这里我们不难看到,差异本身并不必然导致不平等,而对可见的性别差异性的评价才可能既是不平等的原因又是不平等的结果。[2]

"最初出现的是人的一系列潜在的特性和性情的分化,变成男性和女性。后来男性的支配地位导致主要用那种肯定男子性别特征的优越性的语言来规定真正的人的品格。这样,人类的成就就被视为主要是由男性决定的(realization of maleness)。"[3]但我们也可以换一个角度,赋予女性的性别特征以优越性的社会评价,比如,前面所说的女性的孕产能力一向被看成次要的、附属的,不如男性在外的工作有价值。而马克思主义女性主义者戈尔·卢宾(Gayle-Rubin)就认为人类本身的再生产方式先于任何人类生产方式和社会关系。也就是说,"人类社会行为开始于人类自身的再生产,这时所建立的关系比生产过程中建立的关系更重要"。[4]因

---

[1] [美]艾莉森·贾格:《性别差异与男女平等》,王政译,王政、杜芳琴主编《社会性别研究选译》,三联书店1998年版,第202页。

[2] 参见柏棣《平等与差异:西方后现代主义女性主义理论》,鲍晓兰:《西方女性主义研究评价》,三联书店1995年版,第2页。

[3] 郝大维、安乐哲:《汉哲学思维的文化探源》,江苏人民出版社1999年版,第84页。

[4] 转引自柏棣《平等与差异:西方后现代主义女性主义理论》,鲍晓兰《西方女性主义研究评价》,三联书店1995年版,第6页。

此，分娩是女性特有的创造生命价值潜力的体现，同时分娩的潜在价值还在于"导致具有潜在特点的看待世界的方式，而这种方式可为女权主义的重建提供基础"。①

王安忆20世纪80年代的文本《小城之恋》正是把女性精神上对男性的僭越，从而获得的救赎与提升建立在对生命的孕育上。母性的价值并非如男权秩序所界定的那样是为家族提供后代而获得的。在这里，母性是一种女性的性别意识而非男权秩序所指派的角色意识。所以，郑敏在谈到女性诗歌时说过这样的话："女性最伟大的特点是母性，女性诗歌要尽可能地展现母性景观。"把母性作为性别差异性文化想象的一个基点并不意味着主张性别差异的生理决定论，但人性毕竟是生理基质与历史文化深刻而久远的嵌入与缠绕，生理的差异毕竟导致男人与女人的不同性别境遇并因此对两性的心理结构行为方式产生影响。

三 性别差异性想象的非历史化倾向

当然，其实人的自然属性中也已然包含了社会历史内容，恩格斯说："妇女的皮肤是历史发展的，妇女的头发是历史发展的，如果把她身上一切历史形成的东西一起统统去掉，在我们面前所呈现的原来的妇女，还剩下什么呢？干脆地说，这就是雌的人类。"②因此我们不能脱离历史来看待性别差异。差异性文化想象中应该包含女性不仅作为话语主体而且作为历史实践主体的内涵。女性自我的生成应当被置放于社会历史的联系当中，"如果说自我在本质上是关系性的东西，那么缺乏构建这种关系的可能性必然会阻碍自我力量的发展。无论是从缺乏深层次自我的女

---

① [美]艾莉森·贾格：《性别差异与男女平等》，王政译，王政、杜芳琴主编《社会性别研究选译》，三联书店1998年版，第203—204页。

② 恩格斯：《致保尔·恩斯特》，《马克思恩格斯全集》第37卷，人民出版社1988年版，第407页。

性联系当中还是从缺乏深层次联系的男性自我当中都不能产生出一个具有稳固基础和丰富关系的自我"。[1]认同女性琐细边缘的性别生存经验(包括身体的经验),追述那个古老的岁月中"苍凉而莞尔的手势"(张爱玲语)固然能够彰显特定的"女性对繁华与毁灭的审视,对文明的质疑与彻悟"。[2]从而具有多重的文化意义。但假如性别差异性文化想象仅有这样一些逼仄的翱翔地,却又是对那个古老的规约的默认,即男人/女人、主外/主内。也许我们要做的既不是花木兰式的化装进入历史,也不再是一味地规避"历史叙事",而是改写和重构"历史叙事"。正如伍尔夫所说的,女性写作与男性写作的本质区别"不在于男人描写战争而女人描写生孩子这一事实,而在于两个性别皆表现自身……"[3]如果说20世纪80年代方方的《埋伏》、《行为艺术》,90年代初王安忆的《叔叔的故事》,90年代中后期徐坤的《狗日的足球》、《先锋》、《游行》等都是以性别书写的立场对宏大的现实或历史事件进行迥异于男性叙事惯例的书写,呈现出对坚硬与虚妄男性文化的颠覆与戏弄。同样出现于90年代后期的须兰力作《纪念乐师良宵》则是对以往历史叙事的一种回应式的补充,文本超越了同类题材叙事中的民族主义,以90年代叙事少有的心灵力度,以女性对生命独特的理解与张望,将南京大屠杀的这一惨绝人寰的历史场景衍化为一个民族乃至人类所遭遇的永生永世心灵的杀戮与劫难。这样一种有着女性独特精神内涵的历史与现实的叙事向度在90年代末以卫慧为代表的70年代出生的女作家的"另类"写作中下滑为"现时性","这个现时性如此的膨胀、如此的泛滥,以至于把过去推到我们的地平线之外,将时间缩减为唯一当前的分秒"。[4]真正的现实在卫慧们的叙事中是沉默的。所谓的"另类"事实上也只是一种自我作态的时尚表演并不是

---

[1] [美]凯瑟琳·凯勒:《走向后父权制的后现代精神》,[美]大卫·雷·格里芬编《后现代精神》,王成兵译,中央编译出版社1998年版,第111页。

[2] 戴锦华:《奇遇与突围——90年代的女性写作》,《文学评论》1996年第5期。

[3] [英]玛丽·伊格尔顿:《女权主义文学理论》,胡敏、林树明、陈彩霞译,湖南人民出版社1989年版,第395页。

[4] [捷克]米兰·昆德拉:《小说的艺术》,孟湄译,三联书店1992年版,第18页。

真正具有解构性的性别精神立场。在现实与精神双向度上同时被抛的写作只能是一种轻虚的时尚写作,并没有为 90 年代性别差异性文化想象提供新的话语空间。

　　性别差异性的历史内涵还应指涉"妇女从属的历史,尤其是它与其他从属群体的历史的交叉,是如何形成并继续形成两性差别以及我们看待和评价这些差别的方式"。[①]我们承认性别类群的特性同时也不否认亚群体的差异性,即妇女群体的内部关涉种族阶级及族裔的差异性,在 20 世纪 90 年代的本土语境上,性别书写理应关注不同阶层妇女性别境遇的差异,关注分别基于中西方传统宇宙论的两性关系阴阳互补关联模式和两性关系二元对立排他模式之间的差异,并以此作为性别差异性文化想象的重要延伸点。遗憾的是 90 年代的女性写作在这些方面都不尽如人意。90 年代写作女性更多地把目光投向于游离出历史的"自身",包括都市的白领女性(文化或商业白领),抑或古老岁月中庭院深深帘幕低垂的女人们。在两性关系式的书写上也大都呈现出一种对抗与决绝的模式化状态。也许王安忆写于 90 年代末的长篇《富萍》是个很例外的文本。

　　尽管人们大可以把《富萍》看成始于《长恨歌》的关于上海这座大都市叙事的继续,但毕竟《富萍》讲述的是上海最底层的劳动妇女——保姆与运送垃圾的女船工们的生存境遇(底层劳动妇女的境遇几乎是 20 世纪 90 年代女性叙事的盲点)。而且,虽然相比于 90 年代其他的女性文本,《富萍》似乎并没有十分明确的性别立场,文本中还出现了一些有血有肉的男性形象,如舅舅、戚师傅等(这的确不同于男人不是面目模糊就是面目可悲可憎的同时期女性叙事惯例),但那《长恨歌》式的鸡零狗碎、絮叨繁复的叙事方式,那对琐碎边缘的日常生存经验的诗意认同,都在指认着王安忆式的独特的性别叙事立场,也许正因为这样一些独特性使它从 20 世纪末性别叙事符号化、类型化的惯性滑行中凸显出来。这

---

① [美]艾莉森·贾格:《性别差异与男女平等》,王政译,王政、杜芳琴主编《社会性别研究选译》,三联书店 1998 年版,第 202 页。

种凸显似乎更得力于文本叙事对本土性别气质的指认。它表现女人对苦难命运的挣扎与抵抗、承受与包容，也表现女人与男人互相以自己卑微而韧性的生命支持着对方，点点滴滴共同求取生存之光。弄堂街巷，灶间柴房，低矮破旧的棚户区，苍蝇成堆跟随的垃圾船……但你只要看看船两边河岸"遍地的油菜花，瓦蓝的天"，那"炊烟四起，饭香四起连成一片"的棚户区院落，一股股民间本色的生存的暖意与诗意便从文本中冉冉升起，那样的亲切而久远，正如这天地间的女人和男人，生生不息……

性别关怀衍化为一种民间本色的生存关怀，女性视角与民间视角已然成为共谋，毕竟两者有着共同的边缘化的文化境遇。这一叙事倾向在《长恨歌》中已经存在，在《富萍》中作者有意做了延续与拓展，也许这正是西方女性主义这一"他者"话语的本土化苗头。

如果说 90 年代中后期以来性别想象日益面临资源枯竭的危机，那么，王安忆的叙事立场是否为新世纪的性别想象启示了一个更加广阔的话语空间？当然了，在这广阔的空间中飞翔，该如何保持自身的独立的路径，又是一个必须小心翼翼的关口，否则，将又会是一次"致命的飞翔"。

（原载《文艺评论》2002 年第 2 期，各部分小标题为纳入本书时添加）

第四章　男性文本：女性主义批评不该忘却的话语场地

20世纪80年代，尤其是进入90年代以来，一方面，女性写作日益繁盛，场面的壮观是前所未有的；另一方面，男权对女性书写也以新文学以来前所未有的态势呈现，从新时期伊始等待在农家女儿手中20双痴情的布鞋，到男性精英骄傲地断喝"女人永远得不到她所创造的男人"；寻根文学中作为男人之间利益交换和雄性展演场所的女人的身体，新历史小说中病态、奇艳专供把玩的成群姬妾；最后到90年代争相向文化名人自荐枕席的住在现代古都里的女人们和世世代代渴望强奸"活得又苦又贱"的"水做的女人们"[①]……纯文学所提供的这些情节无疑为商业和大众传媒对女性形象的文化消费提供了充分的源泉。在学术领域，女性主义作为一种文化思潮不仅"浮出历史地表"，而且已然成为一门"显学"。女性文学批评、研究的队伍日益壮大，论文专著汗牛充栋，仅现当代文学研究领域，每年都有好几部20世纪女性文学研究专著问世，论文更是如潮涌水漫，但这一切并不足以形成与男性批评对话的局面。仅就文学史写作而言，按照文学发展的规律，文学研究与文学批评的成果将生成新的文学观念、思想，最终成为修正与重写文学史的基本依据。虽然在90年代这样一个"重写文学史"的年代里，所有"重写"的20世纪文学史不管是平庸还是优秀的，都会给女性文学留下专门的章节（这是近20年女性主义最辉煌的业绩），文学史家争相在自己体例恢宏的王

[①]　涉及的文本有李国文的《月食》、张贤亮的《男人的一半是女人》、苏童的《妻妾成群》、叶兆言的"夜泊秦淮系列"、贾平凹的《废都》、张宇的《疼痛与抚摸》等。

国里慷慨地划出一块地盘,让"写作女性"去"浮出历史地表",但在那些更广阔文学史腹地中,那些"被写作"的女性依旧喑哑在地表之下,她们依然在最古老的意义上被文学史书写者阐释着。迄今为止,还没有一部 20 世纪文学史将女性主义纳入自己的"重写"理论配方,哪怕占上很少的份额来考察被作为文学史经典的男性文本。似乎形成这样的一种局面,女性主义批评只限于用来解读女性文本。90 年代,女性文学史著作虽然也不断地涌现,但始终处于一种边缘、自说自话地带。从来就没有人将其看成"重写文学史"这一时代文化景观的一部分,甚至除了从事这一领域研究的女学者、女硕士、女博士外根本无人知晓。这一切都说明了当下中国女性主义批评的无力,它根本无法影响文化象征系统中意义的再生产。当然,造成这一状况的原因是多元的,但女性主义批评自身的局限却是我们不得不面对的现实。

一 "女性主义批评"与"女作家批评"

伊莱恩·肖瓦尔特在《迈向女权主义诗学》一文中将女性主义批评分为两种不同的类型:第一种涉及作为读者的女性,研究的对象是关于女性的话语,即对男性文本的重新解读;第二种涉及作为作者的女性,研究的对象是女性话语即对女性写作的研究。[1]但 20 世纪 90 年代以来,特别是 90 年代中期以来的中国女性主义批评一直偏重于第二种类型,男性作家创作基本上在批评视野之外,女性主义批评被女性文学研究或者说是"女作家批评"所取代。最近这十多年来出现的不下二十部这一领域研究专著和大量的论文基本上都是局限在这一研究视域内。仅 2000—2002 年上半年现当代文学领域女性主义批评的文章就有一千多

---

[1] [英]玛丽·伊格尔顿:《女权主义文学理论》,胡敏、林树明、陈彩霞译,湖南人民出版社 1989 年版,第 332—336 页。

篇。其中只有不到十篇的文章是针对男作家文本的,其余的全是对女作家文本与创作的研究。这些研究的文化目标是挖掘女性的文学传统,寻找或深或浅地隐藏于历史或当下的女性文本中的女性意识,确认女性作为独特的性别主体存在的文化意义。这对女性文化建构当然是非常有意义的,但是"孤立地研究女性,会强化这样的信念,男性的历史与女性的历史毫不相干"。[1]主体是历史文化建构的结果,没有脱离历史文化纯粹的女性自我。

再者,完全撇开男性文本,就女性写作论女性写作,未免陷入"只缘身在此山中"的困境,"因为差异的存在,意义不可能真正独自存在,意义不过是通过潜在的不断指向其他'缺席能指'的过程建造出来的"。[2]男性写作实际上为女性写作意义的阐释提供了重要的语境。比如徐坤女性主义批评专著《双调夜行船》(1999年)就通过比较张宇《疼痛与抚摸》和林白《一个人的战争》两个文本中对女性的"渴望强奸"情结的书写的差异来指认林白书写的意义:在林白的文本中整个事件从头到尾充满了荒诞、戏谑的喜剧色彩,并且很快地被主人公从身体里排除出去。而张宇的书写过于当真,"隆重而庄严地复沓书写",暴露了男性书写对性暴力的迷恋。[3]当然这本书主要也是研究90年代的女性写作的,只是在最后一章简单地评析了几个男性文本。

正如我们在文章的开头所罗列的,在语言符号系统中女性的被书写、被阐释的命运不仅是历史的、历时的,更是现实的、共时的,它构成女性书写(包括创作和批评)的文化潜文本/文化先在。对这一潜文本的清理与反思对女性文化的建构是至关重要的。省略这一环节,女性主义文化建构不仅如沙上建塔而且还将迷失方向。但这一项研究一直没能得到

---

[1] [美]琼·斯科特:《社会性别:历史分析中一个有效的范畴》,刘梦译,李银河主编《妇女:最漫长的革命》,三联书店1997年版,第156、168页。

[2] 转引自陈顺馨《中国当代文学的叙事与性别》,北京大学出版社1995年版,第37—38页。

[3] 参见徐坤《双调夜行船》,山西教育出版社1999年版,第184—185页。

很好的展开。

当然，近 20 年来女性主义批评论著中也出现了像陈顺馨的《当代文学的叙事与性别》(1995 年)，刘慧英的《走出男权传统的藩篱——文学中的男权意识的批判》(1996 年) 等将大量男性文本收入批评视域的论著。陈顺馨的研究将论域定在当时的女性主义批评几乎从未涉足的"17 年文学"领域，将性别纳入叙事分析中，在互文性的语境中比较男性文本与女性文本的叙事差异(同时陈顺馨并没有机械地按照创作主体的生理性别来区分叙事的性别)，不一般性地停留在对"17 年"文本社会性别表述的批判上，而是探寻"17 年小说"社会性别表述所隐含的权力的关系，并进一步指认这种权力关系与当时意识形态的同构性。从某种意义上说陈顺馨的研究开启了大陆女性主义批评向性别研究方向发展的学术路径。但这种研究思路似乎并未引起女性主义文学批评、研究界太多的注意。这里应该特别提到的是孟悦的论文《性别表象与民族神话》[①]，将性别研究与民族国家主体、阶级权力结构相联系来考察"17 年"与"文革"文本。这篇论文对陈顺馨的研究产生很大的影响。刘慧英的论著更多地从批判文学中的男权意识入手来挖掘女性意识。她将男性创作主体对女性的想象归为三种类型：才子佳人、诱奸故事和社会解放。刘慧英论著不仅批判男性文本中的男权意识也批判女性文本中的男权意识，注重女性文化的自审，观点新锐、激进，在当时产生较大的影响。但刘慧英的研究也存在一些不足，首先是文本选择上的随意性，古今中外，信手取来。事实上古今中外的男权文化秩序是有很大差异的，将这些文本抽离出历史语境一般地、笼统地描述、批判它们对女性的异化想象，便无法更进一步追问创作主体为何要这样想象女性？在性别文化符码背后折射出怎样的一种时代文化精神样态；其次，在文本分析中不太注意区分真实作者与隐含作者以及文本中人物的性别倾向之间的差异、联系，经常将他们看成一回事。这些不足之处在女性主义批评论著中具有相当的普泛性。

---

① 《二十一世纪》(香港) 1991 年第 4 期。

二　对女性主义批评本土话语资源的反思

　　事实上，造成上述 20 世纪 80 年代以来女性主义批评局限的原因，在这一话语生成之初就已宿命般地决定了。迄今为止，对当代中国女性主义话语资源的整理做得较多的是对来自西方的理论资源的清理，囿于一种"被动性影响"的研究模式，而对本土的话语资源的耙梳相对比较匮乏。事实上任何一种外来文化都必须在本土文化资源中找到契合点其影响才能发生。本土性别话语资源包括儒家伦理框架中关于社会性别的话语、"五四"启蒙语境中妇女解放话语、1949 年以后（我们不妨称这段历史时期为毛泽东时代）"男女都一样"的妇女解放话语以及新时期人道主义性别关怀话语。这些话语系统之间的区别与联系以及这种区别、联系是如何构成我们面对西方形形色色女性主义理论的接受视野？这一切又是怎样地制约 80 年代以来文化想象中的社会性别表述？对这样宏大的课题作充分、展开的研究显然不是这篇小文章所能胜任的。这里，仅提供一些对毛泽东时代的妇女解放话语与新时期人道主义语境中的性别关怀话语之间的差异与关联的反思。

　　1949 年以后的妇女解放话语在一定程度上决定了 20 世纪后半叶的社会性别现实与想象状况，这是新时期女性主义话语的一个理论先在 (pre-given)。正因为毛泽东时代是个抹杀性别的时代，所以新时期伊始作为人道主义思潮一个支流的性别关怀，要恢复的便是被抹杀的性别。由于操持这一话语的主要是男性文化精英（女性知识分子曾是这一话语的坚定的同盟者），所以 70 年代末到 80 年代初在社会象征能指系统中首先要恢复的便是男性的性别。张贤亮的《男人的一半是女人》《绿化树》等文本正是其文化表征。

　　性别认同是构成个人认同的基本内容，但在中国文化框架中个人的认同往往是由个人的社会位置来决定的，"五四"语境中个人的解放并不像西方文艺复兴时期那样是抽象的哲学、宗教问题而是实实在在的生存问题,个人生存与民族生存密切相关(如20世纪80年代初何世光小说《乡场上》典型地反映了个人认同与社会位置——经济地位、民族国家的新生之间的关系)。如果说,在前现代中国,男性性别的文化内涵是由它在传统父权制文化秩序中所占的位置来决定的。那么,这一位置在1949年之后已为国家、政党的权威所动摇,尽管这一权威具有"父性"特征,但是作为个体的男性的性别事实上是被国家政党伦理先验地"阉割"了。李准的小说《李双双小传》中,李双双每每在与丈夫喜旺的冲突中都要搬出村老支书或乡党委罗书记的权威来弹劾丈夫。"17年"文本中几乎所有的正面的女性人物背后都站立着这样的非血缘父亲形象,妇女借助"党父"、"政父"的权威对抗夫权,使后者不得不让渡对妇女的所有权(当然这种让渡客观上为妇女由家庭模式走向社会模式提供了必要的前提),《李双双小传》典型地体现了这一男性"性别焦虑"。[①]因此,新时期针对极"左"意识形态的"人道伦理",首先要赎回的是男性这一性别的文化内涵,而这一内涵的修复无疑有赖于女性的性别文化意义重建。人们厌恶透了女性的"男性化",认为这是毛泽东时代妇女解放的产物。让女人活得像女人样,有女人味,或者按当时的命名叫"女性气质",是80年代人道主义思潮的社会性别目标。但这"女性气质"与传统的男权秩序对女性的文化定位之间到底是一种怎样的关系并没有得到及时的反思,相反地,前者在相当程度上挪用了后者的一些文化表象。

这里必须指出的是,新时期人道主义话语与"五四"人道主义话语在一脉相承的同时又有自己的独特性。"五四"人道主义所针对的是封建的伦常纲纪,"五四"先驱是以妇女问题为突破口争取个人权力,妇女解放理所当然成为"五四"人道主义思潮重要的组成部分。新时期人道主义话语所针对的是极"左"意识形态的"革命伦理",它在一定程度上

[①] 参见孟悦《性别表象与民族神话》,《二十一世纪》(香港)1991年第4期。

更倾向将1949年以后的妇女解放话语指认为是极"左"意识形态的重要组成部分，80年代人道主义语境中的性别关怀是建立在对被认为是极"左"话语一部分的1949年以后妇女解放话语的反思的基础上的，它在无形中就会摒弃后者。这是20世纪知识分子精英话语第一次反感妇女解放这一命题。

除了针对1949年以后抹杀性别差异的妇女解放话语外，新时期性别话语还与人道主义对人性的抽象的理解密切相关，人性更多的是基于生理、心理自然层面上被理解与表述。因此，性别差异在20世纪80年代语境中得到特别强调。但性别差异是一把双刃剑，它既可以是女性群体借以建构不同于男性的性别群体意识、自我意识的契机，却也可能为男权对女性的规约与压抑提供新的合法性依据。性别差异的负面意义在相当长的时间内并未引起理论界足够的注意。在当时的文化语境下，女性主义学界尚无法对性别差异做出知性解释（事实上这个问题也一直是西方女性主义理论内部纷争不息的问题），80年代初的许多女性文本都反映了解放了的女性在这把双刃剑的宰割下的挣扎与陷落。事实证明，性别差异的正面与负面的文化意义在80年代以来的文化想象中都得到了淋漓尽致的展现。这一切构成80年代知识界面对裂岸涌来的形形色色的西方女性主义理论的接受视野。

20世纪60年代美国女权运动曾猛烈地冲击性别的"生理决定论"（正是性别的生理决定论支持了对女性的低劣文化定位）。但她们对社会性别的文化养成的强调最后却导致完全无视性别形成的生理因素。也许是出于对这场矫枉过正的"冲击"的修正，60年代后西方女权主义内部又有人开始质疑这种生理性别与社会性别的二元对立，认为过分强调社会性别而忽视了生物学上的男女差别是对女性身体的否定，这是性别歧视，不是妇女解放。于是，70年代后半叶一些女权主义者又开始从正面强调女性的生理特质，推崇建立在此基础上的女性文化和价值观。这一思潮被称为"文化女权主义"。显然，80年代以来的中国知识界对西方女性主义理论的接受很大程度上是在这一思想框架内。[①]作为80年代女性主义话语核心能指的"女性意识"这一概念正反映这样的性别文化诉求。

三 社会性别分析：女性主义批评话语的深化

虽然"女性意识"这个概念在它的提出者——20世纪80年代以李小江为代表的女性学人那里是有着明确的"所指"，即指"女性作为一个独特性别群体的社会主体意识"（李小江的原话是"做女人，做全面发展的人"），但在80年代以来尤其是90年代以来的文化语境中，"女性意识"更多地被理解成"对自然性别差异的意识"（毕竟我们曾经有过太漫长的无视人的自然存在的岁月），女性的独特性得到了强调而社会主体意识则往往被忽略、湮没。随着社会商品化的过程，尤其是进入90年代以后，"女性意识"这一"能指"愈来愈与其原初"所指"分裂，恶性膨胀，为新的男权规约制造意识形态的合法性。与此同时，这一"能指"在产生之初针对非人性的极"左"意识形态所拥有的批判的力度却日益萎缩，其身上所附着的负面的文化含义及其给90年代以来的女性文学创作、批评与研究带来的消极的影响日益彰显。比如，女性意识被缩减为独特的女性体验，特别是身体的体验；将女性意识抽离出具体的历史语境进行建构、分析；将女性主义文学批评、研究局限在从女性文本中寻找、挖掘女性意识等。

为此，我以为以"社会性别"代替"女性意识"作为话语的核心能指将会给女性主义批评/研究带来更加广阔的话语空间。"社会性别"是英文gender的意译，也有人将此词翻译成"性别"。"gender"一词原指语言中名词和代词的阴性与阳性。前面我们提到了20世纪60年代美国女权运动对性别的生理决定论的冲击，将性别区分为生理性别与文化

[①] 参见王政《"女性意识"、"社会性别意识"辨析》，《妇女研究论丛》1997年第1期。

性别（社会性别），70年代上半叶美国女性主义理论界开始用gender专门指称女性的文化性别/社会性别，即"由社会文化形成的对男女差异的理解，以及社会文化形成的属于女性或男性的群体特征和行为方式"。[①]而生理性别指从解剖学角度证实的男性与女性的差异。当然，这并不意味着抹杀生理性差异对社会性别差异的影响，而只是意味着更多地将性别看成一种社会文化身份。随着女性主义对社会性别的发现与强调，社会性别研究成为女性主义理论发展的深化和当下主要的文化脉络。它不仅是西方当下妇女理论的中心内容，女性主义学术的核心概念，而且也是西方学术界重要的普适性的分析范畴（分析域）。90年代中期（世妇会前后），社会性别这一分析域被引入中国的女性主义学界，用来取代原来的"女性意识"，它很快被史学界与社会学界所接受。文学研究界对它的接受相对比较滞后，有些论著虽然题目冠以"社会性别"，但实际上并未真正将它作为一个分析域运用于研究，更多的文章依然将"女性意识"这一概念作为研究的"中心能指"。

美国著名的女性主义理论家盖尔·卢宾（Gayle Rubin）提出性/社会性别制度的概念，"性/社会性别制度是该社会将生物的性转化为人类活动产品的一整套组织安排，这些转变的性需求在这套组织安排中得到满足"。[②]琼·斯科特（Joan W. Scott）在20世纪80年代末的那篇著名的论文《社会性别：历史分析中一个有效的范畴》中也指出："性别是组成以性别差异为基础的社会关系的成分；性别是区分权力关系的基本方式。社会关系组织的变化总是与权力关系的变化同步进行，但变化的方向不尽相同。"[③]

因此将社会性别作为一个分析范畴引入文学研究意味着：首先我们

[①] 谭晶常、信春鹰主编《英汉妇女与法律词汇释义》，中国对外翻译出版公司1995年版，第145页。

[②] [美]盖尔·卢宾(Gayle Rubin)：《女人交易——性的政治经济学初探》，王政、杜芳琴主编《社会性别研究选译》，三联书店1998年版，第24页。

[③] [美]琼·斯科特：《社会性别：历史分析中一个有效的范畴》，刘梦译，李银河：《妇女：最漫长的革命》1997年版，第168页。

应当跳出就女性论女性的研究局限,将作为社会表意系统的文学想象(不论是男性想象还是女性想象)中的女性形象作为一个谱系来考察,检视社会性别想象的多元样态及其文化象征意义,将社会性别作为研究社会文化精神的分析工具。

其次,既然社会性别是一种社会关系/制度,那么,对它的考察必须是历史的、具体的,而不能是超社会历史的本质主义的。无论是对男性文本还是对女性文本中的社会性别想象的考察都不能将它抽离出历史语境作一般的、笼统的否定或者肯定,而应当进一步追问这些创作主体为何要这样想象社会性别?这其中不仅有一再被指认的社会文化的原因(比如封建传统男权意识),更有一再被忽视的社会结构、权力分配(包括对物质资源和象征意义资源的控制与支配)的原因。事实上对20世纪后半叶的社会性别想象与这一历史时段的政治、经济结构之间关系的研究一直未得到充分的展开。比如,我们只是一再地指认1949年以后的妇女解放话语对性别差异的无视,却没有看到,1949年以后或从更早的革命战争年代开始,意识形态系统事实上呼应了以性别上的支配——从属关系为特征的男性话语,但是,当时的妇女解放话语却一直无法对这一具有父性特征的文化和体制结构形成一种改造的力量,相反的更多的是对这一结构的体认。

也许是出于对庸俗化的社会历史批评的反感,新时期以来的文学研究界一直忌讳这种批评方式。因此,对社会权力的关系结构性认知一直未能进入女性主义批评的视域。在一定程度上存在着将女性主义批评非历史化的倾向。事实上社会性别研究是一种文化研究,要求语境式研究与文本研究相结合,而语境研究是在新历史主义的理论平台上提出的。新历史主义强调"结合历史背景、理论方法、政治参与、作品分析,去解释作品与社会的互动的过程",[1]关注"写作语境"、"接受语境"、"批评

---

① 廖炳慧:《新历史观与莎士比亚研究》,张京媛主编《新历史主义与文学批评》,北京大学出版社1993年版,第253页。

语境"的研究,这不难看出社会历史批评方法的影子。我们大可不必因噎废食,完全唾弃这种古老而成熟的批评方法。

再次,社会性别研究还关涉主体身份的认同(建构)。认同问题是一个重要的现代事件,"在人类生存的丛林中没有同一感也就没有生存感"[①]。寻求自我身份认同,事实上是整个 20 世纪中国文学最重要的关切。个人与自然、社会、国家、民族、家庭、性别及其他群体的复杂关系构成中国现代认同的重要内容。自我的建立必须借助他者的参与,而两性关系无疑为认同提供最基本的"他者"体系。因为社会性别是表示权力关系的基本的途径和场所,权力的分配(包括对物质资源和象征意义资源的控制与支配)经常以社会性别观念为参照;文化文本中的社会性别想象往往承担着社会文本的"能指"功能,文化表述中的性别焦虑常常是政治、经济、文化焦虑的"移位"。正如我们前面提到的"17 年"文本中的性别焦虑正是个体身份焦虑的"移位",因此,社会性别无疑提供了一个考察 20 世纪这一独特的历史时间里的个人认同的有力的分析域。

总之,社会性别研究将意味着中国女性主义批评的一个更加广阔的话语前景,因为这一研究范式不仅将女性文本作为研究对象,也将男性文本纳入自己的研究范畴,后者恰恰是中国女性主义批评不该忘却、不容忘却的话语场地。

(原载《文艺评论》2003 年第 2 期)

[①] [美]埃里克·H.埃里克森:《同一性:青少年与危机》,孙名之译,浙江教育出版社 1998 年版,第 115 页。

第五章　新世纪女性乡土叙事潮流的崛起及其意义

在 20 世纪八九十年代，除了迟子建、铁凝等少数几个女作家外，乡村，几乎是女性写作的盲点。但 90 年代末直至新世纪这一状况渐渐得到改变。愈来愈多的女作家开始介入一向由男作家主宰的乡土叙事[①]领域。其中较具影响的作品[②]数量就相当可观。首先是迟子建、孙惠芬、葛水平等专事乡土叙事作家的诸多作品，如迟子建《额尔古纳河右岸》、《花牤子的春天》，孙惠芬《民工》、《歇马山庄》、《歇马山庄的两个女人》、《吉宽的马车》、《上塘书》，葛水平《喊山》、《甩鞭》、《地气》、《黑口》，邵丽《明慧的圣诞》等；而以往并非专事乡土叙事的女作家们也纷纷推出她们的乡土力作，如王安忆《天仙配》、《喜宴》、《富萍》、《上种红菱下种藕》、《发廊情话》，铁凝《笨花》，林白《万物花开》、《妇女闲聊录》，

[①] "乡土叙事"是从"乡土文学"中派生出来的一个概念，主要指乡土小说。笔者认为随着社会文化语境的变迁，应该在一个宽泛意义上来理解"乡土文学/叙事/小说"，在新世纪文学语境中它应该包括"底层叙事"中以进城农民工生存状况为表现内容的作品，这部分作品应该看作乡土叙事的特殊变体。换句话说，"乡土文学"是个大概念，而新世纪表现农民、农民工生活的"底层叙事"以及 20 世纪 50—70 年代的"农村题材小说"都是乡土文学的一个特殊发展阶段。

[②] "较具影响"指引起社会反响，如引起读者、评论界广泛关注、获得各种大奖项、进入权威小说选本、排行榜等。部分新世纪女性乡土叙事作品获各种大奖的情况如下：《额尔古纳河右岸》获第七届茅盾文学奖，《发廊情话》、《大老郑的女人》获第三届鲁迅文学奖，《歇马山庄的两个女人》获第三届鲁迅文学奖和第一届"仰韶杯"最佳中短篇小说奖，《笨花》获第三届"《当代》长篇小说年度（2006）最佳奖"，《城乡简史》、《明慧的圣诞》获第四届鲁迅文学奖，《喊山》获第四届鲁迅文学奖和 2005 年"人民文学奖"，《地气》获《黄河》2004 年"雁门杯"优秀小说奖，《妇女闲聊录》获"第三届华语文学传媒大奖年度小说家奖"，《奔跑的火光》获第一届"仰韶杯"优秀小说奖，《花牤子的春天》获广东佛山新乡土文学征文大赛一等奖。

方方《奔跑的火光》，严歌苓《第九个寡妇》、《谁家有女初长成》，范小青《赤脚医生万泉和》、《城乡简史》，魏微《大老郑的女人》，北北《寻找妻子古菜花》，盛可以《北妹》，王建琳《风骚的唐白河》……显然，女性乡土叙事不仅是新世纪女性文学的重镇，甚至也是新世纪头十年一个重要文学现象，一股崭新的创作潮流。其表现形态、文化意蕴，与以往的女性文学，或以男作家为主体的"乡土文学"，都有很大差异。作为一股崭露头角又有独特而积极文化诉求的新生创作潮流，迫切需要评论界、研究界的介入，为其命名、评介，宣告其存在、关注其动向，与创作界一同谋求其持续稳定的发展、提升。

乡土经验的女性形态

20世纪90年代中后期随着三农问题的日益凸显，"乡村"也成为公共文化空间的热点。在文学领域，出现了以阎连科、刘醒龙、尤凤伟、李佩甫、李锐、周大新、关仁山、何申、张宇等为代表的新乡土叙事潮流，这股潮流进入新世纪，加入底层文学的大潮中，在新世纪的头十年更是蔚为大观。它传达了八九十年代文学语境中多少被忽略的、转型期本土经验中一个重要部分，即乡土／底层的经验。但这里并不存在一个同质性的乡土／底层经验，经验会因为经验主体、表述主体性别身份的不同而呈现不同的色彩。事实上，从二三十年代的乡土文学到40—70年代的农村题材小说，再到新时期以来的新乡土文学，近百年主流乡土文学所传达的看似中性的乡土经验，实际上是男性的乡土经验（底层文学的情形也类似）；同样的，看似中性化的"农民形象"，实际上是男性农民形象。当然，另一方面，也不存在一个同质性的女性经验，女性经验也会因为民族、空间、阶层等多重身份的差异而呈现出不同的色彩。

尽管正是对经验主体的性别差异性的关注奠定了20世纪80年代以

来中国女性主义话语的立根基础，但这一话语自身却深刻忽视由性别之外其他社会身份的差异而带来的女性群体内部的差异。因此，新世纪女性乡土叙事潮流的崛起有着不容忽视的双重意义：一方面，它将性别意识大面积地带入一向由男性垄断的乡土叙事领域，呈现一脉一直被遮蔽、被修改的女性的乡土经验，从而提示乡村经验的复数形态；另一方面，它又将乡村／底层经验带入女性文学中，从而呈现女性经验的多元复数形态。新世纪女性乡土叙事潮流，既是女性的又是乡土的，但二者并非简单相加，而是在互动中构筑了女性乡土叙事的别样空间。既标志着中国女性文学发展不同于以往的全新转向，又标志着新世纪乡土文学不容忽视的新特质。对女性文学和乡土文学的未来走向都具有前瞻性意义。但是，这股文学创作潮流却一直处于学界与批评界的盲点中，个中缘由，大致有下面几个方面：

众所周知，主流文学研究、批评界对现当代乡土文学的研究历来非常充分，在20世纪90年代中后期到新世纪初年语境中甚至达到一个高潮，但极少见到专门针对女性乡土文学（主要是乡土叙事）的研究。虽然不同时代的女性乡土叙事都会以个体面目吸引批评、研究的目光，如学界对萧红、丁玲、铁凝、迟子建等人的乡土叙事的持续关注，但很少有研究者意识到女性乡土叙事彼此之间存在着的历时性或共时性互文关系，及其所包含的重要文化意义。因此，尽管新世纪女性乡土叙事蔚为大观，并一再以个体面目引起评论界的关注，甚至成为一时间的热点（如本章开头我们提到的新世纪女性乡土叙事文本频繁得奖就是一个有力的明证），但却从未被作为一个具有新特质的文学潮流、创作倾向来看待。已有的研究存在以下偏颇：在研究格局上：新世纪女性乡土叙事一直在新世纪乡土小说整体格局中被提及（如新世纪头十年有关孙惠芬、葛水平创作的评论），这样的研究格局当然有意义，但也容易淹没女性乡土叙事的异质性；同时由于在新世纪头十年乡土小说格局中，女作家的创作相对处于边缘，因此，获得的关注度必然也有限，常常处于被附带提及的位置。

而女性主义学界对这股创作潮流也始终处于盲视状态。这还得从这股创作潮流的滥觞说起。任何一股文学潮流的产生，都始于涓涓细流终至蔓衍成潮。新世纪女性乡土叙事潮流也如此，除了外部社会文化语境的催生外，实际上有其自身内在的必然逻辑，其滥觞早已出现。

尽管中国女性主义写作最初发端于知识女性对自身经验与境遇的切肤之痛，如20世纪80年代初的那批女性文本，张辛欣《我在哪儿错过了你》、《在同一地平线上》，张洁《方舟》、《祖母绿》等。[①]但随着这一写作立场的深入，一些敏锐作家开始从反思乡土生活、乡村女性的经验、境遇中来展开性别的议题。其中最具代表性的是铁凝80年代中期到90年代中期的"三垛"。[②]"三垛"不仅是对造成乡村女性悲剧宿命的乡村传统文化乃至20世纪各种名目的现代文化中男权机制的审视、反思，也是对女性文化谱系的溯源、寻根、自审。"垛"的意象已然是女性乳房的隐喻，是孕育生命、包容万物、藏污纳垢的母性文化的原型，同时这一来自乡野的意象俨然又是一个母体性的乡村形象。90年代初徐坤的《女娲》、池莉的《你是一条河》同属这一路径，仍然是将性别议题承载于对20世纪中国乡村女性独特的生存方式、性别境遇的反思、批判中。当然，反思与批判的姿态远要比铁凝"三垛"尖锐。这一叙事路径实际上在性别视角下延续了同时又超越了"五四"启蒙文学将国民性问题与对乡村女性的叙述挂钩的思路，以及80年代中期的"寻根文学"以乡土作为文化溯源、自审的最主要场域的思路。而铁凝在90年代推出的一组短篇小说《小黄米的故事》、《秀色》、《孕妇和牛》则转向以一种悲悯、包容甚至认同的姿态去面对乡村女性的性别生存经验，但与此同时，在对都市、知识女性的生存经验表达中，铁凝则展开对男权文化以及在男权

[①] 张辛欣：《我在哪儿错过了你》（《收获》1980年第5期）、张辛欣：《在同一地平线上》（《收获》1981年第6期），张洁：《方舟》（《收获》1982年第2期）、张洁：《祖母绿》（《花城》1984第3期）。

[②] "三垛"包括《麦秸垛》（1986）、《棉花垛》（1988）和《青草垛》（1995）。这里还应该特别提到的是王安忆1989年具有强烈女性主义立场的《岗上的世纪》。作品以知青的乡村生活为背景，探寻女性的身体和性所具有的超越性的精神向度。

文化阴影下女性生存自身的尖锐解构与批判的性别立场，如80年代末的《玫瑰门》，90年代的《对面》《无雨之城》《永远有多远》等。铁凝的两种姿态实际上表明她开始在意特殊的空间与阶层的身份是如何影响了乡村/都市女性不同性别经验、主体位置的建构。

在这方面特别应当提到迟子建的创作。迟子建在20世纪八九十年代的创作绝大多数涉及乡村生活，尤其是乡村女性的生存境遇。同铁凝一样，她也非常注意乡村女性的独特性别位置，如短篇小说《逝川》。乡村男权文化传统造成漂亮能干的吉喜一辈子孑然一身的悲剧，但她平静豁达地在日出日落间劳作，在对自然和生命的大爱、对命运的承受与包容中，吉喜超越了男性、超越了苦难，成就一份乡村女性生命的尊严与高贵，这其中包含了对男性的宽容与温情。事实上迟子建的乡土叙事总是充满温情，《亲亲土豆》《日落碗窑》《白银那》都表现了在艰难生活中夫妻之间、亲人之间、乡亲邻里之间的温情。他们互相以自己卑微而韧性的生命支持着对方，点点滴滴共同求取生存之光。但迟子建更多将这种温情归于人性本身的高贵，而不是归于乡村传统伦理。90年代以男作家为首的乡土叙事中有一种美化乡村传统伦理（包括父权秩序）的文化守成倾向，迟子建的写作显然不能简单地归于这一倾向，实际上她的很多作品呈现了乡村传统伦理、文化对自然生命（特别是对女性和孩子）的压抑、宰制。由此可见，铁凝与迟子建在八九十年代的一些乡土叙事文本实际上标志着女性主义叙事本土化的苗头。

这样的梳理让我们惊奇地发现，在20世纪八九十年代女性写作中，乡土叙事虽不占主导地位但其脉络却一直没有中断，性别立场对乡土叙事的渗透也一直存在。但这样的写作脉络却一直处于无名、自在的状态，得不到应有的辨识、梳理与命名。尽管女性主义批评话语持续不断地倡导女性主义的本土化，但对身边其实一直存在着的女性乡土叙事细流却始终熟视无睹。90年代被认为最具有女性主义立场的写作是以林白、陈染为代表的表达都市知识女性经验的写作，所有女性主义批评的目光几乎都集中在这一脉女性叙事潮流上。甚至到了新世纪头十年，女性乡土叙事已经蔓延成潮,但依然没有引起女性主义批评话语的注意。

　　主流学界与女性主义学界的上述盲视其实可以归咎于两方面原因:一方面,女性主义作为一种源于西方的方法论、知识论,实际上很难向包括乡土文学在内的其他研究领域渗透,因此无法与其他话语建立对话关系;另一方面,一再被拒绝的女性主义话语也只能满足于自说自话。这就造成在乡土／底层文学研究视野中,女性乡土叙事在乡土／底层层面上被阐释,其性别视角带来的独特内涵被忽略;而在女性文学研究视野中,女性乡土叙事又仅限于性别层面上被阐释,其更丰富的内涵被忽略。在前一个视角下,女性乡土叙事被归入乡土叙事潮流;在后一个视角下,女性乡土叙事又被归入女性写作潮流,而忽略了探寻性别视角与乡土视角之间的互动及其给女作家的乡村表述带来的新质,更未曾意识到女性乡土叙事在对20世纪的乡土文学传统与80年代以来的女性文学传统的继承、融合与超越中可能成长为一种新的叙事倾向。

转型不等于放弃性别立场

　　熟悉中国现代文学史的人都知道,以知识女性的青春、爱情、自我为书写内容的"五四"女性文学到了20年代中期渐渐衰落,陈衡哲、苏雪林、凌叔华、庐隐的创作或中止或停滞。从20年代末到40年代,事实上是女作家的乡村叙事在延续着女性文学的血脉[①],如冰心的《冬儿姑娘》、《张嫂》、《分》,罗淑的《生人妻》、《桔子》、《刘嫂》、《井工》等,白薇的三幕话剧《打出幽灵塔》,丁玲的《阿毛姑娘》、《庆云里的一间小房里》,包括她转型后创作的《田家冲》、《水》、《奔》、《东村事件》,更不用说萧红《生死场》、《呼兰河传》、《牛车上》等。女性乡土叙事并没有放弃"五四"女性的性别立场,只是做了转换,将女性性别意识带到更广阔的社会生活领域,这在萧红的全部创作以及丁玲40年代的《我在

[①] 参见乐铄《现代女作家乡土作品及其地位》,《中国现代文学研究丛刊》2001年第3期。

霞村的时候》、《新的信念》等作品中更有突出的表现。历史时常有惊人相似的一幕，类似的文学史逻辑同样出现在20世纪90年代末到21世纪初的女性文学的发展逻辑中。

我们知道，发端于20世纪80年代初的女性主义写作潮流到90年代上半叶达到高潮，被视为高潮标志的是林白、陈染、徐坤、徐小斌、海男以及诗歌领域的翟永明、伊蕾等人表达都市知识女性经验，以个人、自我、身体为中心的写作。这一高潮在90年代后期渐渐消歇，尽管仍有一些颇有分量的新作问世，如世纪之交铁凝的《大浴女》、张抗抗的《作女》，但作为一股创作潮流已渐渐失去先前群体性的整齐阵容、迅猛的发展势头和新锐的精神锋芒。即便像《大浴女》、《作女》这样的佳作也没有开辟出女性主义写作新的话语场地、呈现更丰富的叙事可能性。这里似乎还应该提到1990年代后期70年代出生的"都市新人类"女作家们的写作。[①] 从表面上看，这一群体的创作似乎延续女性主义写作的路径（当时的批评界也不乏这样的期待甚至论断），成为女性主义写作潮流的后续力量。同样是类自传色彩的女性生活场景、散漫情绪化叙事方式，但主人公已由抑闭孤独的知识女性变成隶属"都市新人类"的狂野的"坏女孩"，叙事空间已由幽闭的"自己的房间"转换为酒吧、迪厅，女主人公们已不再作痛楚的精神漫游，而是沉湎于酒精、爵士乐、性甚至大麻的疯狂刺激中。这一创作群体虽然竭力要表明这种"另类"生存方式的反叛意义，但"另类"和反叛在这个群体的语境中更多的是自我作态的时尚化表演，一种以反媚俗的姿态出现的隐蔽媚俗，并不具有先前的女性主义写作特有的独特的性别精神立场。这一群体的写作可以看成以陈染、林白为这一脉的女性主义写作潮流在资源日益枯竭背景下的下滑与陷落。

于是，一时间中国女性主义写作陷入沉寂、停滞、困境等断言纷

---

① 1998年7月《作家》推出70年代出生女作家小说专号始，短短的两三年间70年代出生女作家已然形成一个不小的群落，这一群落包括卫慧、棉棉、周洁茹、魏微、戴来等。卫慧的《上海宝贝》、《蝴蝶的尖叫》、《像卫慧一样疯狂》等作品基本上代表着这一群体创作的大致面貌。

至沓来。恰恰也正是在这个时候，女性主义写作的转机悄然来临。世纪之交，底层文学潮流兴盛一时，女作家也加入这一潮流中，王安忆的《富萍》(2000)、《上种红菱下种藕》(2002)，方方《奔跑的火光》(2001)，严歌苓《谁家有女初长成》(2002)，孙惠芬《歇马山庄的两个女人》(2002)、《民工》(2002)等作品相继问世，并引起评论界的广泛关注。正是出于本章第一部分论述的原因，这些作品理所当然地首先在底层文学/乡土文学的语境中被接受、解读。当然，它们也会在女性主义的性别视角下被解读，但从没有人以乡土与性别相兼容的双重视角来看待这批文本，因而也就很难意识到这批文本之于中国女性主义写作转型的意义。直到2004年林白推出被称为"最胆大包天尝试"的另类乡土叙事文本《妇女闲聊录》，评论界联系她此前的《枕黄记》(2001)、《万物花开》(2003)才异口同声惊呼林白的转型。[1] "从一个崇尚个人的女性主义作家转向对中国民间大地的热烈关注"[2]这样的评价，在对《妇女闲聊录》的众多评价中颇具代表性。林白创作的新变被认为是中国女性主义写作转型的标志性事件。我们姑且将林白创作的新变以及评论界对此的反应称之为"林白事件"。

"林白事件"至少有两点值得我们注意：首先，为什么选择林白创作的新变作为女性主义写作转型的标志？这其中最重要的原因就是林白一直被看作20世纪90年代中国女性主义写作的标志性人物，在人们的意识中所谓"女性主义写作"就是指林白式的以个人、自我、躯体为中心的写作。这就涉及我们对90年代女性主义写作潮流的理解。事实上，

---

[1] 评论界对林白转型反应强烈，参见张新颖《如果文学不是"上升"的艺术而是"下降"的艺术》(《当代作家评论》2004年第6期)、贺绍俊《叙述革命中的民间世界观——读林白〈妇女闲聊录〉》(《长篇小说选刊》2005年第1期)、施战军《让他者的声音切近我们的心灵生活：林白〈妇女闲聊录〉与今日文学的一种路向》(《当代作家评论》2005年第1期)、陈思和《"后"革命时期的精神漫游——略谈林白的两部长篇新作》(《西部文学》2007年第10期)等文章。

[2] 陈思和:《"后"革命时期的精神漫游——略谈林白的两部长篇新作》,《西部文学》2007年第10期。

90年代的女性主义写作潮流是多元共生的，陈染、林白的创作只是其中一个方向。如果说，林白、陈染这一脉以女性的个人、自我、躯体为中心的特立独行的文本实践构成这个潮流的浪尖潮头，那么，王安忆、铁凝、迟子建、方方、池莉等人具有更广阔社会生活内涵的创作，则以沉厚的面貌构成这一潮流广阔而坚实的腹地风景。作为一种文学潮流，两者都是不可或缺的。相比于前者，后者似乎并不特别张扬女性主义的叙事立场，但不等于就没有这一立场，而是将这一立场带向更广阔的社会生活，从而使这一立场变得隐蔽却更显坚定而沉着。甚至在她们的一些超越性别议题、女性议题的作品中，性别的立场也昭然若揭。如王安忆90年代初的《叔叔的故事》，以男性叙事人的口吻讲述一个父辈（叔叔）与子辈（"我们"以及"叔叔"的儿子）的故事，小说最终结束于这样的追问：一个"将儿子打败的父亲还有什么希望可言？"而一个被父亲打败的儿子的前景就更可想而知了。叙事从而不动声色地宣告了以权力为中心的父子秩序的颓圮。[1]这已然是一分坚硬无比的性别立场，却鲜被识别。在如何界定一个作家、一个文本，抑或一种写作潮流是否具有女性主义立场问题上，似乎不能看写了什么，而要看怎么写。

伍尔夫曾经说过，女性写作与男性写作的区别并不在于男人描写战争而女人描写生孩子，而在于两个性别都表现自身。超越性别来书写性别才是女性主义写作的最高境界。而正是这种超越性别又书写性别的文本实践才启示着女性主义写作广阔的话语前景，为这一写作潮流提供了个人、自我、躯体之外的叙事可能性，并最终酿成这一写作潮流在新世纪的转型。其实，具有文学史意味的转型发生在林白身上，而不是发生在同样被看作90年代女性主义写作标志性人物的陈染身上，个中原因也莫不如此。比较林白、陈染两人在90年代的创作，不难发现林白的性别化叙事并非如评论者（甚至包括林白自己）所认定的那样极端封闭、自恋，而是不乏个人、自我、躯体之外的内容，如故乡亚热带边陲小镇

---

[1] 参见王宇《性别表述与现代认同》，三联书店2006年版，第194—196页。

（沙街）上的各色人情风土、乡野的诡异传奇、底层民间的悲凉经验。而在陈染的作品中却很难见到个人、自我、躯体之外的内容。因此，林白创作的转型契机实际上早已孕育于她在 90 年代的写作中。

"林白事件"另一值得我们注意的地方是，形形色色欢呼林白转型的话语实际上都不言而喻地包含这样的论断，那就是转型后的林白已经放弃先前女性主义的个人化立场，回归主流叙事。似乎大有浪子回头的意味。这实际上也是主流文学界对以林白为代表的中国女性主义写作转型的期待。[①]如果事实果真如此，那么，这样的转型就意味着性别精神立场的后撤、女性主义写作血脉的中断，中国女性主义文学的终结。但事实上，无论是林白本人的创作，还是新世纪女性乡土叙事潮流都没有放弃女性立场，而只是做了转换，从而将女性性别意识带到更广阔的社会生活领域。正如我们上面一再提到的，超越以个人、自我、躯体为中心的写作并不等于就放弃了女性主义的立场。超越性别但依然要书写性别，而不是超越性别最后抹去性别，回到以男性笔墨来书写的原初状态。女性写作的乡土转向，是否定之否定后的提升，而不是简单的后撤、回归。

将性别视阈引向广阔的乡村生活

与以往女性文学相比，新世纪女性乡土叙事最大的不同点是超越女性／性别的议题，将性别视阈引向更广阔的乡村生活。《笨花》《额尔古纳河右岸》《第九个寡妇》《赤脚医生万泉和》《妇女闲聊录》《上塘书》等新世纪头十年最重要的女性乡土长篇小说，除了《第九个寡妇》较多展开乡村背景下的女性／性别议题外，其他作品的叙事域都面向更广阔乡村的历史与现实，甚至有的作品最重要的主人公都不是女性人物。

[①] 一个典型的例子是，2007 年 10 月 5 日的《北京晨报》甚至以"林白，不再做女性主义斗士"为题来推介林白的另一长篇《致一九七五》。

性别视角有意无意地介入，致使这批作品对乡村的历史与现状的叙述呈现出不同于传统中性化（实际上是男性化的）乡土叙事的崭新特质。这样的特质首先表现在对琐碎丰饶的乡村日常性的还原上。日常性也是新世纪女性乡土叙事表现乡村生活的最重要的切入点。当然，日常性并不是新鲜的话题。90年代的新写实小说、新历史小说中也不乏乡村的日常性，甚至新世纪男作家的乡土叙事也刻意凸显乡村的日常性，以此来呈现总体性终结后的乡村面貌，颇具代表性的是贾平凹的《秦腔》。那么，性视角的介入又使得女性乡土叙事对乡村日常性的表述呈现怎样独特内涵？也许《秦腔》正可以为我们提供一个参照来理解这个问题。

尽管《秦腔》作者一再声称自己所写的是"一堆鸡零狗碎的泼烦日子"，评论界也一致认为《秦腔》呈现的是总体性终结之后的碎片化的乡村，但在文本叙事层面《秦腔》实际上潜藏一种重返总体性的努力。这集中表现为叙事对象征、隐喻的热衷。首先，小说总体叙事框架极富象征意味。叙事以疯子引生对白雪的痴恋开端，最后终结于引生亲眼目睹白雪在七里沟崖崩轰鸣中倒地。在白雪倒地前的一刹那，引生看到她身后佛光万丈，"如同墙上画着的菩萨一样，一圈一圈的光晕在闪"。白雪作为诗意化、纯洁化的传统乡村的化身，她的倒下暗示着传统乡村的香消玉殒。除了白雪，其他的人物也都有象征意味，执迷秦腔的乡绅型人物夏天智和执迷占卜的巫师型人物中星爹，象征着包含宗法伦理、民间戏曲、鬼神信仰在内的一整套乡村传统文化谱系，两人先后死去意味着整个乡村文化传统的终结。而老村长夏天义的死则代表20世纪中叶乡村的社会主义传统的终结。夏天智、中星爹寿终正寝，是现代化过程中乡村文化的自然宿命，夏天义却死于一场意外的崖崩，而这场崖崩与夏天义不顾自然规律、人心，近乎偏执地在七里沟淤地不无干系。不难看出这样的情节设置中所包含着的对20世纪后半叶乡村政治历史的隐喻。甚至那些鸡零狗碎的泼烦细节也充满象征隐喻色彩，如白雪和夏风的女儿牡丹生下来就没屁眼，暗示着传统乡村文明无法在与现代文明的融合中获得自新的动力，纳新却不能吐故。夏天智四兄弟名字为"仁义礼智"，而下一辈夏天义的五个儿子的名字却分别名为庆金、玉、满、堂和瞎瞎，象征着原本散佚乡野的儒家传统的消亡、乡村迅速的功利化、世俗化。①类似这样的例子还有许多。由此可见，《秦腔》并没有真正回归自在、本真的日常生活。

与此密切相关的是小说的叙事姿态。虽然，小说第三人称叙事人价值立场中立，但小说并不缺乏价值判断，这个判断是由另一个叙事人自我阉割的疯子引生来完成的。引生生理上的去势并没有导向叙事姿态的放低，除了痴恋白雪时陷入一种癫狂状态外，疯子引生在其他时候基本上思路清晰，价值判断明确，引生其实是具有知识分子身份的乡村代言人（作者自己）的化身。

同样描写当下乡村中的日常性，《妇女闲聊录》则完全不同。在这部作品中，乡村的日常生活与其说是被表述不如说是被呈现。小说以一个在北京打工的乡村妇女木珍滔滔不绝的闲聊，来呈现她的家乡王榨村庞杂的日常生活景观。作者只是一个忠实的记录者，不是表述者，从而最大限度地祛除了表述（话语）中所隐含的权力机制。木珍的叙述没有精心设置的叙事框架、象征隐喻，甚至价值立场含混，王榨村的鸡零狗碎就是鸡零狗碎，没头没尾，无始无终，但就是这样看起来支离破碎、暧昧含混的鸡零狗碎，其实恰是日常生活最原初的状态、最完整的面貌，让人从中得以窥见长期以来乡村一直被各式各样的话语遮蔽的自在面貌。

林白《妇女闲聊录》选择呈现而拒绝表述，孙惠芬的《上塘书》却不拒绝表述，"上塘书"意味着要为上塘做书立传，这俨然是传统宏大叙事的姿态。再看小说的章节，似乎也是按照方志、村史编撰方法，以政治、地理、交通、教育、贸易、历史、文化等分类来表述上塘村。作者并不抵抗宏大叙事逻格斯化的命名与分类方式，而是承认这套分类、命名方式，同时又赋予它完全不同的意义。以"上塘的交通"一节为例，

---

① 这些细节的象征意味在多名学者针对《秦腔》的评论中已被反复提及、论析，在此不再一一赘述。

从上塘到歇马镇上的山道、甸道、镇上唯一的柏油马路，到村里通往坟地为死人走的道路，再到上塘男女身体的交通，最后到上塘人心灵之间的交通；从赶集的女人们在甸道上的叽叽喳喳，到瘫在炕上多年被叫作燕子的老婆婆50年后第一次由儿子推着从村道上回娘家，再到上塘男女在僻静村道上偷情寻欢……这一切都被命名为"交通"。原来鸡零狗碎、飞短流长也可以被堂皇地命名为"交通"？这是和"交通"、和历史、和逻格斯开了一个玩笑，就在这玩笑中拯救了上塘，使它不至于被政治、地理、交通、教育、贸易、历史、文化这些僵硬无情的分类框框宰割成支离破碎、无血无肉，从而还原了一个鸡零狗碎却有血有肉的上塘，这是日常生活的原初状态，也是上塘的原初状态。

无论是《妇女闲聊录》还是《上塘书》，在叙事的姿态上，无疑都拒绝代言，非常低调，并由此造就各自独特的文体形态。

与林白的断然拒绝、孙惠芬的"阳奉阴违"相比，铁凝《笨花》似乎最接近人们熟悉的宏大叙事式的乡村史诗，但却只是"在宏大叙事和家常日子之间找到一种叙述的缝隙，并展现了我内心想要表达的东西"。[①] 这种东西，正是铁凝所理解的笨花精神，笨花精神就是日常生活精神；笨花村的秩序也就是日常生活的秩序。这样的秩序兼容了"笨"（沉重）与"花"（轻盈），宏大叙事与鸡零狗碎，风云与风月，前者不能覆盖后者，后者也不能拆解前者。笨花村的历史就是日常生活的历史，这样的历史没有中断只有绵延，没有突变只有渐变，不是除旧布新，而是以旧纳新。《笨花》叙事并非以鸡零狗碎来颠覆宏大历史，像以往的女性主义小说、新历史小说那样；而是让两者纷然并置，甚至消弭两者之间的界限，回归日常生活最原初的兼容并包状态，呈现乡村混沌、包容的母体特征，这就是铁凝所心仪的"笨花精神"。

无论是《妇女闲聊录》中的王榨还是《上塘书》中的上塘，实际上

[①] 铁凝、王干：《花非花、人是人、小说是小说——关于笨花的对话》，《南方文坛》2006年第3期。

都具有这种"笨花精神",一种从原初的日常生活中升腾而起的自足的乡村精神,这也是一脉女性版的乡村精神、一片女性的乡土。而这恰是传统乡土文学中少见的。

结　语

通过上面的分析,我们不难看到,20世纪90年代末以后,女性主义写作作为一股新锐的创作潮流已经不复存在,却衍化为一种更具普泛性的创作视角,被更多的女作家所接受。也就是说,女性主义开始作为一种知识谱系参与了女作家们的多重叙事视角的营构,进入更加广阔的叙事领域。正是在这样的知识背景下,新世纪女性乡土叙事潮流崛起,它超越性别但依然书写着性别。如果说,中国文化的现代性转型关键在于乡土中国的文化自觉与重建,在今后相当长时期内,乡土文学依然可能是中国文学的重镇,那么,女性主义向乡土叙事领域的渗透其意义将是不容小视的,它不仅意味着女性文学的新动向,同时意味着乡土文学的新动向。

(原载《南开学报》2013年第2期)

第六章 21世纪初年台湾女性小说的文化描述

1990年代的台湾女性小说的最大特点就是情欲书写及其泛"政治化"倾向，即让情欲、身体越界，以身体、情欲这样私域的"琐碎政治"来影射公共领域的宏大政治。新世纪初年的台湾女性小说，已然少了1990年代激昂尖锐泛政治化的倾向，转向更本色、纯粹的性别文化探求——对女性内心复杂深幽的自我及其与这个世界错综复杂关系的探寻。即便像施叔青《台湾三部曲》(已出版的前两部《行过洛津》与《风中尘埃》)、杨丽玲《戏金戏土》这样涉及台湾百年历史沧桑、政治风云的鸿篇巨制，也更多地以女性主义历史观呈现庶民百姓日常性中琐碎、常态的历史。

一 世纪初年台湾女性小说的总体概貌

世纪初年，平路《蒙妮卡日记》、陈瑶华《橡皮灵魂》、李季纹《睡意》、梁慕灵《故事的碎片》、成英姝《女神》和《无伴奏安魂曲》、郝誉翔《逆旅》、苏伟贞《日历日历挂在墙上》，以及朱天文、廖辉英的长篇小说《巫言》、《迷走》等作品[①]，俨然构成一次女性主义议题的再出发。

平路的《蒙妮卡日记》，取材非常新奇。单身女人欣如，由于童年匮乏，成年后又历经创伤性情感挫折，终于酿成无法弥补的心理缺失，将早年流产不存在的"女儿"纳入自己的身体、生活中，在日常和心理层

---

① 这批作品或者入选21世纪初年九歌版"年度最佳小说选"，或者被收入余光中主编《中华现代文学大系：台湾1989—2003》，较能反映台湾女性小说的基本面貌。

面上交替以母亲和女儿两种身份生活。身体里同时装着母亲和女儿，一体两面，构成她人格中的两个"自我"，互相补充，以这个封闭自足的世界来对抗外部世界的冷漠与敌意。但这一切不见容于社会，欣如最后竟成了一桩子虚乌有的"杀女"案件的主角。李季纹的《睡意》同样表达女性自我与世界的隔膜。主人公美莲人到中年，长久陷入一种莫名的空洞和无可宣泄的愤怒中，终日如游魂行尸沉湎于昏沉沉的睡意。小说实际上表现了女性，尤其是中年以后的女性，被世界拒绝、冷落之后那种局外人般的生存状态与精神状况。梁慕灵《故事的碎片》叙述母女两代女人支离破碎的人生碎片。小说一开始就说主人公阿珠和母亲以及妹妹们住在"埃及的家"，埃及的家并不真的在埃及，它实际上是个具有浓厚象征意味的意象，"令人联想到沉沉的金字塔，想到枯热的沙地，想到埋葬而不能死亡，活着而不能伸长"。[①]影射着女性人生万劫不复的宿命。郝誉翔《逆旅》同样呈现母女两代女人宿命般轮回的人生"逆旅"。如果说上述作品表达了女性的自我与这个世界的严重对峙以及后者对前者敌意、宰制、压榨，那么，陈瑶华的《橡皮灵魂》、成英姝的《女神》、《无伴奏安魂曲》则表现女性对这个世界的决绝与反抗。

《橡皮灵魂》以第一人称视角叙述了一个少女离经叛道的成长经历。主人公徐如涓一方面是"一个文静优秀的模范生，一个涉世未深的少女"，另一方面却充满恶的欲望、渴望越界的性体验。令人惊惧的人格分裂，来自"身边表里不一的成人世界"长期的熏陶，"大人的世界多的是只能说不能做的事"。小说除了揭示大人世界的丑恶及其对孩子的毒化外，还在更深层面颠覆了主流社会善恶观以及"好女孩"、"坏女孩"二元对立的定位，正是这样的刻板定位造成真实女性人生的桎梏，导致其畸变与异化。徐如涓自小就有自己的惊世骇俗的善恶观，"对于善恶我们都应当以平等的眼光去看待，既不过分强调善行的优点也不过分谴责罪

[①] 苏伟贞：《不甘停滞的原力》，苏伟贞：《九十一年小说选》，台北九歌出版社2003年版，第15页。

恶,只有让两者得到平衡,我们才能生活在一个安定有秩序的社会里"。小说还深度叩问女性"自我",到底是我们的身体还是我们的灵魂才是我们真实的自我,并不是灵魂在操纵身体,而恰恰是反过来,灵魂才是被操纵的玩偶,"一个橡皮灵魂"。小说思想的离经叛道,就连一向特立独行的李昂也认为,"是在台湾这一波'女性书写'中少见的题材,从根本上颠覆了女性的身体与性,耸人听闻"。[①]成英姝的《女神》同样挑战主流社会价值观底线。女主人公琉花自小被印度复仇女神卡莉附体,与许多死亡、杀人、破坏性事件都有神秘联系。小说最后作者以一种惊世骇俗的逻辑肯定琉花破坏性行为的合理性。"破坏有更广更深的定义,破坏就是生命,必须把蒙蔽真相的东西打破,才能看到事物的核心。"《无伴奏安魂曲》则揭示杀人行为背后,现代女性脆弱空洞、荒芜幽暗的内心世界。

不难看出,世纪初年台湾女性小说倾向于将女性主义传统的性别议题置于一种怪诞荒谬甚至恐怖的情境中,从而深化了这一命题的人性深度与文化批判力量。在这方面最具代表性的是苏伟贞的《日历日历挂在墙上》和朱天文的《巫言》(容后详述)。除了传统的性别议题外,世纪初年台湾女性小说还呈现更广阔的书写空间。

进入新世纪,随着两岸的商贸往来,祖国大陆不仅成了台湾民众淘金的新乐园,而且召唤起他们新的认同。世纪之交台湾文坛最突出的现象是大陆题材的小说创作。年轻一代的女作家小说中也开始出现大陆题材作品,但这已然不同于久违了的"怀乡主题"。如1999年张瀛太《西藏爱人》(1999年获《联合报》文学短篇小说奖第一名),书写一位台北女子和一位藏族流浪诗人尼玛之间刻骨铭心的爱情。世纪之初的《鄂伦春之猎》(2000年获《时报》文学第二十三届短篇小说首奖),写一位女副研究员寻觅神秘男子孟吉玛帕德的经过。除了表达对诡异瑰丽的大陆少数民族文化的向往、皈依外,两篇小说都表现了一个来自现代文明

[①] 李昂:《想象台湾》,李昂:《九十年小说选》,台北九歌出版社2002年版,第17页。

世界的女子对一个来自前现代文明的神秘男子的追寻。在这样的追寻中，女性始终处于不断追寻（非追随）、游走的行动主体位置上。这样的情节模式意味深长，它是对西方现代父权文化传统所谓男性／文化／主动／自我，女性／自然／被动／他者这样一种刻板定位模式，及其所隐含的权力机制的颠覆，暗藏了一种坚硬的女性主义立场。

张惠菁的《和平饭店》正是在台湾岛内日益升温的"上海热"背景下产生的。写两个台湾男人小左和查理在上海的生活。小说一再将他们的境遇与攀爬金茂大厦的蜘蛛人进行对比。当查理站在金茂大厦八十八层楼上眺望上海，"心里充满了蜘蛛人的虚荣"。但是，远处"灰成一片的繁华"对他们来说是这样的不真实，蜘蛛人来自安徽，而他们来自台北，他们同样是上海的异乡人，一离开上海，"上海生活"就要"变成真实生活的反面，在记忆里，在对朋友的叙述里被编造"。上海，犹如一座魔岛，日新月异，永远只是记忆与想象之地，"下次来上海，上海会是什么样？"然而陌生的却不仅是上海，还有他们自己，"下次来上海的时候，他们自己又会是什么样？"小说表达了现代人深刻的自我认同危机，这种认同危机已然超越了上海、台北地缘性，而具有了现代人生存状态的普泛象征意味。

杨丽玲的长篇小说《戏金戏土》（台北：二鱼文化事业有限公司2003年初版）与施叔青台湾三部曲第一部《行过洛津》（时报文化出版股份有限公司2003年初版）一样，都是以某一地方戏剧剧种从大陆来台以及在台湾的发展来写台湾的历史。《戏金戏土》书写了日据以来台湾宜兰罗东地区一个戏剧世家的家族史。主人公尤丰喜在罗东地区从事戏院经营，在他的戏院上演过歌仔戏、台湾片、洋片、国语片，映射着台湾百年历史的变迁。小说还将汉语与闽南语完美融合，创造出非常独特的书写风格。而施叔青台湾三部曲第二部《风中尘埃》（时报文化出版股份有限公司2008年初版）则叙述一段日据时期发生在原住民、客家人、日本人之间错综纠葛、爱恨情仇的故事。

李昂《看得见的鬼》（联合文学出版社2004年初版）延续1990年

代《迷园》的创作路线，再次以女性来影射台湾历史。借东南西北中的这五位女鬼的故事，来勾勒台湾复杂多变的历史。小说也一如《迷园》展现了女性博大的本能与潜能，多元流动的身体空间。李昂在世纪初年的另一重要作品是她写作六年之久的长篇饮食小说《鸳鸯春膳》(联合文学出版社 2007 年初版)，这也是她近年来最温柔的小说，标志着她创作风格的转变。表现饮食与权利、欲望、政治、社会、阶级、性别等难以分割的关联。但以琐碎政治来影射宏大政治的倾向比她以往的创作要隐晦许多。《鸳鸯春膳》连同她出版于 2002 年的散文集《爱吃鬼》以及林文月散文集《饮膳杂记》等共同掀起一股不小的饮食文学风潮，算是对文学创作资源的新开拓。

二 《日历日历挂在墙上》《巫言》：怪诞中的苍凉与宿命

苏伟贞《日历日历挂在墙上》(九歌版 2002 年年度小说奖)与朱天文《巫言》(作为其中一个重要部分的《巫时》获九歌版 2003 年年度小说奖)，可以说是探寻女性自我及其与这个世界关系的两个非常怪诞的文本。

《日历日历挂在墙上》实际上是苏伟贞小说集《魔术时刻》中的一个短篇。小说讲述了一个荒诞的故事。小说的主人公冯老太太在丈夫有了外遇一去不返后，开始记日记。她将日记写在挂在墙上的日历纸上，一年又一年她的日记被儿女们被装订成册，恭敬地收藏起来，但这一切不过是表演孝心的仪式，日记即便偶尔被翻阅，小辈们仅只是将其作为备忘录，注意力在日历而不是在日记。日记对家人毫无意义，但对老太太自身却意义非凡，在日记里她依然生活在过去的"好时光"中：冯家桂花飘香，她和老爷相敬如宾，儿女们孝顺和睦。他们除了四个男孩外还有一个虚构的女儿。渐渐地老太太开始分不清真实与虚构，"对于双手创造一段不存在的历史，老太太浑然不觉"。她似乎更愿意生活在日记中，在现实生活中犹如游魂。"离大家越来越远，而离日记越近。"不再是她在记日记，而是她在跟随日记，日记在决定她的生活。"不久，老奶奶在日历上选定一天，'跟着走了'，片面宣告于人间消失。"她忠实地跟随日记中的安排，停止了写日记，进入恍惚状态。不久，家人也权当她死了，提起她用的都是过去式，亲戚们甚至当着她的面用一种追悼语气谈论她。一如行尸走肉的冯老太太，其肉身却依然生命力顽强地活动着，每天绝对不忘撕日历——以这种对时间的象征性掌控形式来反抗世界对其空间性（肉身）存在的漠视。

这个荒诞的故事从内容到形式都充满女性主义意味。首先在现实层面上它揭示了父权社会中女性的真实处境。父权制度重视的是女性扮演的角色位置，而她的个体生命则被严重忽视，尽管在丈夫走后，冯老太太作为母亲、婆婆表面上依然领受着体面的尊荣，但没有人会去关心她作为一个人的个体生命状况，她的内心世界。儿孙们天天看到她站在那里写日记，却从不关注她到底写了什么。冯老太太选择在挂在墙上的日历上记日记，就是对这种漠视的反抗。这种反抗实际上是双重的，书写日记的行为本身也是对这种漠视的反抗。于是，我们进入文本的象征层面，书写/语言之于女性存在的意义，写日记对于冯老太太就是一种发声、一种宣告自我存在的方式。这样的细节让人想起1990年代平路小说的《百龄笺》中另一个老年女性的书写行为——百岁宋美龄日复一日地伏案写信，以此来对20世纪的历史提供另一种叙述。我们知道，在西方的父权传统中，笔是阴茎的象征，"这种阴茎之笔在处女膜之纸上书写的模式参与了源远流长的传统创造"。[①] 因此，书写一向都被认为是男性的行为，而女性则是被书写的空白之页。这样一来，女性的书写行为本身便有了非同寻常的意义。在书写中，冯老太太按照自己的意愿重新

[①] ［美］苏珊·格巴：《"空白之页"与女性创造力问题》，张京媛：《女性主义文学理论》，北京大学出版社1992年版，第165页。

组织生活、创造生活,不仅创造一个女儿,还创造一个崭新的老爷,在现实生活中冯老爷决定冯老太太的生活,而在日记里,冯老太太的书写决定冯老爷的生活,甚至大家的生活,不是书写在跟随生活而是生活在跟随书写。先有了冯老太太书写中虚构的"女儿"冯冯,后才有真实的老爷的私生女阿童被送到冯家;先有了日记中冯老太太"选定一天",后才有生活中冯老太太自行宣告"于人间消失"。老太太有意按日记的逻辑来生活,大家也接受这种逻辑。女性以这种苍凉荒诞的方式来完成对自我生命的主宰。

这篇小说的新奇的结构同样充满女性主义的意味。小说在叙述冯老太太故事间隙毫无过渡地插入西蒙·德波伏娃在1947—1964年间写给美国芝加哥小说家纳尔逊·艾格林的《越洋情书》片断、沈从文《边城》中有关翠翠的描写以及作者自己对这种描写的评价。这种后现代式的混搭拼贴,营造出非常丰富的互文语境,[1]大大拓展了文本的表现空间。冯老太太不停写日记、翠翠长久地沉默、沉潜于青山翠竹间,波伏娃延续17年的独语般的情书;冯老太太生活在自己的日记中,没有人关心日记写了什么;翠翠生活在自己的世界中,没有人了解这个世界(哪怕是爷爷!)[2],波伏娃生活在自己营造的爱情中,这一切与纳尔逊无关。穿越时空界限的三个女性的不同行为,共同见证着女性这一性别作为父权文化的异乡者的共同的宿命——孤独、寂寞,谁也无法走近的内心世界,这个内心世界是自足,也是无援的,她生活在这个世界中,无视外部世界的流转变化,并以此来抵抗外部世界。

朱天文的《巫言》同样在一种荒谬情境中表现了女性面对这个世界的苍凉与宿命。《巫言》[3]这部迄今为止朱天文在新世纪最重要的小说,实

---

[1] 这种混搭拼贴的结构也是1990年代以来台湾女性小说常见的结构方式,朱天文《荒人手记》、朱天心《古都》等作品中也常用到。

[2] 《边城》在文本潜层面上实际上表现了翠翠的世界与外部世界的隔膜,正是这样的隔膜致使她长时间无法回应二佬的爱情呼唤,并最终酿成悲剧。

[3] 二十万字的《巫言》由《巫看》、《巫时》、《巫事》、《巫途》、《巫族》五篇组成,这五篇各自可独立成章,并无密切关联。其中部分章节曾以短篇小说的形式发表,例如第二章《巫时》就包括短篇小说《巫时》(曾获2003年度小说奖)和《E界》的内容。

际上是随意地记录了作者日常生活中所见所闻所经历、所思所感所议论，但一部处处流露出作者生活的痕迹、近似自传的小说何以命名为"巫言"？小说的命名其实是意味深长的。朱天文显然以巫人自居，这样的身份定位以及小说的叙述视角，都有着明确的性别意味。我们知道，古代称女巫为巫，男巫为觋，即巫乃"女能无形以舞降神者"。如果说，现代化的过程就是一个不断对自然祛魅的过程，现代社会正是一个神性隐失的时代，女性由于一直作为父权文明的"他者"，因而被认为更多地保留了神秘的与自然沟通的能力，朱天文公然以"巫"自居，正是对这种神性的召唤。正如她自己所言，"我好像活在一个泛灵的世界里，连塑胶都有灵，这种人是不是畸人，几近乎精神病"。[1]《巫言》正是一场舞动文字与神灵沟通的精神漫游。在写作小说期间，她隐居幽僻老宅之中，收容流浪猫狗、不使用计算机，不接触电视，甚至几乎不上街，离群索居，以身体的与世隔绝来获得对世事人生的神秘感悟。自西方现代性萌生以来，在其理性逻辑中，女性与自然总是互相指涉，"在十六、十七世纪西方现代性的开端，自然和女人就曾被当成异于人类'他者性'的象征，被认为应当受到新的资产阶级男性科学和技术理性的操纵和利用"。[2]朱天文公然以"巫"自居，正是以"非理性"、"感觉"、"经验"来反抗、颠覆技术理性、现代逻格斯中心世界。正如在1990年代《世纪末的华丽》中米娅所预言的，"有一天男人用理论与制度建立起的世界会倒塌，她（米亚）将以嗅觉和颜色的记忆存活，从这里并予之重建"。

相对于《世纪末的华丽》，《巫言》对"逻格斯中心"的反抗突出地表现在时间上。小说的第二部分《巫时》是小说非常重要的部分。写"我"作为E（电子）时代的"伯母恐龙"与这个时代格格不入，甚至连传真纸用完了，也不愿到街上买，"街上，这么远的街上，不是十五分钟远，而是三百万年远"。以致一再拖延信息的收发。"如果说，时代以

---

[1] 转引自舞鹤《菩萨必须低眉——和朱天文谈〈巫言〉》，http://www.douban.com/group/topic/1038274/。

[2] 王宇：《性别表述与现代认同》，上海三联书店2006年版，第90页。

'快'为特征要求人们对其服从,那么,'我'对'快'的拒绝,就意味着'我'对'时间'控制人的反抗。①对这个资讯爆炸时代的拒绝,表明"我"是个时间之外的人。现代性首先是一种进化论线性时间观念,《巫言》从内容到形式上处处表现出对这种线性时间观的瓦解,不仅没有虚构的完整故事情节,甚至也没有完整思想情感脉络,时间空间零乱错置,对经验的整体性、连续性的中断,对碎片化的生活场景、对物的迷恋,结构上不断的离题、中断线索、枝蔓繁多等。尽管如此,但比起《世纪末的华丽》,小说"反抗"、"拒绝"的意味还是消歇了许多,更多地表现出对内心的持守、对宿命的体认(这样的宿命观念在1990年代中期的《荒人手记》已初露端倪)。这种宿命感也表现在贯穿小说第一章《巫看》首尾的意象"菩萨低眉"上。"怕与众生的目光对上,菩萨于是低眉",后来在一次访谈中她进一步解释道,"菩萨低眉呢,一向是慈悲……但我个人经验,哪里是慈悲,根本是自保"。②

三 《行过洛津》、《风前尘埃》:
日常生活、历史与性别

一如1990年代的《香港三部曲》,新世纪初年施叔青再次将历史书写欲望凝聚于《台湾三部曲》中,接踵出版第一部《行过洛津》和第二部《风前尘埃》,也再次引起广泛关注。

洛津,是施叔青故乡鹿港旧名,是祖国内地移民最早登陆、垦殖台湾的地方,也是自1784年(乾隆四十九年)开放海禁后第一个与泉州蚶江对开航船的港口。《行过洛津》以一个底层的小人物,泉州七子戏班

---

① 刘俊:《时空变形后的人间生态及其意义——论朱天文的〈巫时〉和〈E界〉》,《上海文学》2005年第1期。
② 转引自舞鹤《菩萨必须低眉——和朱天文谈〈巫言〉》,http://www.douban.com/group/topic/1038274/。

艺名月小桂的男旦许情半生的经历为主线叙写洛津在嘉庆、道光、咸丰三朝间移民社会进入稳定定居阶段后农商贸易的繁华兴衰。小说一开篇写主人公、当年曾红透洛津的男旦许情，以一名落魄鼓师的身份第三次渡海来洛津，发现眼前的一切与第一次到洛津的所见所闻简直天壤之别。接着以倒叙的方式叙述许情前两次来洛津及一次到台南府的经过。围绕着泉香七子戏班的到来以及戏班童伶月小桂的遭遇，洛津社会三教九流、官商庶民、各色人等，各种人生盘根错节、彼此纠缠。从社会最底层的优伶娼妓到执掌洛津社会经济命脉的暴发户们，再到处于社会最上方的官僚阶层，小说为我们勾勒一幅清代洛津社会的"清明上河图"。而这幅"清明上河图"中最值得一提的是作者对"民俗台湾"的呈现。随同大陆移民携带而来的汉民族文化在台湾的传承，实际上沿着两条互相渗透又抵牾的渠道。一条是以仕人为代表的来自官方的精雅文化，另一条是以俗民为代表的来自下层民间的世俗文化。[①]在对洛津／台湾文化寻根溯源中，施叔青显然更感兴趣于第二条路经。械斗、包养男宠、堪舆风水、摆史讲古、庙会科仪、歌仔戏、布袋戏、小脚文化、平铺族、高山族的生活习俗等。但作者并非要用史料生硬堆积出一幅民俗大全，而是借流散于乡间俚巷的民俗，呈现出一幅既藏污纳垢又生机勃勃、异彩纷呈的草根民间世界。将历史日常生活化、琐碎化，从而质疑了大历史中的政治风云、权力更迭的意义。这也是施叔青为何总是要以妓女、优伶这样的底层人物来承载自己的历史叙述的原因。民俗的形成意味着移民社会的稳定、日常生活的绵延，相对于变幻莫测的政治风云，这才是历史的常态。也正是这样久远的民俗演绎见证了两岸文化的同源同宗。正月十九太阳星君诞辰祭拜习俗、"妙音阿婳"在府城梦蝶楼学艺先饮墨水，尤其是书中详细描写的在闽粤广为流传并成为闽南梨园戏经典的《荔镜记》(《陈三五娘》)过海来台的演出经过。包括演出《荔镜记》的七子戏班的组成、悲欢离合的剧情、演出时的盛况、洛津街头俚巷的浅唱低吟、

[①] 刘登翰：《施叔青：香港经验和台湾叙事》，《台湾研究辑刊》2005年第4期。

同知朱仕光对《荔镜记》俗本情节的删改,这一切无不折射出泉州作为洛津的文化原乡、洛津作为清代中国的一个特殊部分、台湾文化作为中华文化支脉这一历史文化身份的坚定认同/建构。

正如我们前面提到的,大陆文化对台湾文化的影响沿着两条路径,一条是以仕人为代表的来自官方的精雅文化,另一条是以俗民为代表的来自下层民间的世俗文化。施叔青显然更感兴趣后者。围绕着《荔镜记》,小说还表现了前者对后者的粗暴的干涉、压抑。同知朱仕光认为《荔镜记》表现淫奔丑行有失风雅,一心将其改编为"教忠教孝",对泉州方言俚语一窍不通的朱仕光本着造就一个《荔镜记》洁本的目的,对其中粗鄙、色情的方言对白蛮横删改,大大损伤了这部作品的魅力。因为方言作为一种草根民间的原生态语言,尽管粗俗甚至粗鄙,但往往蕴含着民间最原初蓬勃的生命体验,这是精雅文化无法做到的。具有讽刺意义的是朱仕光自己最终也无法抵制戏子们"不洁"的精彩演出,与伶人、戏子、草民百姓一起沉湎于俗本《荔镜记》所流播的情色欲望中。但这样叙述并没有像有的评论所认为的那样表现大陆文化对台湾本土文化的压抑,精雅文化与俗文化之间简单的二元对立。大陆/台湾、官方/民间、压抑/被压抑这样的二元对立恰恰是施叔青叙事一向要解构的。"潜意识里,我以小梨园七子戏为题材,有一个深沉的理由,晚近台湾重视本土、乡土文化,原本无可厚非,然而,如果是只以俚俗乡野的民俗、俗文化以偏概全,以为歌仔戏、布袋戏等于台湾戏曲的代称,不仅有失公允,而且绝非史实。"[①]梨园戏原本属于精雅文化的范畴,梨园戏《荔镜记》在闽南、台湾地区的流行充分体现精雅文化、俗文化、大陆文化、台湾地域文化之间的融合,不再是界限分明的二元对立,而是你中有我、我中有你。[②]由此可见,透过《荔镜记》的书写,施叔青坚守文化原乡溯

[①] 施叔青:《台湾长篇小说创作者经验谈:长篇有如长期抗战》,《文讯》(台湾)2006年第5期。

[②] 从一定程度上讲,杨丽玲《戏金戏土》所创造的汉语与闽南语完美融合的语言风格,也体现了相似的文化诉求。

源的同时，也表现了对台湾文化构成的多元复杂性的呈现。这也是这部小说最值得我们注意的地方。

《行过洛津》还延续《香港三部曲》将主人公性别身份／位置的多元复杂性与文化身份的复杂多元相纠结的叙事策略。但值得注意的是性别身份与文化身份之间的复杂纠葛这次被承载于男性人物身上。[①] 许情15岁第一次入台演戏，就被南郊益顺兴掌柜乌秋看中。乌秋以雕刻盆景的方式将他雕刻成比女人还女人，供自己亵玩。许情不仅不反抗，似乎还相当认同这个被强加的女性性别。并在演出《荔镜记》时，在戏里戏外陷入多重错置的性别情境中。戏里，他以"女身"反串小生陈三与益春相爱，戏外，又与扮演益春的歌女阿婠之间产生同性恋情／姐妹情谊。但许情终于在与阿婠的偶然身体触碰中渐渐对她产生了一种奇妙情感，尤其是一次与阿婠同照镜子时，在凝视镜中怪诞镜像的瞬间，许情的心与身产生分离（这是对拉康镜像阶段理论的绝妙演绎）。他惊奇发现自己与阿婠并非同类。此后尽管他依然保持女装，但却渐渐对阿婠产生了一种欲望，他的性别觉醒了。尽管后来演完戏他又回泉州，但却一次又一次重返台湾寻找阿婠。虽然最终也没能找到阿婠，但当他看到自己当年无意中种在阿婠门前的花椒树如今已长得亭亭如盖时，他决定留下来定居洛津。那也就是说，许情只有在性别觉醒后才产生对洛津／台湾的土地认同，性别认同与土地认同深刻纠缠。[②] 但洛津这块土地与许情的性别认同之间的纠缠却不是单一的，而是多元的。正是在洛津这块土地上，许情由男性被变成女性，也是在这块土地上他再由女性回到男性身份，这种流动的性别认同要折射的正是洛津／台湾诡异多变的历史所造成的主体认同上的流动性与复杂多面性。

作者还超越单纯的女性视角对男性的性别霸权进行尖锐的批判，揭

---

① 女性主义叙事的惯例常常是将这一切承载于女性的性别境遇上，例如施叔青自己的《香港三部曲》以及妹妹李昂的《迷园》。

② 参见羊子乔《从性别认同到土地认同——试析施叔青〈行过洛津〉的文化拼贴》，《文学台湾》（台湾）2007年夏季号（第62期）。

露了男旦鲜为人知的悲惨人生。他们虽然身为男性，但由于社会地位低贱，不仅不能分享父权社会赋予男性的特权，甚至还出卖自己男性性别身份来换取生存的资源。从童年裹脚开始他们就被按照男性中心对女性的性愉悦期待来调教，被调教成比女人还女人，供那些有权有势的男人亵玩，一旦失去以身体取悦于人的条件，他们便被弃如敝屣，甚至比那些人老珠黄的女优伶更惨。许情一过十六岁，长出喉结、变声，身价立即一落千丈，沦落为一个不名一文的鼓师。如果说，《香港三部曲》在意的是性别霸权与种族霸权之间的同构，那么，这篇小说在意的显然是性别霸权与阶级霸权之间的同构。

从小说的结构看似乎延续了《香港三部曲》以一个底层小人物来发现大历史的叙事套路，但又有所不同。《香港三部曲》中黄得云从沦落到发迹的传奇、通过屈辱地出卖自己来获得发展的吊诡人生境遇成了香港殖民地历史的典型写照。而且黄得云及其子孙贯穿全书，亲身参与了百年香港种种重大历史事件。但在《行过洛津》中，许情本身并没有成为叙事的中心，很多时候处于旁观、边缘的地位。因此作者不再像过去那样重视完整的故事情节、历史钩沉，而更重视场景的呈现，从散乱、驳杂、碎片化的场景中呈现洛津的历史，又从洛津的历史透视台湾的移民史。这是一种典型的后现代的历史观，也是对主流历史叙事中的"大河小说"结构模式的有意颠覆。[①]"如果说《香港三部曲》是几近于由点（黄得云）画成线（黄氏家族）地来结构香港的殖民史、社会史，那么，我们从《行过洛津》看到的更几近于中国绘画的'散点透视'，几组不同的人物跳跃式地穿插于不同时空的生活，风俗画地展现社会生活的'面'。"[②]这个"面"正是以个体面貌出现的庶民群体的形象。相比于"香港三部曲"式的以个人的传奇来连缀香港百年沧桑，以及李昂

---

① "大河小说"原是法国文学中的一种形式，特指那种多卷本、叙事具有连续性、演绎、钩沉历史发展完整脉络的鸿篇巨制。20世纪台湾文学中出现多部描绘台湾历史画卷的"大河小说"，如钟肇政的《台湾人三部曲》，施叔青显然有意要挑战这种"宏大叙事"结构模式。

② 刘登翰：《施叔青：香港经验和台湾叙事》，《台湾研究辑刊》2005年第4期。

《迷园》式的以豪门大族兴衰来折射洛津／鹿港的历史，《行过洛津》呈现的已然是真正庶民百姓日常生活中琐碎的历史。也许这才是历史的真正面目。

台湾三部曲第二部《风前尘埃》同样呈现琐碎日常性中的历史，以及历史与性别的错综纠葛。小说以日据时期发生在台湾花莲惨烈悲壮的著名历史事件——"太鲁阁之役"为背景，叙述日本殖民总督佐久间佐马太任内的一段历史，但叙述的中心、主人公却不是当地原住民或客家人，而是一个日本移民／殖民家庭。名古屋和服绸缎庄的小伙计横山新藏为了出人头地携妻带女应征来台，参加完"太鲁阁之役"后由于杀戮有功如愿获得提升。但在移民村长大的女儿横山月姬则与父亲的仇敌太鲁阁抗日英雄哈鹿克·巴彦相爱，并怀有他的孩子。横山新藏逮捕并处死哈鹿克·巴彦，要女儿另嫁给日本人。横山月姬怀着哈鹿克·巴彦的孩子逃走，并邂逅客家摄影师范姜义明，范姜义明爱上了她。但不久横山月姬不辞而别并于战后回到了日本，化名真子。多年之后，横山月姬故去，她的私生女无弦琴子早已长大成人，并开始一步步探究自己的身世之谜。历史的面目便在这样的探究中渐渐复现。

值得注意的是小说对历史的叙述不再像我们所熟知的主流历史叙述那样单一、清晰、二元对立，而呈现了更加细致、复杂、边界模糊的状态。横山新藏原本是要去征服台湾、太鲁阁的，但他的女儿却先后与太鲁阁人和客家人相爱，并怀上太鲁阁人的孩子；横山月姬战后回到日本，隐瞒自己的真实身份，却又化名"真子"，晚年长时间沉湎于恍惚幽暗中，暗示着其身份的无名、尴尬、真假难辨。她的女儿无弦琴子长大后长久陷入身为日本人却"肤色喑哑身份不明"的焦虑中。如果说《行过洛津》是以一个男人流变的性别身份来折射台湾历史所造成的主体认同上的流动性与复杂多面性，那么，《风前尘埃》则通过女人复杂流变的族群身份来表现历史的复杂与吊诡。无论是性别游移的男旦许情，还是族群身份游移的女人横山月姬、无弦琴子，这些历史中卑贱、边缘的个体，因其尴尬、模糊甚至暧昧的面目长久地淹没于彪炳千秋的历史叙事的地表之下、幽暗之中。但真实历史的面目恰恰并不像我们想象的那样泾渭分明、界线清晰，恰恰是那些面目模糊，甚至暧昧的个体以及他们的吃喝拉撒、生老病死、悲欢离合构成历史真实的血肉，弥合着历史的沟壑、成就着历史的绵延。而杀伐、征服、掠夺的大历史，必将化作风前尘埃，随风而逝。这也是小说为何要大肆细腻地描写那段历史中庶民的风俗文化、节庆、衣饰、饮食的原因。甚至对战争的叙述也是建立在日常细节之上，通过服装、身体、感官来呈现，比如，"二战"时期的和服，竟然精美地编织着侵华日军杀戮轰炸的图景、殖民总督官邸装点的雕饰则充满了暴力美。战争被穿在身上，杀戮、征服成为一种装饰日常饮食起居的图案。这样的细节也让我们看到，民间、日常生活对大历史、宏大政治所强加给的污染和强暴的被动承受。官方与民间、宏大历史与琐碎日常生活之间的界限同样是模糊的，历史再次显现其暧昧的面目。

（原载《厦门大学学报》2009 年第 6 期）

后 记

本书是我十几年来读书、思考的结晶。其中第一编"性别与乡土"大部分内容是在博士后出站报告基础上修改、拓展而成。在此我要特别感谢我的博士后联系导师福建师范大学汪文顶教授的悉心指教，没有他的鼓励和肯定我真的不敢断定自己的研究方向是否有价值，是否值得为之付出心智和汗水。也感谢他和文学院的宽容让我能够在不影响厦大工作的情况下从容完成这段"在职博士后"的研究工作。成书之际原本希望汪老师能为本书写序，但他婉拒，我也就恭敬不如从命。此事在汪老师是谦逊，在我则是底气不足，因为本书第二、第三编的内容的确越出我的出站报告的论域。

本书三编实际上代表了我这些年来学术研究的三条彼此关联的路径，这样说并不意味着本书由三块组成的拼盘。有关三部分内容之间学理逻辑的紧密关联性我在引论部分已作论析，不再赘述。只想借此简略梳理一下自己的学术研究历程。

我大约在1990年代中期介入女性主义文学研究，这一研究路径一直延续到博士阶段。但在准备博士学位论文开题之际，我转向性别研究，尤其是性别与国族之间关联性研究。这样的研究方向曾让我痴迷了很长一段时间，一直延续到博士毕业后好些年。到了2008年以后我开始谋求新的学术路径，渐渐转向性别与乡土文学之间的关联性研究。有关"性别与国族"与"性别与乡土"之间的学理逻辑迁延我在本书引论部分也已做了说明亦不再赘述。在此我想要说的是促使我转向这个研究路径的学理之外的因素。首先是我的师承。我的博士导师南京大学丁帆教授是国内乡土文学研究的大家，当年我报考他的博士生其实就是想要跟随他作乡土文学研究。尽管后来博士论文我没有选择这个方向，但博士阶段的沉厚师承以及我本身对乡土和乡土文学仿佛与生俱来的热爱，犹如一颗种子始终冬眠在我学术田野的深处，一旦条件成熟必然要生根、发芽。当然，从性别视角来研究乡土文学估计会被认为是乡土文学研究中的旁门左道，不入正宗。迄今为止在我的学术阅读中，也从未见过这样的研究路径。但有时恰恰是人迹罕见的旁门左道才能引领我们到一个奇特的位置上，从那里可以眺望到世界的另一面风景。

2014年8月19日于厦门未来海岸寓所